KB261502

식물의 내부

식물의 내부

ⓒ 최옥정, 2005

초판 1쇄 인쇄일 | 2005년 9월 9일
초판 1쇄 발행일 | 2005년 9월 14일

지은이 | 최옥정
펴낸이 | 김현주
펴낸곳 | 이룸

편　집 | 김미정
디자인 | 이가현

출판등록 | 1997년 10월 30일 제10-1502호
주소 | 121-840 서울시 마포구 서교동 395-172호 상록빌딩 2층
전화 | 편집부 (02)324-2347, 영업부 (02)2648-7224
팩스 | 편집부 (02)324-2348, 영업부 (02)2654-7696
e-mail | erum9@hanmail.net
homepage | www.erumbooks.com

ISBN 89-5707-171-7 (03810)

값　9,700원

● 잘못된 책은 교환해 드립니다.
● 저자와의 협의하에 인지는 생략합니다.

식물의 내부

최옥정 소설

이룸

■작가의 말

여기 작가가 되고 싶은 한 여자가 있다. 항상 날카로운 눈을 부릅뜨고 잠시도 쉬지 않고 몸을 움직인다. 노동과 탐색과 끝없는 질주. 그녀의 인생은 무작정 끝없이 앞으로만 달리는 것이었다. 작가가 될 수 없었다. 밥을 벌고 옷을 만들고 집을 지어야 했다. 그녀는 어느새 쉰이 되었고 곧 예순이 될 것이다. 그녀는 아직도 작가가 되려고 한다. 하지만 자신이 작가가 될 수 없다는 것을 이미 오래전부터 알고 있다.

"나는 글을 쓰는 사람이 되고 싶다. 그래서 나 같은 사람도 읽을 수 있는 글을 쓰고 싶다."

그녀는 아마 이 말을 백 번 천 번쯤 했을 것이다. 그녀에게는 그 말을 옆에서 듣고 자란 딸이 있다. 이제 그 딸이 그녀가 작가가 되고 싶다며 벽을 보고 주먹질하던 그 나이가 되었다. 그리고 그녀 대신 작가가 되었다. 그녀 같은 사람이 읽을 수 있는 글을 썼는지는 몰라도 작가가 된 것이다.

그녀가 어느 날 말했다.

"네가 이번에 쓴 소설 두 번 읽었다. 읽고 나니까 배가 고프더라. 가만히 앉아서 읽는 나도 이렇게 허기가 지는데 쓰는 너는 얼마나 배가 고팠냐? 밥 잘 챙겨먹어라."

그녀는 역시 대단하다. 대번에 정곡을 찌르고 들어온다. 그녀는 정말 작가가 되었어야 했다. 그랬었다. 이상하게 소설을 쓰는 중이거나 소설을 끝냈을 때 언제나 배가 고팠다. 그러면 나는 슬리퍼를 끌고 슈퍼에 가서 초코파이 한 상자를 사온다. 이등병 시절 제일 먹고 싶은 음식이라는 초코파이가 왜 먹고 싶었는지 모른다. 달콤하고 부드러운 초코파이를 하나 먹고 나면 허기도 꺼지고 마음이 안정되곤 했다. 이 글을 쓰고 있는 지금도 내 옆에는 초코파이가 있다. 여기 실린 소설을 쓰는 동안 몇 상자의 초코파이를 먹었던가. 구령과 행군에 서툰 이등병처럼 이따금 나는 초코파이를 먹다가 목이 메이곤 했다. 지금 생각해 보니 내 소설이 누군가에게 초코파이 같은 존재였으면 하는 욕심 때문이었다. 그런데 나는 지금 다른 사람을 배고프게 하는 소설. 겨우 그런 소설이나 쓰고 있는 거다.

밥을 사주고 술을 사주고 여행을 함께 하고 웃고 화내고 싸우고 헤어지고 다시 만났던 내 벗들과 가족이 이 소설의 주인들이다. 그들은 각자 자신들이 어디에 숨어 있는지 안다. 나는 그들에게 숨은그림찾기의 즐거움을 선사하는 것으로 고마움을 대신하려 한다. 고맙다. 받은 사랑만큼 돌려줄 수 없어서, 나는 늘 모두에게 고맙고 미안하다.

2005. 9

최옥정

차 례

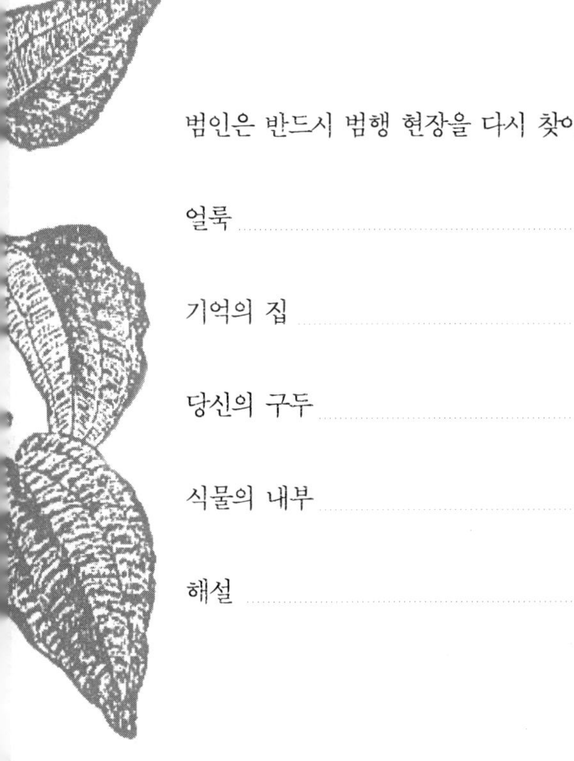

WANTED

"내 방은 잘 있나요?"

뺨을 갈기듯 찰지게 달라붙는 목소리에 놀라 상체를 벌떡 일으켰다. 나는 대답 대신 자명종을 확인한다. 12시 40분. 젠장, 겨우 잠들었는데. 집주인 행세도 이쯤이면 재수 없다. 앞으로 쏟아지는 머리카락을 귀 뒤로 넘기며 호흡을 고른다.

"망가트린 물건도 없고 집도 잘 관리하고 있으니 걱정 말아요."

쏘아붙이고 만다. 어쩔 수 없이 짜증 섞인 목소리다. 이 시간의 방문은 상대가 누구든 달갑지 않다. 비록 전화일망정. 사실 나는 청소를 열심히 하는 편은 못된다. 진공청소기 소리를 끔찍이 싫어

하는 데다 걸레 들고 닦는 건 더더욱 질색이다. 그래서 쓴 물건은 제자리에 갖다 놓고 쓰레기나 빨랫감도 그때그때 치워서 청소할 거리를 만들지 않는 전략을 쓴다. 여자는 내가 어떤 사람인지 누구보다 잘 알 것이다. 한 달을 같이 살지 않았는가.

"다른 용건이 있는 건 아니죠? 자다 깼거든요."

아무 대답도 없다. 더 할 말이 없으면 나는 전화를 끊겠다는 뜻으로 대화를 정리했다. 잠깐만요. 잠깐만 전화 끊지 말아요. 여자의 목소리는 수화기를 빠져나와 스탠드 불빛에 희미하게 드러난 방으로 울렸다. 갈급하게 그 말을 뱉어 놓고도 여자는 내내 침묵이다. 주위는 지나치게 고요하다. 어둠 속에서는 사물의 존재가 더 뚜렷하다. 이부자리와 책상으로 쓰는 낮은 테이블 말고는 내 살림이 거의 없다. 이 집은 확실히 그녀의 것이다. 귀를 기울여 보지만 전화 저편에서 다른 말은 들려오지 않았다. 한밤중에 자다 깨서 팔을 고인 채 말 없는 수화기를 붙들고 있는 내 꼴이 우스웠다. 십 초, 이십 초쯤 더 들고 있다 가만히 내려놓는다.

잠은 벌써 달아나 버렸다. 눈을 감고 아무리 애를 써도 졸음은커녕 하품조차 나오지 않는다. 콘솔 위에 놓인 토분을 가져다 머리맡에 둔다. 이 터키도라지꽃은 매일 새 물로 갈아 주는 걸 좋아해요. 떠나던 날 여자는 하얀 꽃잎에 보라색 테두리가 들어간 꽃을 식탁 위에 올려놓으며 말했다. 나한테 꽃 이름 가르쳐 주지 말아요. 이름을 알게 되면 더 신경을 쓰게 되니까. 물만 잘 주면 되지 굳이 이름까지 알 필요는 없었다. 이 꽃의 기운이 몸을 따뜻하게 하고 마음을 풀어 주어 불면증에 도움이 될 거에요. 밤에 잠을 잘 못 자는 것 같던데. 여자는 내 눈을 똑바로 겨누며 덧붙였다. 그녀의 눈동자에 생선 아가미 모양의 실핏줄이 번져 있었다.

진정 내 불면증을 염려한다면 몇 시간 뒤 출근할 사람의 잠을 깨우는 짓은 하지 말았어야 했다. 불면증 치료의 제1원칙은 매일 일정한 시간에 자고 일정한 시간에 일어나는 것이다. 의사의 지시사항을 지킬 수 없게 만드는 일이 도처에 도사리고 있다. 끝내 잠이 안 오면 아침까지의 이 긴 시간을 어째야 하지. 왜 한밤중에 전화를 걸어서 집의 안부를 물을 수도 있다고 광고란에 써 놓지 그랬어. 나는 듣는 사람도 없는데 혼자 투덜거렸다. 이게 웬 횡재냐며 덤벼들던 그때 일이 벌써 까마득하다. 그 당시 여자는 내게 구세주나 다름없었다. 남자 친구가 원룸을 떠나달라고 말한 기한이 이 주일밖에 남지 않았을 때 그녀의 광고를 발견했다. 커피에 관한 정보를 주고받고 커피가 맛있는 집을 소개하는 다음카페 게시판에서였다. 커피전문점에서 초짜 바리스타로 아르바이트를 하던 중이라 참고할 게 많아 수시로 들락거리던 참이었다. 아이디가 마키아토인 여자가 'WANTED' 라는 제목의 글을 올렸다. 이탈리안 커피를 좋아하는 사람답게 마키아토를 비롯해 진한 커피에 관한 리뷰를 몇 번 올린 적이 있는 여자였다. 커피 전문점에서 직원을 구하는 모양이구나 싶었다. 심심풀이로 열어 봤는데 아주 흥미로운 내용이 올라와 있었다.

WANTED

룸메이트를 구합니다.

다음 달에 몇 달 예정의 여행을 떠납니다. 그동안 우편물을 받아 주고 화분에 물 줄 사람이 필요해요. 부엌과 방 두 개, 마당이 달린 초록색 대문집입니다. 시디와 책, 조리 기구, 전자레인지, 텔레비전을 맘대로 쓸 수 있어요. 자전거와 인라인스케이트도 있구요. 가끔 고양이가 울지만 조용한 편입니다. 보증금 이백만 원에 월세 20만 원. 전화주세요. 02-954-7843

아예 사적인 편지에 가까운 광고였다. 절친한 친구에게처럼 시시콜콜한 정보까지 알려 주었다. 나는 당장 전화를 걸었다. 여자는 한번 와서 집을 보고 결정하라고 말했다. 스타카토로 끊어지는 건조한 목소리. 사무적이라기보다 상대에게 여지를 주지 않는 말투였다. 별 기대 없이 순전히 절박감에서 여자의 집을 찾아갔다.

여자는 키가 작고 말이 없어 보이는 인상이었다. 눈을 반쯤 내리깐 상태에서 입을 크게 벌리지 않고 꼭 필요한 말만 했다. 집은 햇볕이 정면으로 들이치는 남향이었다. 대문 옆의 목련나무와 오동나무는 그 아래에다 의자를 갖다 놓고 낮잠을 자도 좋을 만큼 그늘이 깊었다. 마당도 꽤 넓었다. 집 안은 깨끗했고 무엇 하나 부족한 것 없이 다 구비되어 있었다. 가재도구가 이리저리 채이며 널려 있는 원룸과는 비교도 되지 않았다. 부엌의 식기조차 기호에 맞게 하나하나 사들인 도자기들이었다. 나는 소지품과 옷만 챙겨 오면 되었다. 방도 썩 마음에 들었다. 여자가 마음을 바꿔 세를 놓지 않겠다고 할까봐 겁이 날 정도였다. 방 한쪽에 옷을 걸 수 있는 행거, 텔레비전과 비디오, 화장대로 쓸 콘솔까지 갖춰져 있었다. 벽지 색깔도 내 취향이었다. 나는 자꾸 헤죽헤죽 웃었다. 내가 그토록 꿈꾸던 방을 이렇게 손쉽게 얻다니.

현관에 들어서면 거실 역할을 하는 마루가 건넌방 앞의 부엌까지 이어졌다. 내가 쓸 예정인 방은 그 집의 안방에 해당했다. 마당을 향해 커다란 창이 나 있어서 문을 열면 바로 대문과 목련이 눈에 들어왔다. 오후의 햇살이 겨자 색 커튼을 뚫고 들어와 방을 노랗게 물들이고 있었다. 안방은 여자가 쓰고 나한테 건넌방을 줄 것으로 예상했던 나는 조금 의아했다.

집 안을 한바퀴 돌아보는데 이상한 느낌이 들었다. 뭐랄까. 방금 전까지 이곳에서 누군가 잠을 자고 밥을 먹다가 방문객이 있다는 말을 듣고 후닥닥 치운 느낌이랄까. 절로 고개를 돌려 외면하고 싶어졌다. 갑작스레 내장을 들어내 아직 눈을 껌벅이고 있는 짐승을 본 것처럼. 방에 살림살이가 있어서 그런가. 나는 곧 기분을 바꿨다. 내가 지금 그딴 거 따질 처지야. 그 돈으로 이만한 집을 어디서 얻겠는가. 보증금 이백만 원으로는 고시원밖에 갈 곳이 없다.

거실 유리창 앞에는 여러 개의 화분이 줄 맞춰 햇볕을 받고 있었다. 화초마다 관리 방법이 꼼꼼히 적힌 이름표가 달려 있었다. 품명: 파비안, 관수: 4, 5일마다 화분에다 물을 충분히, 관리방법: 5일

에 한 번 스프레이, 햇빛 잘 드는 곳에 둘 것. 줄기는 회초리처럼 가
늘고 이파리가 쑥처럼 생긴 관상수 이름이 서양 여자처럼 파비안이
었다. 여자는 등 뒤에서 내가 하는 양을 지켜보았다. 내가 방을 보고
결정하는 게 아니라 여자가 나를 보고 입주 여부를 정하는 것 같았
다. 뜻밖에 여자는 선선했다. 별 까탈을 부리지 않고 광고에 나와 있
는 내용을 다시 한 번 주지시키는 것으로 계약을 맺었다.

번역을 한다는 여자는 주로 집에서 일을 했다. 외출하는 일도 드
물었다. 밤늦게 집에 들어오다가 식탁에 앉아 맥주를 마시고 있는
여자와 몇 번 마주친 적이 있었다. 힐끗 나를 한번 올려다보고 목
례를 하면 그만이었다. 말을 건넬 틈도 없이 맥주병을 들고 자기
방으로 들어가 버렸다. 그런 성격의 소유자가 자신의 책이나 시디
를 쓸 수 있도록 허용한 건 의외였다. 여자는 자신의 방문을 잠그
지 않았다. 책과 시디를 활용하기 위해서는 아무 때나 드나들어야
하니까 당연했다. 그것은 광고의 내용이기도 했고 같이 사는 동안
여자가 충분히 알려 준 바이기도 하다. 언젠가 그녀가 외출하려다
말고 마루에서 기지개를 켜는 내게 말했다.

"시디 칸 두 번째 줄 중간쯤에 있는 시디 한번 들어 볼래요."

내 방과 대조적으로 여자의 방은 단출했다. 책꽂이를 빼면 두 개
의 커다란 여행용 가방과 붙박이장뿐이었다. 일용근로자들의 임시
숙소나 창고 같았다. 게다가 창문이 옆집 벽을 향해 있어서 밖이
전혀 보이지 않고 볕도 잘 들지 않았다. 시디 꽂이에 반쯤 빼놓은
시디가 한 장 있었다. 그 '시그문트 그로븐'의 하모니카 연주곡은

요즘도 가끔 듣곤 한다.

함께 살기 시작한 지 한 달이 조금 넘어 여자는 캐나다로 떠났다. 부모가 거기 살아서 자주 왔다 갔다 하는 모양이었다. 언제 돌아올지 몰라도 여자가 없는 동안 이 집은 내 집이나 마찬가지다. 여자가 월세를 입금하라고 알려 준 통장의 예금주는 다른 사람이었다. 아무려나 그건 내가 상관할 바가 아니었다. 여자는 떠난 지 꼭 한 달 만에 전화를 걸어 온 것이다. 그것도 한밤중에 특별한 용건도 없이.

그 전화는 시작에 불과했다. 여자는 이따금 전화를 걸어 왔다. 언제나 깊은 밤이었다. 그때마다 집이 잘 있는지 물었다. 나는 아무 염려 말라고 뻔한 대답을 했다. 그러면 여자는 잠시 뜸을 들이다 자신의 주변에서 일어난 일을 애기했다. 특별히 피곤하다거나 졸리지 않으면 그냥 들어 주었다. 인색함을 거두고 생각해 보면 이해 못할 것도 없었다. 그곳은 아침일 테니 잠자리에서 일어나자마자 갑자기 고향 생각이 났고 세입자가 집은 제대로 쓰고 있는지 궁금했을 수도 있다. 그렇다 해도 밤중에 자다 깨서 친하지도 않은 사람의 하소연을 들어주다니, 나도 참 많이 변했다. 옛날 같으면 당장 계약을 파기해도 상관없으니까 이따위 전화하지 말라고 소리 질렀을 것이다. 여자한테는 그런 면이 있었다. 너무 태연하게 밀고 들어와서 상대로 하여금 멈칫거리다 거부 의사 표현하는 걸 잊게 만든다. 하긴 이 집에 이사 온 후로는 그럭저럭 잠을 잘 잤다. 하루 열 잔 넘게 마시던 커피도 다섯 잔으로 줄여 가고 있다. 그나마 다행인 건 그녀의 전화를 끊고 낯선 곳에서의 생활은 어떤 것일까 이런저런 상상을 하다가 어느새 잠든 적이 많다는 점이다.

"쇼핑센터 가는 길에 공사장이 있거든요. 콘도를 짓는다는데 공사 현장 주위에 거대한 나무 벽을 둘러쳐 놓았어요. 그 나무 벽에 가로세로 삼십 센티 크기의 구멍이 두 개 뚫려 있는데…….. 지나가던 사람들은 걸음을 멈추고 그 구멍으로 공사 현장을 들여다봐요. 지금은 기반 다지기가 한창이라 지하 5층 정도의 깊이로 땅이 파헤쳐 있어요. 토론토 사람들은 옛 건물을 부수고 다시 짓는 게 아니라 그대로 리노베이션을 해요. 역사가 짧은 나라라서 그런지 불과 오륙십 년 된 건물도 문화재 취급하죠. 공사장의 구멍을 볼 때마다 건축주의 배려를 생각하곤 해요. 보통 사람들은 나무판자 뒤에 뭐가 있을까 하는 궁금증을 참기 힘들 테고, 나도 그렇거든요. 좁은 틈새나 작은 구멍으로 훔쳐보다가 사고가 나는 일이 종종 있다잖아요."

너무도 나른한 목소리여서 귓속말을 듣는 것 같았다. 누군가의 어깨에 머리를 기대고 속삭이는 듯한 말투였다. 이 말을 들어야 할 사람이 내가 아니라는 생각이 퍼뜩 스쳤다. 말투나 내용 모두 나를 향한 것이라기엔 지나치게 친밀했다. 이 방에는 내가 아닌 누군가가 있어서 그 사람이 여자의 근황을 들어 주어야 하는 게 아닐까. 그런 건 금방 알아차릴 수 있다. 단어와 단어 사이의 공간은 그것을 전달하기에 충분했다. 전화선을 타고 수억만 리를 넘어 바다를 건너온 목소리는 주인을 찾지 못했다. 길을 잃은 것이다. 대놓고 그렇지 않느냐고 물어볼 수는 없었다. 희한하게 내가 누군가를 대신하고 있다는 게 그닥 불쾌하지 않았다. 내게도 그 누군가가 있다면 아마 이렇게 말하겠지. 나는 속으로 그녀를 흉내내 본다.

'오늘 무슨 일이 있었는 줄 알아요? 아침 열 시까지 출근해서 가게 문을 열어야 하는데 그만 깜빡 잊고 열쇠를 집에 두고 출근했지 뭐에요. 영업은 열한 시에 시작하지만 보통 한 시간 일찍 가요. 커피머신 세팅도 해야 하고 청소도 해야 하거든요. 시간은 자꾸 가고 집에 왔다가려면 한 시간 반이나 걸리는 상황이라 이것저것 생각할 겨를이 없었죠. 문득 정신을 차려 보니 제가 담을 타 넘고 있었어요. 주택을 개조한 카페라 담이 별로 높지 않거든요. 지나가던 사람이 도둑으로 오해해서 고래고래 소리를 지르는 바람에 할 수 없이 내려왔지만……. 그 아저씨가 열쇠 집에 전화해서 열면 될 것을, 그러는 거예요. 난 왜 그 생각을 못했는지…….'

내가 생각에 빠져 있는 동안에도 여자는 꽃들이 잘 있는지 화장실의 방향제를 교환할 때가 되지 않았는지 물었다. 터키도라지꽃은 벌써 시들었다. 관리 방법대로 물을 주는데도 웬일인지 다른 화초들도 자꾸 시든다. 잎이 누렇게 마르고 비틀어졌다. 나는 머뭇거리고 빨리 대답을 못한다. 꼭 대답을 원하는 것 같지는 않았다. 정말 쓸데없는 질문이다. 내가 대충 둘러대도 확인할 수 없을 뿐더러 그게 한밤중에 전화해서 챙겨야 할 만큼 다급한 일인가. 이쪽의 대답은 듣지도 않고 뜬금없는 질문을 거푸 들이대는 데에는 이제 익숙해졌다. 나는 이런 사람을 대하는 방법을 알고 있다고 생각했다.

지독히 사무적으로 묻는 말에만 대답하기. 그것이 대화를 엉뚱한 방향으로 흘러가지 않게 하는 방법이다. 물론, 감정이 전혀 섞이지 않은 어조로. 그래 왔다. 적어도 지난번까지는.

"잘 지내나요?"

그런데 지금은 뭔가. 여자는 나의 안부를 묻고 있다. 처음이었다. 같이 살 때조차 여자는 내게 사적인 관심을 보이지 않았다. 그저 그렇다고 심심한 대답을 해 주었다. 사실 오늘은 최악의 날이었다. 오후부터 열이 나면서 머리가 빠개지게 아팠다. 일찍 퇴근하려고 카페 주인한테 말했더니 웬만하면 다음 아르바이트생이 올 때까지 기다리라고 했다. 웬만하지 않았다. 몸에 열이 펄펄 끓어 내 정신이 아니었다. 게다가 손님이 평소보다 두 배는 많았다. 나중에는 어떻게 커피를 걸렀는지 기억도 안 난다.

좌석버스를 타고 오면서 밖을 내다보는데 눈물이 한 방울 툭 떨어졌다. 비가 그친 지 얼마 되지 않아 가로수 이파리 끝에서 뚝뚝 떨어지는 빗방울을 바라보고 있을 때였다. 전염이라도 된 듯 내 눈에서도 눈물이 방울방울 흘러내렸다. 다시는 이 버스를 타고 출근할 일이 없었으면 좋겠다는 생각을 했다. 이 일도 집어치울 때가 되었나. 가출과 무단결근, 행방불명에 대한 욕망은 좀체 수그러들지 않았다. 늘 내 속에서 나를 지켜보고 있다가 느닷없이 나타나 발을 걸어 넘어트렸다. 그때마다 핑계는 마련되어 있었다. 주인이 너무 인정머리가 없는 데다 거리는 멀고 미래도 암담해. 나는 가로수를 똑바로 쳐다보았다. 빗방울을 세는 일은 아무리 오래 해도 지루하지 않았다. 나뭇잎은 인공 눈물을 넣은 눈처럼 구슬 같은 눈물을 한 알씩 떨구었다. 인공 눈물이라는 데 생각이 미치자 거짓말처럼 내 눈에서 물기가 걷혔다.

버스에서 내려 집까지 오는 길은 멀고 멀었다. 몸을 질질 끌다시피 집에 들어와 이불 위에 쓰러졌다. 누워서 생각했다. 누군가 수심이 가득한 얼굴로 나를 내려다보았으면. 이마에 손을 얹고 많이 아프냐고 물어 주었으면. 문득 깨달았다. 한 번도 다정한 남자와 사귀어 본 적이 없었구나. 이래서 건강관리를 잘해야 한다. 몸이 아프면 마음도 함께 무너진다. 배가 몹시 고팠다. 속이 텅 비어 검은 비닐봉지처럼 바람에 흩날리며 허공을 떠도는 느낌을 즐겼다. 참으로 오랜만이었다. 그동안 줄곧 기름진 음식으로 배를 채웠고 늘 사람들 주위를 서성거렸으며 시간은 아르바이트와 계획으로 빈틈없이 채워져 있었다. 터엉 빈, 이런 시간을 그리워했었나. 어떤 순간이든 내 의지와 상관없이 주어졌었지. 그러다 스르르 잠이 들었는데 여자의 전화가 온 것이다.

"당신이라도 그 집에서 행복해졌으면 좋겠어요."

역시 예민한 여자였다. 내 목소리에서 뭔가를 읽어낸 게 분명하다. 나는 대꾸하지 않았다. 행복이 그렇게 말로 주고받을 수 있는 건가. 내가 행복한지 안 한지 한번도 생각해 본 적이 없다. 왜 그런 짓을 해야 하지. 이 세상에 행복이란 게 있기나 한가. 행복이란 애초에 사람들이 지어낸 조작된 개념이 아닐까. 입술이 바스러질 것처럼 건조하고 목도 마르다. 목 줄기가 쩌르르하게 독한 술을 빈속에 흘려 넣고 싶은 충동을 느낀다. 발이 부르트도록 낯선 거리를 걷고 싶은 충동도. 이건 내가 뭔가를 잃어버렸을 때 보이는 증상들이다. 잃었다면 무엇을.

앞이 안 보이도록 술을 마시고 밤거리를 헤맨 적이 있었다. 웅성거리는 소리는 들리는데 눈앞에 아무 것도 보이지 않았다. 술을 너무 많이 마시면 눈의 기능이 떨어질 수도 있다는 걸 알게 되었다. 사람들은 나를 노숙자쯤으로 알았는지 혀를 차며 지나갔다. 왜 집을 나왔는지 왜 전화 걸 사람이 아무도 없는지에 대한 기억도 시력과 함께 잃었다. 다음날 술이 깨고 눈앞이 부예지면서 앞이 보이기 시작했을 때에도 기억은 끝내 돌아오지 않았다. 나무 벤치의 차가운 감촉만 선명했다. 머지않아 그때처럼 돈벌이도 못하고 가족도 남자도 없이 홀로 거리를 헤매게 될는지 모른다. 홈리스. 집이 없다는 말을 이보다 더 적나라하고 직접적으로 표현한 말이 또 있을까. 내 쪽의 침묵이 심상치 않음을 알아채고 여자는 화제를 바꿔 그곳의 날씨를 전한다.

"외투를 두 개나 껴입고 다녀요. 오리털 파카 챙겨 오기를 잘했어요. 서울의 겨울이 너무 추워서 겨울만 되면 집에 틀어박혀 지냈는데 이곳은 더해요. 한 블록만 가면 슈퍼가 있는데도 며칠째 냉장고 음식만 축내고 있어요. 나 엄마 집에서 나왔어요. 너무 자주 옮겨 다니죠? 얼마나 버틸지 모르지만 지금은 혼자 지내요. 난 혼자 있는 거 죽도록 싫어하는데. 그래서 화분도 사 모으기 시작했어요. 혼자 있으면 밤에 자꾸 이상한 소리가 들려서요. 옆에 있는 사람이 누구든지 꽉 껴안을 수밖에 없었어요. 안 그러면 내 몸이 갈가리 찢길 것 같았거든요. 우리 엄마는 어쩌자고 그 집에 애들만 남겨 두고 떠날 생각을 했는지 모르겠어요."

여자의 목소리가 눅눅해졌다. 나는 대충 듣고 있던 전화기를 귀에 바짝 갖다 댔다. 전화 끊을 타이밍을 놓쳤다. 이런 얘기를 하는 상대를 두고 전화를 끊을 만큼 냉정하지 못한 나를 나무란다. 그러나 어쩌란 말인가. 나도 모르는 새 그녀가 거기서 어떻게 살고 있는지 다 알게 되어 버렸다. 심지어 이 집에서의 옛날 그녀 모습까지. 그래서 완전히 나 몰라라 할 수가 없다. 하마터면 내 쪽에서도 같이 살던 남자 친구한테서 쫓겨나 이 집에 이사 오게 되었노라고 고백할 뻔했다.

여자와 얘기하는 동안 나는 새로운 사실을 깨달았다. 정말 놀랍게도 그를 까맣게 잊고 있었다. 한 번쯤 분통을 터트리거나 원망할 만도 한데 그가 전혀 생각나지 않았다. 같이 살 때는 좋아한다고 믿었다. 헤어지고 나니 그와의 관계가 명료해졌다. 우리는 아무 사이도 아니었다. 그냥 같이 산 거였다. 그것이 더 편리하고 유익했으니까. 넌 왜 나랑 사니? 내가 옆에 있는 걸 알기나 하는 거야. 그는 고래고래 소리를 질렀다. 뭘 바라는데. 집을 핑크색으로 꾸미고 같이 요리하고 종일 침대에서 뒹구는 것, 진작 말하지 그랬어. 그런 거라면 뭐가 어렵겠니? 나는 읽던 만화책으로 다시 눈을 돌렸다. 그게 아니잖아. 사람 참 치사하게 만든다, 너. 내 말은 옆에 있는 나를 좀 봐달란 말이야. 너, 혼자 너무 잘 노는 것도 병이다. 만화책을 뺏어서 집어던지는 그에게 따졌다. 이게 뭐야. 부모랑 사는 거랑 하나도 다르지 않잖아. 추궁하고 몰아붙이고 왜 너도 나를 가두지 그러니? 나는 그냥 가만히 있고 싶을 뿐이야. 그에게는 그게 불가능한 일이었나 보다. 그가 데려온 비쩍 마르고 눈꼬리가 올라간 여자와는 어떻게 살까. 정말 나는 그를 잊은 걸까. 아르바이트 하는 데서 자는 것보다 그의 원룸이 훨씬 편했지만 그게 그와 같이 산 이유랄 수는 없었다.

"뜨끈한 북엇국이 먹고 싶어요. 그 생각을 하다 전화했어요. 괜찮죠?"

여자는 나를 더 구석으로 몰아붙인다. 차라리 괜찮냐고 묻지를 말든지. 이제는 나도 힘이 빠져 그냥 끝까지 들어 주자고 체념한다. 내가 왜 이런 역할을 떠맡아야 하지, 따위의 생각은 접어 두기로 하자. 세상에 일어나지 못할 일이란 없다지 않는가. 담배 연기를 한숨처럼 길게 뽑아내는 소리가 들렸다. 마치 내 앞에서 고개를 무릎에 파묻고 있는 여자를 본 것만 같다. 목련나무 사이에 몸을 말고 누운 고양이처럼. 내가 이사 온 뒤로는 고양이 소리를 듣지 못했다. 어쩌면 고양이 울음은 그녀의 환청이었는지도 모른다.

"당신은 요리를 잘 하나요? 나는 누군가 나만을 위해 만든 음식을 먹어 본 지가 언젠지 몰라요. 음식점에서 만든 불특정다수를 위한 음식 말고 나를 먹이기 위해 공들여 만든 음식 말이에요. 뜨거워서 혀를 데이고 간이 안 맞더라도……."

그러고 보니 여자가 음식 먹는 것을 별로 본 적이 없다. 요리를 하는 것은 더욱더. 갖가지 조리 기구와 그릇을 사 모은 사람치고는 요리에 관심이 없었다. 주로 빵이나 김밥을 사다 먹었다. 음식 되게 맛없게 먹네. 여자가 핏줄이 도드라진 손가락으로 빵을 뜯어먹는 것을 보면서 생각했었다.

"나도 열심히 끼니를 챙기는 편은 아니에요. 배고픔을 해소하는 차원에서 뭔가를 먹죠."

"경복궁을 지나 삼청공원 쪽으로 걸어가다 보면 서울에서 두 번째로 맛있는 팥죽집이 있어요. 겨울에는 가끔 거기 가서 달지 않은 옛날 팥죽을 사 먹었는데. 언제 한번 들러 봐요."

"전화 요금 아껴서 코리아타운에 가보지 그래요. 혹시 알아요. 그곳에도 팥죽집이 있을지."

야단치는 소리가 내 입에서 튀어나왔다. 너무 모질게 말했나. 짜증이 나긴 했다. 난데없는 음식타령에다 청승맞은 목소리까지. 그곳에서 뭐든 잘 해보려는 생각 없이 시간과 돈만 낭비하는 어리광쟁이 여자한테 화가 났다. 불필요한 감정이다. 몸만 아프지 않았어도 이토록 과잉 반응을 하지는 않았을 텐데. 나는 이렇게 마음의 평정을 잃은 상태가 싫다. 여자는 뭔가를 한참 생각하더니 잘 자라면서 전화를 끊었다. 오늘도 편한 잠을 자긴 글렀다. 빈 수화기를 들고 어둠 속에 앉아 있는 내가 뚜렷이 인식되었다. 뭔가 나를 비껴간 기분이다. 내 숨소리가 방안에 울렸다. 내가 여태 혼자 살고 있었구나. 갑자기 집이 너무 커 보였다. 다음에는 제발 밤중에 전화해서 잠 깨우지 말라고 꼭 말해야겠다. 여자는 마치 내 결심을 알고 있기라도 한 듯 전화를 걸어 오지 않았다. 나는 자연스레 여자를 잊고 지냈다. 여기저기 일자리를 알아보느라 다른 생각할 틈도 없었다. 그 일은 항상 사람의 진을 뺀다. 녹초가 되어 쓰러져 잠드는 날이 많았다.

빗소리를 뚫고 전화벨이 울린다. 전화벨 소리인지, 물 끓는 소리인지, 비바람 소리인지, 아니면 그 모든 게 뒤섞인 소리인지 모호하다. 꽃잎이 죄다 떨어져 발에 밟혔다. 빗소리는 점점 커졌다. 짓이겨진 꽃잎에서는 빗물 냄새가 났다. 그래서 내가 꽃 키우기 싫다고 했잖아! 나는 소리를 지르다 깬다. 전화벨은 기다리고 있었다는 듯 목청을 돋운다. 술에 취한 남자는 여자 이름을 불렀다. 정수연. 낯선 목소리의 남자가 그녀를 찾기 전까지는 정말 여자를 까맣게 잊고 있었다. 그건 내 주특기다. 지난 일은 바로바로 완전히 잊는다. 삭제 키를 누른 것처럼. 나는 그에게 정수연은 지금 여기 없다고 알려 주었다.

"그 여자가 그렇게 말하라고 하던가요?"

남자는 느슨해지려는 끈을 잡아채듯 말을 받았다. 그게 아니라 서울을 떠나 외국에 갔다고 구체적으로 말했다. 그는 조금 놀라면서 그게 사실이냐고 되물었다. 그렇다고 대답하고 전화를 끊으려는 찰나 남자가 절박한 소리로 불렀다. 잠깐만요. 제발 전화 끊지 마세요. 남자는 울먹이고 있었다. 뭔가 섬뜩한 기운이 등을 타고 내려갔다. 이 남녀가 대체 왜들 이러는 거야. 짜기라도 한 것처럼 번갈아 전화를 걸어 밤잠을 설치게 하니 미칠 노릇이었다. 그 집을 떠났을 리가 없는데, 라고 남자는 힘없이 되뇌었다. 그만 전화 끊겠어요. 내 목소리는 차갑고 퉁명스러웠다. 너무 늦었죠. 그는 신호음을 남기고 전화 저쪽으로 사라졌다. 온몸이 비에 젖은 것처럼 끕끕하고 무거웠다. 잠시 후 대문 두드리는 소리가 들렸다. 단속적으로 철제 대문이 흔들리는 소리가 들렸지만 나는 이불을 뒤집어쓰고 꼼짝도 하지 않았다. 초인종이 울렸다. 한 번, 두 번, 세 번. 절대 포기하지 않겠다는 듯 연거푸 울려 댔다. 공포감을 이기지 못해 나는 문에서 멀리 떨어진 벽에 몸을 붙였다. 꿈속에서도 벨소리를 들었다. 그 소리가 꿈까지 따라왔을까. 어쩌면 그것은 환청이었는지 모른다.

다음날 그는 다시 전화를 걸어 왔다. 술이 취하지 않아서인지 소심하고 조용한 말씨였다. 어제는 죄송했어요. 찾을 물건이 있어서 전화를 했는데 엉뚱한 사람이 전화를 받아서 놀랐어요. 책꽂이 아래 서랍에 하모니카가 있는데 언제 그걸 찾으러 갈게요. 하지만 남자는 찾아오지도, 더는 전화를 하지도 않았다. 그가 말한 서랍에는 오래된 잡동사니가 가득 들어 있었다. 구겨지고 변색된 사진들, 새총, 병뚜껑, 떨어진 단추, 누런 편지 봉투 그리고 그의 말대로 귀퉁이가 우그러진 낡은 하모니카가 서랍 안쪽에 있었다. 나는 하모니카 아래에 깔려 있는 사진 한 장을 집어들었다. 네댓 살 된 여자 애와 돌이 갓 지난 남자 애가 큰 목욕통에서 물장난을 하는 사진이었다. 여자는 정수연일까. 알 수 없었다. 한때는 그녀도 이 집에서 행복한 시절을 보냈겠지.

나는 가끔 남자의 목소리를 떠올렸다. 여자는 이 집에 안 오는 게 아니라 못 오는 게 아닐까. 내가 알지 못하는 그 무엇이 있다는 느낌을 떨쳐 버릴 수 없었다. 왠지 여자가 얼마 안 있어 전화를 할 것만 같았다. 내게 할 말이 있을 거라는 예감이 들었다. 불길한 예감일수록 잘 들어맞는다. 여자의 전화는 어김없이 새벽 한 시가 넘어 걸려 왔다. 한 달씩이나 전화를 하지 않다가 옆에서 지켜본 것처럼 남자가 전화를 하자마자 연락을 해 오다니. 기가 막혔다. 나는 여자한테 따졌다. 자꾸 이런 식이면 계약을 파기할 것이며 일방적으로 전화선을 뽑아버리겠다고 소리쳤다. 여자는 미안하다는 말만 거듭했다. 상황이 뒤바뀐 것 같았다. 결코 큰소리칠 형편이 아닌데도 나는 당당했고 여자는 사정을 했다. 그러면서도 꽃들은 잘 자라냐고 빠트리지 않고 물었다. 죽이지 말고 잘 키우세요. 여자의 잦아들어가는 목소리에 일말의 죄책감을 느꼈다. 화분은 열심히 돌보고 있으니 걱정 말라고 다소 누그러진 목소리로 대답해 주었다.

"당신이 만든 커피를 마시고 싶군요. 우리 동네 커피숍에 갈 때마다 바리스타가 뽑은 커피 맛있게 먹고 꼭 고맙다고 인사해요. 세심한 주의를 기울여 한 잔의 에스프레소를 만들 당신 생각이 나서요."

"에스프레소나 마키아토 같은 진한 커피를 마실 때는 리치한 맛의 티라미스 케이크를 드세요……. 근데 대체 거기서 뭐해요? 돌아오겠다고 말 한 시간이 다 돼 가잖아요."

나는 그녀의 안부를 묻고 있다. 내가 어떻게 반응하든 여자가 발끈하지 않으니까 나까지 긴장이 풀렸다. 그녀가 친근하게 느껴지기조차 했다. 마음을 종잡을 수가 없다.

"사실 아무 생각 없이 살아요. 그러려고 여기 왔는 걸요. 외국에 있으면 그 시간 동안 인생이 유보되고 있는 것 같은 착각에 빠져요."

"나도 새 일자리를 찾고 있어요. 바리스타라고 해 봤자 서빙 하는 아르바이트생하고 월급이 비슷하거든요. 먹고살기도 빠듯해요. 나중에 이사 가려면 돈을 모아야 하는데. 새로운 일을 시작하고 싶어요. 아직도 직업을 바꾸면 새로운 인생이 시작될 거라고 믿고 있어요."

"당신에겐 인생이 무척 선명한 것 같아요. 나는 아직도 내게 남아 있는 인생이 무서운데. 갑자기 당신이 보고 싶군요. 잠 잘 자고 집에 있는 조리 기구로 맛있는 거 많이 만들어 먹어요. 그러고 싶었는데 별로 그러지 못했어요. 여기선 더 안 되고……. 빌트인 가구가 있는 아파트에 가방 하나 달랑 챙겨 왔거든요. 학교에 다니게 될지 몰라요, 내년에는. 당신한테는 기쁜 소식이 되겠군요. 여기 있어도 그 곳에 내 집이 있으니까 이곳이 내가 있을 곳이라는 생각이 영 안 들어요."

나는 눈을 감고 여자의 마른 얼굴을 떠올린다. 고마워요. 나지막이 속삭이며 그녀의 손을 잡는다. 상상 속의 그녀 손은 무척 차가웠다. 누군가의 따뜻한 체온이 필요한 사람이다. 전화를 걸어 온 남자에 대해 여자한테 얘기를 할까 말까 망설이다 그만두었다. 무언가 더 복잡해질 거라는 예감이 들었다. 혹시 그 말이 듣고 싶어서 여자가 내게 전화를 건 거라면 나는 그녀를 배반한 셈이다.

　네거리에서 오른쪽으로 20미터쯤 올라가면 퓨전 중국음식점이 있고 카페는 바로 옆이라고 했다. 건물 전체에 흰 칠을 한 중국집이 보였다. 목을 빼고 옆 건물의 간판을 찾았다. '비탈'. 언덕 위 '비탈'을 찾기는 어렵지 않았다. 외벽에 회칠을 한 유럽풍의 고풍스런 카페였다. 아슬아슬하고 가파른 비탈의 이미지와는 사뭇 거리가 있었다. 문을 밀자 나무문에 매달린 청동 재질의 종이 요란한 소리를 냈다. 창가 자리에 앉아 남자에게 전화를 걸었다. 아, 오셨군요. 그는 사무실이 카페에서 일 분 거리에 있다는 말로 통화를 줄였다.

　황갈색의 빳빳한 종이봉투를 탁자 위에 올려놓았다. 용건을 전달할 시간을 줄이기 위해서다. 이것만 전하면 내 일은 끝난다. 이깟 소포 하나쯤 택배로 보내면 간단할 것을 여자는 직접 전해 달라고 부탁했다. 요즘처럼 택배가 보편화된 세상에 구태여 번거로운 방법을 고집하는 이유는 묻지 않았다. 정진우. 봉투 겉에 쓰인 이름을 속으로 읽어 본다. 어디서 많이 들어 본 것 같다. 흔한 이름이긴 하다. 나지막한 목소리의 진중한 남자 얼굴이 연상되는 이름이다. 밤에 전화를 걸었던 남자와 같은 인물일까. 목소리로는 분명 그 사람 같은데 왜 아는 척을 하지 않았을까. 낯 모르는 사람을 기다리는 기분은 그리 나쁘지 않았다. 남자에게 전화를 걸었을 때 나

역시 그를 한번 만나 보고 싶었다. 호기심을 불러일으키는 어떤 기미를 느꼈다. 내게 뭔가를 기대하는 것 같은, 무슨 말이 하고 싶기도 하고 아무 말도 하고 싶지 않기도 한 것 같은 머뭇거리는 어조였다.

여자가 내게 소포를 보내 온 것은 일주일 전이었다. 납작납작하면서 각이 진 글씨로 쓴 내 이름은 낯설었다. 낯선 봉투와 낯선 발신자 때문이었을 것이다. 이런 식으로 누군가에게서 소포를 받아 본 건 처음이었다. 내 이름이 쓰인 우편물조차 받아본 적이 없었다. 포장을 뜯어내자 상자 안에는 똑같은 크기의 봉투가 두 개 들어 있었다. 하나는 내 앞으로 보낸 거고 다른 봉투는 수신자가 정진우였다. 그 소포를 직접 전해 달라는 부탁의 편지도 동봉되어 있었다. 알래스카에 여행을 갔다가 그곳 원주민인 이누이트 족이 파는 백 퍼센트 진짜 양털로 짠 스웨터를 샀는데, 겨울이 오기 전에 입을 수 있었으면 좋겠다고 했다. 이건 또 뭐야. 이젠 전화하는 것도 모자라 심부름까지. 소포 겉봉의 남자 이름 옆에 직장으로 보이는 출판사 주소와 전화번호가 적혀 있었다.

나는 소포를 바닥에 던졌다. 가을이 되어 마루 깊숙이 들어온 햇살이 소포 위로 쏟아졌다. 그녀 또한 햇살처럼 내 영역 안으로 거침없이 침범해 들어오고 있다. 편지 내용을 싹 무시하고 소포 뭉치를 그녀 방에 던져 놓고 싶었다. 어째야 하지. 따지고 보면 간단한 일인데 왜 그리 기분이 찜찜했는지 모른다. 나한테 온 소포를 뜯었다. 손으로 짠 두툼한 아이보리색 스웨터는 지금 입기에 적당한 두

께였다. 손에 닿는 감촉이 부드럽고 따뜻했다. 나는 스웨터를 집어 들어 양 볼에 비볐다. 비릿한 냄새가 코를 찔렀다. 짐승의 냄새였다. 살갗 가까이까지 양털을 깎아서 만든 스웨터라는 걸 증명이라도 하듯이 땀내 비슷한 살 냄새가 물큰 났다. 엉겁결에 스웨터를 얼굴에서 떼어 냈다. 쉽사리 팽개쳐버리기엔 마음에 걸리는 게 있었다. 방금 살에서 깎아낸 것 같은 양털 냄새 때문이었을까. 며칠 버티다 남자한테 전화를 걸었다.

　나는 물을 한 모금 마시고 밖을 내다보았다. 일 분 거리에 있음 직한 건물들을 하나씩 눈으로 훑어나갔다. 페인트타운, 아베뉴, 세븐일레븐, 5월의 신부, 미도리 스시. 음식점과 옷가게가 대부분이었다. 오 층 정도의 건물은 비슷비슷한 구조에다 업종까지 유사해서 아무런 특징도 찾을 수 없었다. 이런 곳 어디에 출판사가 박혀 있는지 아는 사람이나 알겠지. 내가 처음 여자의 집을 찾던 날도 엇비슷한 골목을 대여섯 번쯤 돌았다. 여자가 대문 앞에 나와서 기다리고서야 만날 수 있었다. 주위는 다 재개발이 이루어져 삼사 층짜리 다세대주택으로 바뀌었는데 그녀의 집만 단층의 일자형 주택이었다. 서울에 아직 이런 집이 남아 있었나. 문 앞을 지나쳤지만 초록 대문집이 그 집일 거라곤 생각하지 못했다. 이거라고 가리키기 전에는 아무리 특징을 말해도 찾아 내기 힘들 때가 있다. 방 두 개, 부엌, 마루, 한 가족이 살기 딱 알맞은 구조였다. 그런데 여자는 부모가 오래전에 캐나다로 떠났다고 했다. 아이들만 살기엔 손이 많이 가는 집이었을 텐데.

플라타너스는 벌써 이파리를 떨어트리기 시작했다. 건너편 가게 앞에 내놓은 국화는 시커멓게 시들었다. 꽃은 흉측한 모습으로 화분 치우는 것을 잊은 게으른 주인을 행인에게 고발하고 있었다. 어느새 가을이 깊었다. 늦여름에 이사를 했으니 벌써 한 계절이 지나갔다. 창문을 다 닫아걸고도 커튼을 쳐야 할 만큼 추워졌다. 피카소 거리가 한눈에 보이는 카페는 실내장식을 앤티크 스타일로 꾸며 단골들만 드나들 것 같은 분위기였다. 물 컵에 레몬을 띄우는 세심한 배려는 찻값이 꽤나 비싸다는 암시로 읽혔다. 왜 자꾸 이런 걸 유심히 보는지 모른다. 이 카페에 오기 전에도 홍대 근처의 커피 전문점 몇 군데를 기웃거리며 돌아다녔다. 바리스타의 복장과 브루잉 시간, 서빙하는 매너 등을 꼼꼼히 살폈다. 곧 그만둘 거면서 이런 건 조사해서 뭐 하나 헛웃음이 나왔다. 이 버릇을 고치려면 시간이 좀 걸릴 것이다. 습관에 길들여진 몸은 나약하다. 그래서 가엾다. 한 가지 버릇을 고치는데 이십일 일이 걸린다고 한다. 본인이 죽어라고 고치려는 노력을 하는 경우에 말이다. 영국에서 어떤 의사가 연구를 했다는 뉴스를 보았다. 그 사람도 고질적인 버릇 때문에 어지간히 고생한 모양이다. 발을 떤다거나 머리를 긁는 버릇은 물론 일찍 자고 일찍 일어나는 습관도 포함된다. 그리 절망적인 이론은 아니다. 이십일 일이면 삼 주에 불과한데 그 정도야 투자할 수 있다.

가방에서 막 담배를 꺼내는데 한 남자가 문을 열고 들어섰다. 이분 삼십 초 걸렸다. 발을 또박또박 떼어 놓는 규칙적인 걸음걸이,

검고 숱진 머리칼, 흔들지 않고 걷는 마르고 날카로운 어깨, 느리게 감았다 뜨는 눈, 단정한 입술. 내성적이고 이지적인 사람이 가진 일반적인 특징은 다 갖고 있었다. 그는 내 쪽을 바라보았다. 실내에는 나를 빼면 대학생으로 보이는 커플 두 쌍밖에 없었다. 나는 손을 들었다. 첫눈에 그가 정진우임을 알아보았다. 남자는 생각보다 젊었다. 스물일곱쯤. 낯설면서도 어딘지 낯익은 얼굴. 이 시대의 미남은 그런 느낌을 주어야 한다지. 진회색 데님 바지에 받쳐 입은 초콜릿 색 스웨터는 자유로운 전문직에 종사하는 사람의 차림새였다.

남자는 자리에 앉으면서 탁자 위에 놓인 소포 꾸러미로 눈길을 보낸다. 우리나라에서는 잘 쓰지 않는 광택 나는 브라운 백. 두꺼운 매직으로 쓴 그의 이름, 출판사 주소와 전화번호를 라틴어를 판독하려는 시선으로 새기고 있다. 마치 보낸 사람의 얼굴이나 몸을 구석구석 뜯어보듯이. 작은 단서라도 찾아내려는 탐색의 눈길이었다. 나는 담배를 한 개비 꺼내 불을 붙였다. 그는 담뱃갑에 그려진 고양이와 내 얼굴을 똑같은 시선으로 쳐다본다. 나 또한 그런 그의 모습을 눈여겨보고 있다. 한 대 피우실래요. 그는 고개를 젓는다. 그 사이 종업원이 주문을 받으러 왔다. 남자는 나한테 눈짓으로 물었다. 메뉴판에는 꽤 다양한 종류의 커피가 적혀 있었다. 나는 카페모카를, 그는 카페마키아토를 시켰다. 그가 전화를 걸어 정수연을 찾던 그 남자라는 사실이 확실해졌다. 마키아토, 마키아토. 나는 입 속으로 그녀의 아이디를 발음해 본다. 반갑습니다. 겨우 한 마디 하고 그는 다시 입을 다물었다. 나는 어깨를 으쓱해 보였다. 바리스타를 겸하는 종업원이 커피를 가져왔다. 카페모카는 어떤 초코 파우더를 쓰는지 부드럽고 깊은 맛이 났다. 아마도 초코와 커피가 잘 섞인 덕분인 것 같다. 커피 잔 밑에 잔 받침 외에도 은접시를 받쳐서 서빙하는 건 배워 둘 만했다. 그가 시킨 마키아토는 먼저 만들었는지 서빙해야 할 시간을 놓쳐 크레마가 흐릿했다. 갈색과 흰색이 적당히 어우러져야 제 맛이 나는데 커피 맛이 조금 쓸 것이다. 그는 간장 종지만 한 잔에 담긴 마키아토를 조금씩 홀짝였다. 거품을 입술에 묻혀 가며 커피를 다 마시고 나서 종업원을 불렀다.

"벡스 맥주 한 병 주세요."

근무 중인 사람이 낮 시간에 맥주라니. 그것도 처음 만나는 사람을 앞에 두고서. 나는 좀 어이가 없었다. 어쩌면 쓴 커피 맛을 씻어 내려는 건지도 모른다. 저두요. 얼른 덧붙이는 내게 그의 시선이 조금 오래 머문다. 그는 나이에 걸맞지 않는 무거운 얼굴로 잠자코 고개를 숙인 채 생각에 잠겨 있다. 허튼 대화라도 시도할 법한데 그의 입은 좀체 열리지 않는다. 그러나 나는 이런 어색함을 잘 견딘다. 속이 뻔히 들여다보이는 인사치레로 자신을 매너 좋은 사람으로 착각하는 부류보다는 훨씬 낫다. 그렇긴 해도 인생을 즐거이 사는 것까지는 아닐지언정 세상을 향해 늘 석연찮은 눈길을 거두지 않는 불평불만 분자는 사절이다. 내 주위에는 괴팍한 인간들 투성이라는 생각을 한다. 최근 얼마 동안은 그랬다. 세상의 괴팍한 인간들은 모두 내 주변에 모여 사는 게 아닌가 의심한 적도 있었다. 그러나 그 중에서도 내가 가장 괴팍한 인간임을 깨닫고 그 의심을 거두었다.

"선물 궁금하면 한번 뜯어보세요."

내 말에 그는 봉투로 시선을 떨군다. 잠시 후 손을 봉투 위에 올려놓는다. 손의 무게 때문에 봉투가 푹 꺼진다. 푹신한 스웨터의 느낌을 그의 손바닥은 감지했을 것이다. 어디선가 짐승의 냄새가 풍기는 것 같았다. 그는 도로 손을 내리고 담뱃갑으로 시선을 옮긴다. 종업원이 담배를 옆으로 치우고 맥주 두 병과 너트 접시를 탁자에 내려놓았다. 이번에는 내가 맥주병을 노려보았다. 밤이면 여자가 마시곤 하던 맥주였다. 초록색 라벨이 붙은 독일산 맥주. 몸에 뭔가 끈끈한 게 들러붙는 기분이다. 그는 라벨 부분을 손으로 잡고 병뚜껑을 땄다. 맥주병을 건네주는 그의 손에 눈길이 갔다. 몹시 마른 손이다. 뼈마디가 울퉁불퉁 드러난 데다 까칠한 게 물기라곤 없었다. 만져보나마나 차가울 것이다. 나는 깔깔한 입을 헹구어내듯 맥주를 단숨에 삼 분의 일쯤 마셔 버렸다. 그는 내 얼굴을 뚫어져라 보았다.

"목이 몹시 말랐나 보군요."

이제야 그의 입이 열렸다. 맥주 한 모금을 마시고 나서 자못 심각하게 말을 이었다.

"고맙습니다. 그리고 미안해요. 이곳까지 오시게 해서. 그런데 궁금했어요. 어떤 분인지."

나는 그의 얼굴을 빤히 쳐다보았다. 나를 궁금해 할 이유가 뭐지.

남자는 나를 경계하지도 예의를 차리지도 않고 오래 만나 온 사람처럼 대했다. 무례하다기보다 무람없는 태도였다. 그럼에도 점점 그가 불편했다. 그와는 대화를 하지 않는 편이 나을 뻔했다. 물건만 전해 주고 바로 일어설 것을. 나는 나머지 맥주를 마저 비웠다.

"이제 제 일은 끝난 거죠? 그만 일어날게요."

그는 고개를 끄덕인다. 내가 담배를 챙겨 넣고 가방을 들고 일어서는 동안 그는 묵묵히 소포 꾸러미만 내려다보고 있다. 찻값은 대신 내주세요. 나는 돌아서서 카페를 나왔다. 오후 네 시의 대학가는 한가하지도 붐비지도 않는 그저 그런 서울거리였다. 극동방송 쪽으로 가는 신호등 앞에 섰다. 초록불로 바뀌어 길을 건너려다 그가 앉아 있는 자리를 돌아보았다. 그는 내게서 시선을 떼지 않고 있었다. 나는 걸음을 서둘렀다. 그 순간 그를 어디서 많이 본 것 같다는 느낌이 얼핏 지나갔다. 그는 분명 내가 아는 누구와 많이 닮았다.

유실물

아침 신문을 치우던 그녀는 별안간 알 수 없는 열기에 휩싸였다. 숨 가쁜 불꽃이 몸속에서 폭죽처럼 피어올랐다. 정수리가 달아오르더니 목에서 배로 급기야는 성기까지 불길이 흘러 내려갔다. 병원에서 돌아오고 한 달쯤 지나 비슷한 경험을 한 적이 있다. 몸이 불에 덴 듯 뜨거워져 옷을 훌훌 벗어 던졌다. 삽시간에 알몸이 되고 나자 몸과 마음이 그렇게 후련하고 편할 수가 없었다. 아주 기분이 좋아져서 갓난애처럼 몸을 말고 눕거나 거실을 서성였다. 샤워하고 나서도 옷 입는 시간을 자꾸만 미루었다. 맨몸으로 커피도 마시고 침대에 가만히 엎드려 있기도 했다.

그 뒤로도 간혹 유사한 증상에 시달렸다. 무서우리만치 맹렬한 기운이 몸속에서 솟구쳤다. 물러서지 못하게 누군가 그녀의 등을 떠미는 것 같았다. 몸은 그녀가 알고 있는 어느 곳을 향해 멀리까지 흘러갔다 오곤 했다. 그녀는 이 엄청난 변화를 스스로에게도 그 누구에게도 설명할 수가 없었다. 그녀의 침묵은 그런 설명을 대신하는 것이었다. 보통 그러다가 시나브로 잦아들곤 했는데 오늘은 달랐다. 온몸이 화닥거리기 시작하더니 나중에는 감전된 것처럼 저릿저릿했다. 그녀는 수화기를 들었다. 곧장 남편의 전화번호를 눌러 구조대원에게 외치듯 소리쳤다.

"밖으로 나가고 싶어. 빨리 좀 와 줘."

어디든 달려 나가고 싶었다. 전자 대리점을 하는 남편은 그녀의 말을 들으면서도 매장 직원과 대화를 계속했다. 바쁘면 차만 갖다 주든지. 그녀는 다시 한 번 말한다.

"예약된 김치 냉장고 배달이 두 대나 있어서……. 알았어. 직원한테 맡기고 갈 테니까 조금만 기다려."

남편은 무슨 말인가를 더 하려다 만다. 그녀는 그 말의 여운을 곱씹는다. 그녀는 서둘러 외출복으로 갈아입고 베란다에 서서 아파트 입구를 내다 본다. 남편 차가 멀리서 보이자 집까지 오는 시간을 참지 못해 후다닥 아래로 내려갔다. 차에 오르기가 무섭게 그녀는 연천으로 가자고 했다. 거긴 갑자기 왜 가냐며 남편은 뜨악한 표정을 감추지 못했다.

"나 어릴 때 거기서 살았다고 했잖아. 요 며칠 자꾸 꿈에 그 동네가 보여서."

그녀는 확신 없는 말투로 대답했다. 그렇게밖에 말할 수 없었다. 남편은 그 대답을 납득할 수 없다는 듯 그녀를 한참 동안 쳐다보았다. 고작 그게 발바닥에 땀이 나도록 바쁜 사람을 불러들인 이유야? 그의 표정은 그렇게 말하고 있었다. 이내 체념한 듯 그녀에게 안전벨트나 매라고 일러 주었다. 겨우 활기를 찾은 그녀를 실망시키고 싶지 않았을 것이다. 그녀가 하는 대로 놔두기로 일찌감치 마음먹은 건가.

106번 국도를 따라 문산 방면으로 막 진입했을 때였다. 차가 갑자기 끼익 소리를 내며 멈춰 섰다. 그녀의 상체는 출렁거리다 앞으로 쏠린다. 운전대를 꽉 잡은 남편의 손등에 힘줄이 도드라졌다. 그는 긴장한 얼굴을 들어 정면을 쏘아본다. 범퍼 바로 아래 검은색의 길쭉한 물체가 보였다. 크기로 치자면 고양이나 강아지쯤 될까. 그녀는 고개를 외로 틀었다. 작년 휴가 길에도 느닷없이 나타난 고양이를 치어 그 자리에서 죽게 했었다. 검은 뭉치가 눈앞을 휙 지나쳐 바닥으로 곤두박질치던 장면이 퍼뜩 스쳤다. 불과 몇 분전만 해도 기세 좋게 도로를 활보했을 고양이는 내장을 쏟아낸 채 엎어져 있었다. 자동차가 두어 대만 더 지나가면 금세 납작해질 것이었다. 그녀는 당시의 상황이 떠올라 진저리를 쳤다.

"저게 왜 저기 떨어져 있지?"

남편의 짜증스런 목소리를 듣고서야 시선을 앞으로 돌린다. 자세히 보니 무릎까지 오는 여자 부츠였다. 간혹 찻길에서 낡은 슬리

퍼나 어린애 운동화를 본 적은 있다. 그런데 동네 구둣방에서 샀다 해도 족히 십만 원은 주었음직한 가죽 부츠라니. 쉴 새 없이 지나다니는 자동차의 소음을 들으며 그것이 뱃가죽이 납작하게 눌린 짐승이 아님에 안도한다. 자동차는 부츠의 종아리 부분을 밟고 다시 출발했다. 그녀는 고개를 돌려 뒤를 돌아보았다.

귀찮은 일 생기지 않아서 다행이야. 이곳까지 오는 동안 한 번도 입을 열지 않던 남편의 옆얼굴을 쳐다본다. 조금 전의 놀라움은 말끔히 가신 얼굴이다. 안도감도 잠시뿐 다시 무표정으로 돌아가 있다. 그녀는 시선 속으로 불쑥 뛰어 들어온 그 신발에 대해 헛된 상상을 키워가기 시작했다. 남자와 여자가 차를 타고 가다 싸우게 되었다. 참다못한 남자가 차에서 내렸다. 목소리를 높인 언쟁은 길게 이어졌다. 마침내 그들은 이성을 잃고 몸싸움을 하기에 이른다. 끝내 자신의 의사를 관철시키지 못한 여자는 분을 참지 못하고 신발을 벗어 남자를 후려쳤다. 하지만 그녀의 상상은 거기서 더 이상 나아가지 못했다. 지퍼를 내리고 벗는데 상당한 번거로움이 수반되는 부츠를 벗느니 주먹을 이용하는 게 쉽지 않았을까. 그게 훨씬 더 설득력 있는 추측이었다.

휴전선 인접 지역이 가까워지자 길에는 군인과 군용트럭이 부쩍 많아졌다. 군부대 주위에 낮게 엎드린 야산은 이미 연두 빛이 감돌고 간혹 성급하게 꽃망울을 터트린 개나리도 있었지만 그녀의 눈에는 어느 것도 들어오지 않았다. 한 짝의 부츠에 대한 그녀의 상념은 계속되었다. 그녀는 발을 꼬무락거려 구두를 벗어 보기도 했다. 아무리 다급해도 신발이나 옷을 벗는 것은 예사롭게 일어날 수 있는 일이 아니다. 여자는 한쪽 발을 벗은 채 어디로 갔을까. 그녀는 혼잣소리를 했다. 가까운 곳에 숨어 떨어트린 신발을 언젠가 찾으러 올 여자를 기다리고 싶은 충동마저 느낀다.

거리는 점점 늘어나는 상점과 간판으로 번잡해졌다. 그녀는 좀처럼 자신의 상상 속에서 빠져나오지 못한다. 가죽 특유의 광택도 채 가시지 않은 새 신발이 도대체 왜 거기 떨어져 있었을까. 그녀는 운전대를 잡고 있는 남편의 옆얼굴을 슬쩍 곁눈질한다. 퍼석한 머리칼이 이마를 덮고 있다. 피로가 오래 전부터 아예 표정이 되다시피 한 그의 얼굴에서는 이 여행에 대한 어떤 기대도 읽을 수 없다. 문산을 벗어나면 그녀가 가고자 하는 곳에 도착할 것이다. 그녀는 창밖으로 시선을 돌린다. 한결 부드러워진 공기가 콧속으로 들어왔다. 봄이 처음으로 그녀의 시각과 후각을 일깨웠다. 자신이나 옆에 앉은 남편과는 전혀 상관없이 밖은 내밀하게 생명을 키우는 봄기운으로 가득하다. 그녀로서는 어쩌면 맞이하지 못했을 수도 있는 봄이다. 그녀는 온몸으로 그 기운을 받아들이려는 듯 기지개를 켠다. 창문을 반쯤 열고 몸 위로 바람이 지나가도록 팔을 들어올린다. 그녀가 팔로 어깨를 건드리자 남편은 몸을 바깥쪽으로 기울인다. 그녀는 깊은숨을 몰아쉰다. 그녀의 왼쪽 가슴에 바람이 오래 머문다. 그녀는 흠칫 놀라 팔을 내리고 창문을 닫는다.

그녀의 눈에 차츰 힘이 들어간다. 기억의 갈피를 뒤적이며 간판 하나하나를 주의 깊게 살핀다. 연천 이정표가 보이자 그녀의 눈빛은 눈에 띄게 흔들린다. 몇 번이나 고개를 돌려 지나온 길에 다시 눈길을 준다. 이 길 어디쯤일 텐데. 운전석에 앉은 남편은 그런 그녀를 흘깃 쳐다본다.

"가다가 세울 데 나오면 말해."

그는 자신에게 주어진 역할이 운전이나 열심히 하는 것임을 상기시켰다. 맞은편에서 덮칠 듯 빠른 속도로 달려오는 미군 트럭을 피해 그는 반사적으로 핸들을 오른쪽으로 꺾는다.

"여기쯤에 시장이 있었는데."

그녀는 자신 없는 목소리로 조그맣게 중얼거린다. 차가 시내로 접어들자 제일 큰 건물 옆구리에 붙은 보험회사와 보습 학원 간판이 맨 먼저 눈에 띄었다. 이삼 층짜리 건물이 길 양쪽으로 빼곡히 상가를 형성하고 있었다. 그녀는 그 가운데서 자신이 알 만한 건물을 발견하지 못한다. 거리는 전혀 다른 모습이었다. 도로도 사 차선으로 넓혀져 있었다. 이정표는 친절하게 적당한 때에 나와 주었지만 같은 교차로를 두 번이나 지나도 좀체 그녀가 살던 동네를 집어낼 수 없었다. 그제야 비로소 자신이 오늘 아침 왜 이곳에 오고 싶어 했는지 의구심이 들었다.

퇴원하고 나서 병원에 정기적으로 가는 일을 빼곤 외출하는 일이 드물었다. 수영장도 가지 않았고 부녀회 모임에도 빠졌다. 그런 변화는 다른 사람을 불편하게 했으며 갖가지 억측을 불러일으켰다. 사람들은 그것을 후유증이라고 해석했다. 그녀조차 이유를 딱 꼬집어 말할 수 없었다. 하여튼 집을 나가기 싫었다. 전에는 가장 안전하게 자신을 보호하고 있는 곳으로 인식했었던 공간이 어느 순간 견딜 수 없는 곳으로 바뀌었다. 그런데도 그녀는 집에 있는 쪽을 선택했다. 남들이 후유증이라고 부르든 우울증이라고 부르든 그녀는 그 속에서 자유로웠다. 그토록 원하던 것을 손쉽게 얻었다. 집안일에 게으르거나 며칠씩 말을 안 해도 그녀를 탓하는 사람이 없었다. 누구도 그녀에게 무엇을 하도록 강요하지 않았다.

"이것아, 살아야 할 것 아니냐."

그녀 등을 후려치는 노모의 손길은 매서웠다. 붉은 피가 뚝뚝 떨어질 듯 매운 손바닥에는 그녀의 피가 아니라 노모의 피가 묻어 있을 것이다. 그녀는 수증기로 흐려진 눈앞이 다행스러웠다. 이 수증기의 세계에서 살고 싶었다. 바로 코앞도 제대로 보이지 않고 볼 수도 없는 세계. 노모의 부릅뜬 눈은 한사코 그 세계를 거부한다. 수증기를 크고 두터운 손으로 훼훼 몰아내고 그녀를 끌어내려 했다.

한번 다녀가라는 말에 그녀가 시큰둥한 반응을 보이자 노모는 냅다 울음 섞인 고함을 질렀다. 죽을 참이여, 왜 그러고 살아……. 한 달이 지나고 두 달이 지났다. 은근한 말로 달래고 위로를 하던 노모는 전화로는 안 되겠다 싶었는지 단걸음에 달려왔다. 그리고 그녀의 손을 붙잡고 데려간 곳이 목욕탕이었다. 충격요법을 써야겠다고 생각한 모양이었다. 그녀는 노모의 뜻을 충분히 알았다. 그녀에게 닥칠, 또는 그녀가 겪어야 할 모든 일 중에서 최악의 것을 바로 앞에 던져 놓았다. 그것만 뛰어넘으면 다른 문제들은 저절로 해결되리라 믿었을 것이다. 그녀는 노모의 짐작처럼 불행하지 않았다. 단지 하루아침에 세상이 전부 의문투성이가 되었다. 상실감 속에서 오히려 자유를 느끼는 자신을 이해할 수 없었다. 십 년 넘게 굳어져 온 일상에서 조금 비껴나 있다는 사실이, 자신이 남에게 정상인으로 인식되지 않는다는 것이 그녀를 자유롭게 했다.

병원에서 돌아온 날, 그녀는 현관 앞에 서서 한동안 실내를 멀건 눈으로 바라보았다. 아침마다 흰 타월로 닦아 주던 텔레비전과 그 옆의 관엽식물 화분 두 개, 얼마 전 사다 건 동양화 액자까지 그대로였다. 모든 것이 그녀가 집을 나서던 순간에 멈춰 있었다. 그런데도 낯설었다. 그녀는 흡사 처음 남의 집을 방문한 것처럼 어찌할 바를 몰랐다. 하마터면 돌아서서 나갈 뻔했다. 팔을 부축하던 남편은 거실에다 가방을 내려놓고 그녀를 재촉했다. 그녀의 표정이 굳어진 게 피로 때문이라고 생각했는지 신발을 벗기고 부축해서 침대로 데려갔다. 그녀를 눕히기 위해 시트를 걷어냈다. 어깨를 침대로 밀어넣으려는 순간이었다. 그녀는 이제까지와는 달리 완강한 힘으로 그를 밀치고 방을 나갔다. 당황한 그는 그런 그녀를 가만히 지켜보았다. 거실로 나온 그녀는 자신의 자리를 찾아 두리번거렸다.

집에 대한 그녀의 애착은 남달랐다. 도자기를 닦듯 아들을 보살피고 남편을 챙겼었다. 그녀가 느끼는 이 생경함은 무엇인가. 집은 그 자체로 너무나 완전했다. 자신만이 그 구도를 해치는 존재로 느껴졌다. 그녀는 밖으로 시선을 보내다가 베란다로 나갔다. 어린이 놀이터와 주차장 입구를 내려다보다 문득 깨달았다. 그녀가 서 있는 12층 아파트에서 발 하나만 내밀면 바로 허공이었다. 그녀는 입

때껏 자신의 집이 이렇게 높은 곳에 있는지도 모르고 살았다. 겨우 마음을 진정시키고 돌아서는 그녀의 눈에 대뜸 들어온 물건이 있었다. 베란다 한쪽 구석에서 직사광선을 받아 칠이 벗겨지기 시작한 낡은 의자였다. 그녀는 그 의자에 앉아 보았다. 편안했다. 때론 불편한 것이 편하기도 했다. 버리려고 내놓은 의자를 거실로 들고 오는 그녀를 남편은 말 없이 바라보았다. 딱히 말릴 이유를 찾지 못했다. 그때만 해도 그 의자가 어떻게 쓰일지 몰랐다. 그녀는 비워두었던 아들 방으로 의자를 가져갔다.

그녀는 멍하니 허공을 바라보았다. 손을 어디에 두어야 할지 몰랐다. 어쩌다가 손이 가슴 부위로 갈라치면 지레 몸에서 가장 먼 곳으로 손을 보낸다. 그러다 보니 자연스레 무릎 위에 올리거나 늘어트리는 자세가 되었다. 모포로 무릎을 덮다가 손이 스치면 몸이 거기 있다는 것을 여태 알지 못한 것처럼 그녀는 눈을 아래로 둔 채 훑어본다. 돌봐야 할 대상을 오래 방기한 죄에 대한 응징을 받은 건가.

그녀에게서 떨어져 나간 것은 생명을 갉아먹는 암세포 덩어리였다. 그것이 이전에 젖가슴이었다는 것은 아무 의미도 없다. 단지 제거해야 할 암종. 나쁜 기운을 서서히 온몸으로 퍼트려 혹을 자라게 하는 암세포일 뿐이다. 수십 년을 아무 탈 없이 써 오던 몸뚱이도 단 몇 분만 숨을 멈추면 혼이 빠져나가고 부패하기 시작한다. 어제까지 멀쩡히 횡단보도를 건너고 가게에서 담배를 사던 사람이 미생물의 먹이가 되는 것이다. 상상이 되지 않았다. 그 두 몸뚱이가 정말 같은 사람, 같은 몸일까.

밥 먹고 잠자는 시간을 제외한 대부분의 시간을 그녀는 그 의자에서 보냈다. 팔이나 다리처럼 신체의 일부분 같았다. 그녀 자신의 몸은 말할 것도 없이 커피 잔과 실내화, 라면을 끓여 먹던 냄비까지 전부 어색했다. 침대와 가구가 일순 낯설고 불편한 물건이 되어 버린 지금 그녀는 그 의자에 친숙함을 느낀다. 어떤 때는 서 있는데도 자신의 팔꿈치나 등에 의자의 딱딱한 질감이 느껴지기도 했다. 의자를 떠나 있는 시간은 힘들었다. 무엇을 해야 할지 생각하는 게 귀찮았다. 헐거워진 나사가 삐걱거리는 소리에 귀를 기울였다. 이 집에 존재하는 사물들이 내는 소리 중에서 가장 마음에 들었다. 전화벨 소리, 냉장고 소리, 라디오나 오디오 소리, 그 어떤 것도 사람의 신음 소리를 흉내 내는 듯한 그런 소리를 내지는 못한다.

식탁과 함께 다른 의자 셋은 다 치우고 자신이 유독 그 의자 하나만은 버리지 않은 이유를 깨달은 듯 고개를 크게 주억거렸다. 모든 일의 기미는 조금씩 예견되고 그에 따라 움직이는 인간의 운명까지 들먹일 필요는 없었다. 높은 선반 위의 물건을 꺼내거나 전구를 갈아 끼울 때 쓸 요량으로 남겨 두었을 것이다. 꼭 그런 것만은 아닐지도 모른다. 그런 용도라면 새로 산 식탁 의자를 사용할 수도 있다. 결혼하면서 마련한 특징 없는 보루네오 원목 식탁 의자는 베란다에조차 어울리지 않는 아주 낡고 볼품없는 것이었다. 왜 그걸 몽땅 내다 버리지 못하고 한 개를 남겨 두었을까. 인생은 어쩌면 그렇게 전혀 상관없는 일들끼리 서로 얽혀 스토리를 완성해 가는 거라고 가르치는 것 같았다. 자신의 짝이었던 식탁이 없어도, 다른 의자들과 함께가 아니더라도 제 역할을 찾아냈다. 그 의자는 자신의 운명을 짐작이나 했을까.

그녀는 모든 것을 잠자코 바라보았다. 뭔가를 찾아내려는 듯 오랫동안 응시했다. 그 대상이 사람일 때는 문제가 달라진다. 그녀의 뾰족하게 달궈진 시선은 남편을 시험하고 있었다. 그가 그녀를 참아 내는 기간은 다름 아닌 그 시선과 침묵을 참아 내는 시간이리라. 남편이 섣불리 말을 걸어오지 않는 것만은 다행이었다. 침묵을 가장해 곤욕스러움을 모면하는 방법은 남편에게서 배운 것이다. 그는 말이 아무 기능도 할 수 없을뿐더러 오해의 빌미가 된다는 걸 잘 알고 있었다. 조용히 움직이며 자기가 해야 할 바를 생각해 내고 그것을 행동으로 옮겼다. 하나뿐인 아들이 호주에 사는 그 애 고모 집에 조기 유학을 갈 때도 그는 아무런 동요도 하지 않았다. 공부 잘 하라는 말도 없었다. 그만큼 자라 준 아들을 대견해 하지도 않았다. 소풍 잘 다녀오라는 정도의 무게를 가진 힘으로 아들의 등을 두들겨 주었을 뿐이었다. 그 아들이 떠나고 반년도 채 안 돼 그녀가 유방암 진단을 받았을 때도 그랬다.

정기검진 결과를 확인하러 병원에 다녀온 날이었다. 그녀는 저녁을 먹다가 '유방암이래.'라고 말했다. 총각김치를 집으려던 남편의 젓가락은 무를 떨어트렸다. 그리고 잠시 그녀를 뚫어져라 쳐다보더니 '얼마나 됐대?'라고 물었다. 그녀가 '초기는 아닌가 봐.'라고 대답했고 이어 그는 '수술하면 괜찮대?'라고 묻고는 떨어트린 총각김치를 다시 집어 들었다. 눈으로는 그녀의 입을 쳐다보았다. 대답을 듣고 나면 그는 무를 베어 물 것이다. 와삭. 그녀가 '응'이라는 대답을 떨구자마자 남편의 입에서 정말 그 소리가 났다. 자신에게 일어난 일을 하나씩 정리하듯 오래오래 무를 씹었다. 섬유질조차 입 속에서 다 없어질 즈음 그는 '내일 나랑 같이 병원에 다시 가보자.'고 했다. 그는 지독하게 냉정한 사람이다. 그녀의 인생이 그동안 평온했다면 아마 그의 성격 덕분이었을 것이다. 적어도 겉으로는 시끄러운 일이 일어난 적이 없었다. 자신의 감정을 잘 포장할 줄 아는 건 조용한 삶을 사는 데 필수적인 덕목이다. 하지만 그때 그녀는 남편의 태도에 분노를 넘어 적개심을 느꼈다. 그 순간에도 쉬지 않고 세포를 증식하고 있을 암세포조차 그가 옮겨 놓은 독이라고 우기고 싶었다. 그러다가 곧 그의 그런 점을 배우자고 마음먹었다.

"비디오라도 한 편 빌려다 볼까."

남편은 오래 견딜 수 없었는지 그녀를 아들 방에서 끌어내려 했다. 그녀의 삶이 송두리째 바뀌었다는 걸 그는 아직 알아차리지 못했다. 그를 말 없이 바라보던 그녀는 정작 힘겨운 일을 치른 사람은 그일지도 모른다는 생각을 잠깐 했다.

"아무도 나를 못 봤으면 좋겠어!"

그것은 그녀의 진심이었다. 당분간만이라도 자신이 던져진 세계에서 홀로 지내고 싶었다. 이즈음 그녀는 줄곧 이런 식이었다. 마음은 정처 없이 떠돌고 기분은 수시로 곤두박질쳤다. 앞으로 무얼 하면서 살아야 할까. 앞에 남아 있는 날들도 이전과 똑같을까. 생각해 보면 아무 일도 아닐 수 있다. 병이 걸렸고 치료를 받았고 지금은 멀쩡해졌다. 몸의 구조가, 아니 겉모양이 조금 바뀐 것뿐이다. 변화를 순순히 받아들이고 편안해졌다가도 금방 또 참을 수 없어진다. 마치 병이 그동안 잊고 있던 인생의 큰 오류를 일깨워주기라도 한 것 같았다. 모든 게 잘못되었어, 이건 아니야. 고개를 무릎에 파묻고 흐느끼는 동안에도 겨드랑이가 아팠다. 수술 받은 쪽 가슴이 당겼다. 그녀는 외면했다. 통증도 그녀를 정색하고 쳐다보는 사물들도 남편의 존재도 외면했다. 그것만이 최선의 방어였다. 그런데 그것이 전부가 아님을 오늘 아침에야 깨달은 것이다. 그녀의 진심은, 삶의 속내는 다른 데 있었다.

연천 부근을 두 번째 돌고 나서도 짜증을 애써 삼키고 있는 남편에게 여기야, 하고 지목할 곳을 찾지 못했다. 목이 말라. 그녀는 기어들어가는 목소리로 그 말을 하고 등받이에 머리를 기댔다. 남편은 횡단보도를 지나 이런 시골 마을에 어울리지 않는 대형 슈퍼마켓 앞에서 차를 세웠다. 차에서 내린 그녀는 가게 주위를 두리번거렸다. 마침내 슈퍼마켓 뒤쪽으로 군부대가 자리 잡은 야산을 기억하고 있음을 알아차린다.

엄마 따라서 그 산으로 산나물을 캐러 갔다가 길을 잃어버린 적이 있었다. 산나물을 캐는 엄마는 엄마대로 정신없이 앞으로만 갔다. 당연히 엄마가 뒤에서 따라오겠거니 여긴 그녀는 무엇에 정신이 팔렸는지 엉뚱한 방향으로 걸어갔다. 어느 순간 사위가 조용하다는 걸 깨달았다. 무작정 걷다가 다다른 곳은 그녀가 알던 산이 아니었다. 능선도 계곡도 전혀 다르고 산 너머에는 넓게 펼쳐진 평지가 보였다. 그 아래 마을 역시 그녀가 모르는 곳이었다. 주위에 사람의 기척이 전혀 없었다. 당시 모골이 송연하다는 표현을 알았다면 분명 그 말을 했을 것이다. 공포감에 눌려 눈물조차 나지 않았다. 얼마 동안 이리저리 뒤지고 다녔지만 도무지 산을 벗어나는 길을 찾을 수 없었다. 엄마를 부르는 소리는 자신이 듣기에도 턱없이 작았다. 날이 저물기 시작하자 어디선가 짐승 소리도 났다. 뒷덜미를 잡아챌 것처럼 가까운 곳에서 동물의 울음소리를 들었을 때는 그 자리에 주저앉고 말았다.

나무는 어두워지면서 더욱 짙은 냄새를 뿜어냈다. 그녀는 그 냄새에 숨이 막혔다. 그때 문득 머릿속에 떠오르는 게 있었다. 해질 녘이면 마루에 나와 건너편 산으로 넘어가는 해를 구경했었다. 마루에 앉아서 바라보던 노을의 방향을 향해 그녀는 무작정 걷기 시작했다. 오른쪽으로 약간 비낀 위치에서 해가 지기 시작했으니까 그 방향을 보고 걷다 보면 자신의 집이 나올 거라고 생각했다. 정말 그래서였는지 아니면 우연찮게 내려가는 길을 제대로 잡았는지 얼마 후 그녀가 아는 사탕 공장 굴뚝이 보였다. 그녀의 집과는 걸어서 불과 오륙 분 정도의 거리였다. 어렵사리 집으로 돌아온 그녀를 기다리는 것은 불이 번쩍 하는 엄마의 눈과 아버지의 모진 매였다. 동네 사람들 몇이 모여 아무래도 이북 쪽으로 넘어간 것 같다는 결론을 내리던 참이었다. 전혀 터무니없는 추측은 아니었다. 줄곧 고향인 북쪽으로 향해 있는 그녀 아버지의 시선은 사람들을 불안하게 했다. 언젠가 닥칠 불행을 예고한 것이라고 누군가 말했을 것이다. 누구는 파출소에 신고를 했다고도 했다. 그녀의 귀에 사람들의 혀 차는 소리와 하마터면, 이라는 말이 뒤섞여 들렸다. 아버지는 다짜고짜 매를 들어 그녀의 등짝과 엉덩이를 막무가내로 후려쳤다.

"어쩌자고 그렇게 한정 없이 간 거냐. 제 발이 어디로 가는 줄도 모르고, 거기가 어딘 줄도 모르고. 가다가 한 번씩 뒤를 돌아봐야지. 어째 너는 그렇게 앞만 보고 가는 거냐."

마당에 쓰러진 그녀는 아버지의 태도를 해석하려고 애썼다. 단지 길을 잃어버린 데 대한 벌 치고는 누가 봐도 가혹한 매질이었다. 아버지는 때리던 매를 마당에 집어던졌다. 밥 먹이라는 말을 남기고 방으로 들어가 버렸다. 그녀는 기신기신 일어나서 이미 해가 진 하늘을 바라보았다. 노을이 지던 하늘엔 달이 떠 있었다. 반을 잘라 낸 거울 같은 반달이 산등성이에 낮게 걸려 있었다.

남편이 사다 준 생수를 들이켜며 눈으로는 사탕 공장 굴뚝을 찾았다. 설탕 알갱이가 다닥다닥 붙은 왕사탕을 얻어먹곤 했었다. 길 건너 '임진강 장어구이 집' 근처 어디쯤인가. 슈퍼에서 50미터쯤 떨어진 곳에 우뚝 솟은 느티나무를 발견하자 그녀의 기억은 급속도로 형태를 갖추어 갔다.

"저 나무야, 맞아."

그녀는 남편을 돌아다보며 동의를 구했다. 그의 얼굴에는 딱하다는 표정 말고도 할 말을 찾지 못하는 난감함이 고여 있었다. 난

감하기는 그녀도 마찬가지였다. 한꺼번에 쏟아지기 시작한 기억의 편린들을 어찌 그에게 설명할 수 있을까. 그녀는 머릿속에 확연하게 짚여 오는 기억의 줄기를 타고 올라갔다. 남편을 뒤에 남겨 두고 나무 가까이 다가갔다. 지금은 나무둥치 곳곳이 갈라지고 터져서 시멘트를 발라 놓았다. 어디에나 있는 당산나무와 다를 바 없지만 그때는 달랐다. 저 나무는 의연하고 고즈넉한 모습으로 마을 입구에 버티고 서 있었다. 나무 그늘은 노인들의 쉼터이자 아이들의 놀이터였다. 나무 허리께에 큰 구멍이 뚫려 있었다. 바람이 부는 날이면 그 속에서 기괴한 울음소리가 들려오곤 했다. 어린 그녀의 잠을 설치게 했던 그 소리를 들으며 아버지는 혼자 읊조렸다. 무서워하지 마라. 저 나무도 잠이 안 오는 모양이다. 그녀는 아버지의 말을 믿었다.

　당산나무 앞에 서니까 군부대 옆으로 길이 보였다. 길은 산모퉁이로 이어져 있었다. 드디어 그녀는 예전에 산을 오르내리던 소로를 찾아냈다. 참호 몇 개를 지났다. 억새와 다복솔이 무성한 야산을 벗어나자 숲은 더욱 깊어졌다. 상수리나무가 늘어선 길을 따라 중턱까지 죽 올라가서 마을을 내려다보았다. 어렴풋이나마 옛날의 흔적을 찾을 수 있었다. 당산나무 왼쪽에 있던 사탕 공장은 축사로 바뀌었다. 그 옆을 흐르는 도랑 위에는 다리가 놓였다. 그 기억은 아직 온전하지 않았다. 숨 가쁘게 따라잡는 기억의 줄기에서 무언가 아주 결정적인 것이 누락되었다는 것을 그녀는 감지했다.

　그가 따라오는지 뒤돌아보지도 않고 앞으로 앞으로 가파른 걸음을 옮겼다. 뒤를 돌아보지 않는 것은 아마 그녀의 천성인지도 모른다. 그러다 지금 이 지경이 되었는지도. 너무 멀리 와 버린 뒤에, 돌이킬 수 없을 때 한꺼번에 몰아닥치는 시간들.

한동안 집에만 있었던 몸은 그녀의 의지대로 움직여 주지 않았다. 금세 땀을 흘리고 숨을 헐떡였다. 뭔가에 쫓기듯 또는 뭔가를 쫓듯 서두르던 그녀 앞에 무덤 두 개가 나타났다. 그녀는 발을 멈추고 돌아서서 그가 어디쯤 오나 살폈다. 몸은 보이지 않고 발소리만 들려 왔다. 그녀는 숨을 크게 몰아쉬고 산비탈을 올려다본다. 칡넝쿨과 떡갈나무, 싸리나무가 마구 뒤엉켜 있었다. 길은 잡목에 덮여 잘 보이지 않았다. 산나물이나 버섯을 따러 오르던 길은 사람들이 더 이상 다니지 않는 것 같았다. 벌써 이십 년이 흘렀다. 그동안 이곳은 완전히 다른 모습이 되었다. 이십 년이면 변화를 겪기에 충분한 시간이다.

그녀가 결혼한 지도 벌써 십오 년이 지났다. 그와는 처음부터 그다지 뜨거운 사이가 아니었다. 아이를 낳고부터 뜸해지다가 최근 몇 년은 거의 부부관계를 하지 않고 지냈다. 남들도 다 그렇겠거니, 그도 그녀도 별로 신경 쓰지 않았다. 으레 그러려니 하고 살았다. 이따금 성욕을 느낄 때면 그는 등 뒤에서 그녀의 가슴을 움켜쥐었다. 그것이 그의 신호였다. 둘 중 누군가 성욕을 참지 못해 상대에게 접근하지 않는 한 그저 나란히 누워 잠을 잤다. 부부란 십 년을 넘게 살면 남녀 관계라기보다는 가족으로 살아가는구나 싶었다. 그런데 병원에서 돌아온 후 그녀의 태도는 표 나게 달라졌다.

문득문득 참을 수 없는 욕구가 일었다. 그럴 때면 아들 방에서 나와 안방으로 건너갔다. 누가 옆에서 자든 말든 상관도 않던 남편이 마치 잠을 자지 않은 사람처럼 눈을 크게 떴다. 얼굴은 놀란 빛이 역력한데도 팔을 뻗어 그녀를 안았다. 그녀가 옷을 벗고 파고들면 천천히 응해 주었다. 하지만 그녀는 놓치지 않았다. 짧은 순간 그의 표정이 굳어지는 것을 똑똑히 목격했다. 스탠드 불빛에 드러난 그녀의 가슴. 그의 눈은 남아 있는 오른쪽 가슴이 아니라 사라진 왼쪽 가슴에 고정되었다. 그녀는 그에게 외치고 싶었다. 원래도 작았었고 수술 부위도 움푹 들어낼 만큼 크지 않아서 외관상으로 별로 달라진 게 없잖아. 남편은 그녀의 간절한 눈빛에 쫓겨 왼손으로 볼록한 오른쪽 가슴을 만지며 그녀의 어깨를 끌어당겼다. 그녀는 그쪽 가슴이 아니라고 알려 주고 싶었다. 그는 되도록 깊숙이 안으려고 했다. 그렇게까지 할 필요는 없었다. 그녀의 수치심을 더욱 극명하게 드러낼 뿐이었다. 그러나 불평을 해서는 안 되었다. 남편은 최선을 다하고 있다. 의사가 지시한대로 정기 검진을 받으러 갈 때마다 동행했으며 성실히 가족 상담을 받았다. 의사의 가르침에 따라 그녀의 충실한 보호자 노릇을 해냈다. 그는 그것을 증명해 보이고 싶어 했다. 그가 그녀의 몸을 혐오하고 결국 등을 돌리게 되는 일이 나중에 일어나게 되더라도 누구의 잘못도 아닌 것이다. 그녀는 안다. 적어도 얼마 동안 그의 노력은 계속되리라. 자신에게 인생이 맡긴 숙제를 미루거나 거르지 않는 사람이니까. 어쩔 수 없음에 대한 인식은 누구보다 그녀가 먼저 얻어 냈다. 예고되지도 방

지되지도 않는 인생의 반전을 그녀는 몸을 바쳐서 배우고 있는 중이니까.

　의사가 예견했던 것보다 병은 빠른 회복을 보였다. 운 나쁘게 재발만 하지 않는다면 이대로 나을 수도 있다. 그녀는 의사의 말을 믿고 싶었다. 곧 예전대로 돌아가리라. 남편이 출근을 하고 나면 그녀는 욕실에서 걸레를 가져와 청소를 시작했다. 화장대와 액자의 먼지를 닦다가 걸레를 바닥에 팽개친다. 겨드랑이 통증 때문이 아니다. 그녀의 의자로 돌아가 한참을 앉아 있다가 다시 일어나 냉장고를 열고 녹즙을 꺼내 마시려다 도로 냉장고 문을 닫는다. 세탁물이 그득한 세탁기를 한 번 쳐다보고는 긴 숨을 내쉰다. 병은 일상에서 자잘한 의미를 찾아내는 그녀의 능력을 박탈했다. 예전의 그녀는 이 모든 일을 한 시간이면 해치울 수 있었다. 몸은 타이머가 맞춰진 기계처럼 제시간에 정해진 일들을 해냈다. 이제 그녀는 그런 일들이 하찮게 여겨졌다. 함께 수영장에 다니던 여자에게 걸려온 전화를 받는 태도는 전혀 그녀답지 않았다. 시종 시큰둥하게 대꾸하자 불쾌해진 그쪽에서 먼저 전화를 끊었다. 그녀는 수화기를 한참 들고 있다가 가만히 내려놓았다. 창밖으로 건너편 아파트를 내다보았다. 눈부신 햇살을 받으며 사람들은 어디론가 바삐 간다. 그녀는 의자로 돌아가 몸을 기댔다가 벌떡 일어나 의자를 거실 바닥에 패대기친다. 이대로는 절대로 예전으로 돌아갈 수 없어. 누가 나한테 답을 가르쳐 줬으면. 자신이 정말 옛날로 돌아가고 싶어 하는지도 알 수 없었다.

지친 그녀는 의자로 돌아온다. 의자에 앉아서 거실 깊숙이 햇살이 들어오는 것도 곧 그 자리에 어둠이 깔리는 것도 다 지켜보았다. 허리가 결리거나 몸이 뻣뻣해질 때까지 그녀는 의자를 떠나지 않았다. 그녀의 머릿속에는 기묘한 환상들이 집요하게 떠올랐다. 이 기분은 도대체 뭘까. 집 안에 있는 모든 것이 그녀의 몸을 속속들이 비추어 드러내는 거울 같았다. 잘 닦인 텔레비전 화면에 그녀의 모습이 나타났다. 아무도 나를 볼 수 없었으면 좋겠어. 그녀는 수없이 되뇌었다. 그럼에도 그녀는 한쪽에서 슬며시 고개를 들이미는 어떤 기미를 알아차린다. 슬픔도 아니고 쾌감도 아닌, 뭔가 크게 달라졌다는 모호한 느낌이 그녀를 괴롭혔다. 그럴 때면 그녀의 몸은 심하게 꿈틀거린다. 몸이 열 배는 민감해지고 정신은 속살처럼 연약했다. 자신조차 아직 길들지 않은 이 생경한 느낌과 우르르 일어났다 사그라지는 감정들. 그녀를 짓눌렀던 의무감으로부터 벗어나 조금은 달라진 삶 속으로 뚜벅뚜벅 걸어 들어갈 수 있을지도 모른다는 막연한 예감. 의자는 안다는 듯 삐걱 소리로 대답해 온다. 속을 들어 낸 짐승의 몸처럼 구석에 웅크리고 있다가 그녀가 그곳에 엉덩이를 걸치고 앉아 알맹이를 채우는 순간 살아 있는 생물처럼 반응했다.

그녀는 두 무덤 사이에 주저앉아 남편을 기다렸다. 헐떡이며 다가오는 그의 숨소리가 크게 들렸다. 무덤에 등을 기대고 하늘을 올려다보았다. 봄 햇살에 눈을 찌푸리다 말고 그녀는 너무나 뚜렷이 오래전 일을 되살려 냈다. 분명 이 무덤가에 와 본 적이 있다. 그녀

를 여기까지 끌어 온 자력(磁力)은 이 무덤에서 비롯되었다. 귀퉁이
가 떨어져 나갔던 기억은 이제 온전한 하나의 모양을 이루었다.

　중학교 때였다. 동네 오빠의 손에 이끌려 이곳까지 왔었다. 당시
고등학생이었던 잘생긴 그 오빠에게 그녀는 마음을 빼앗겼었다.
꽤 늦은 시각이었다. 그녀는 그의 마음속에서 무엇이 꿈틀거리고
있는지 알고 있었다. 무덤 앞에 다다르자 그 오빠가 말했다. 여기
는 아무도 못 올 거야. 무섭니? 무섭지 않았다. 다만 떨렸다. 달빛
에 둥그렇게 모습을 드러낸 무덤이 그녀의 눈에 들어왔다. 그녀는
그와 조금 떨어진 자리에 쭈그리고 앉았다. 아카시아 꽃송이들이
어둠 속에서 하얗게 빛났다. 그녀는 숨을 크게 들이쉬어 짙은 꽃냄
새를 맡았다. 그 냄새가 그녀의 두려움을 잠재워 주었다. 그는 다
시 한 번 물었다. 무섭니? 그녀는 그 오빠의 눈을 똑바로 쳐다보는
것으로 대답을 대신했다. 그의 침 삼키는 소리가 들렸다. 네 가슴
을 보고 싶어. 곧바로 그의 입에서 갈라지는 목소리가 새 나왔다.
그녀는 잠자코 그 오빠를 바라보았다. 그는 떨고 있었다. 그녀는
그 순간 생각했다. 선택은 둘 뿐이다. 보여주느냐 마느냐. 보여주
지 않는다면 그는 어떻게 나올까. 억지로 자신을 덮치지는 않을 거
라는 결론을 내렸다. 그러고 나니까 그녀는 한결 마음이 편해졌다.
자신에게 선택의 여지가 있다는 사실에 안심했다. 그녀는 윗옷의
맨 윗단추를 끌렀다. 다시 한 번 그의 침 삼키는 소리가 들렸다. 그
는 지금 후회하고 있는지도 모른다고 생각했다. 그녀는 윗옷의 단
추를 모두 끄른 다음 천천히 벗었다. 어둠 속에 그녀의 흰 속옷이

드러났다. 어두워서 낡은 속옷이 들키지 않아 다행이라고 생각했다. 그녀는 그 오빠의 얼굴을 자세히 보고 싶었다. 그는 팔을 뒤로 짚고 엉덩이를 약간 뺀 자세를 하고 있었다. 그러나 그의 눈만은 흰 러닝셔츠 위로 도드라진 젖꼭지에 머물러 있었다. 그녀는 자신이 지나치게 침착하다고 생각했다. 너무 엄청난 일 앞에서는 뜻밖에 담담해지기도 했다. 속옷을 말아 올려 목 위로 빼냈다. 그의 신음 소리가 희미하게 들렸다. 그녀는 어둠 속에서 돌올하게 솟은 자신의 흰 젖무덤을 내려다보았다. 처음 보는 듯 낯설었다. 이제 막 발효를 시작한 빵처럼 부풀어 오른 가슴이 낮게 엎드려 있었다. 그녀는 두 손으로 가슴을 감쌌다. 갑작스럽게 공기에 노출된 유두는 추위에 단단히 뭉쳐 있었다. 그는 가까이에서 보고 싶다고 했다. 그녀는 두 팔을 늘어트리고 그가 다가오도록 내버려 두었다. 그때 갑자기 아기 울음소리가 들렸다. 그녀는 소스라치게 놀라 뒤를 돌아보았다. 무덤 위에 되똥하게 올라앉아 그녀를 쳐다보고 있는 고양이와 눈이 마주쳤다. 그녀는 와락 그의 품으로 달려들었다. 그 서슬에 놀라 고양이는 긴 울음소리를 남기고 잽싸게 무덤 뒤로 사라졌다. 문득 그녀의 귀에 그의 숨소리가 들렸다. 참 이상했다. 몸이 그렇게 가벼울 수가 없었다. 옷을 벗었는데도 하나도 부끄럽지 않았다. 오히려 날아오를 것처럼 가뿐했다. 스스로 옷을 전부 벗어 던지고 알몸이 되고 싶었다. 그가 그녀의 가슴을 만졌고 포옹을 했으며 처음으로 키스도 했다. 차갑고 동시에 뜨거운 것이 몸 속에 차오르는 충일감. 자신의 몸이 공기처럼 떠다닌다고 생각했다. 그녀의 젖가슴을 꽉 쥔 그 오빠의 손바닥은 다리미처럼 뜨거웠다. 그녀의 몸은 화상을 입은 듯 화끈거렸다. 뜨거운 숨을 내쉬며 그녀는 처음으로 자신의 몸을 만져 보았다. 그의 손길을 따라 그녀의 손도 함께 움직였다. 자신이 무엇을 하는지도 몰랐다.

그 열다섯 살 밤의 열기. 그것은 어디로 갔을까. 그녀가 결혼을 하고 아이를 낳고 몸의 일부분을 덜어 낼 동안 사라지지 않고 소리 없이 그녀 몸속에 있었다. 그리고 이제 태연하게 그녀를 향해 걸어 나온 것이다. 그것을 깨닫는 순간 놀랍게도 몸속에서 많은 것들이 일시에 꿈틀거리며 일어났다. 무언가 그녀의 가슴을 서늘하게 훑고 지나갔다. 분명 감지했지만 딱 꼬집어 말할 수 없는 어떤 기운. 지난 몇 달은 그러니까 그 느낌을 찾아내느라 보낸 시간이었다. 그녀의 가슴을 스친 그 서늘함 뒤에는 둥근 묘 등이 있었다. 주위는 어두웠으며 자신은 웃통을 벗어 붙이고 가슴을 펴고 허공을 바라보고 있었다. 먼 곳이 아니라 바로 눈앞, 자신의 젖가슴을 내려다보는 사람이었다. 그 표정만큼은 열다섯 살 여자 아이의 것이라곤 믿을 수 없는, 절정을 맛본 여자의 것이었다. 열일곱 먹은 남자의 떨리는 손, 열다섯 여자 애의 흰 달 같은 젖가슴, 그리고 뭔가를 재촉하는 듯한 고양이의 울음. 무엇보다 그녀가 늘 바라보았던 석양. 그 멀기만 했던 곳은 지금 그녀가 서 있는 곳과 얼마나 가까운가. 모든 것이 너무나 선연했다. 마치 손안에 있다가 손바닥을 펼치니까 쓱 나타난 것처럼 순식간에 전부 그녀 앞에 던져졌다. 그녀가 수술하기 전까지 이십 년 넘게 까맣게 잊고 있던 그 밤을, 자신의 몸을 어루만지던 이상한 기운을 그녀는 되찾은 것이다.

무덤을 찾아 헤매는 동안 그녀가 탈진하지 않았던 까닭은 자신의 시간을 되찾고 싶은 갈망 때문이었다. 잃어버린 반지를 찾듯 산의 이 구석 저 구석을 찾아다니며 내내 그 생각을 했다. 그녀의 의식이 미처 따라잡지 못했을 뿐 몸은 그녀가 여기에 이를 줄 미리 알았을지도 모른다. 말리지도 못하고 어정쩡하게 여기까지 온 남편은 그녀가 이미 지상의 시간을 떠나 있다는 것을 알까. 열다섯 살의 그녀가 땀으로 범벅된 현재의 그녀를 자꾸 재촉했다. 몸이 발바닥에서부터 다시 뜨거워지기 시작했다. 그녀는 남편을 큰 소리로 불렀다.

"여기야!"

가까스로 그곳에 도착한 그는 망연자실 그녀가 가리킨 곳을 바라보고 서 있었다. 그가 보기에 그곳에는 아무것도 없었다. 하루라는 시간을 헐어 두 시간째 옷이 나뭇가지에 걸리고 신발이 더럽혀지는 것도 모르고 헤맬 만큼 절실한 그 무엇이 거기엔 없었다. 주위에는 잡풀이 무성했다. 묘의 흔적만이 남은 납작한 무덤 두 개가 서로 엉겨 있었다. 원래는 떨어져 있었겠지만 무덤이 소실되면서 높이가 낮아지고 둘은 하나처럼 붙어 버렸다. 원형 탈모증에 걸린 환자의 머리통처럼 군데군데 허물어져 볼썽사나웠다. 그는 말 한마디 하지 않고 무덤 쪽으로 다가와 털썩 주저앉았다. 그가 불평이라도 한 마디 터트려 주길 기다렸던 그녀는 지독한 무력감을 느꼈다. 자신의 몸을 휘저어 대는 이 열기를 그에게 설명할 길이 없었다. 그녀는 느리게 재킷을 벗어 무덤 위에 걸쳐 놓았다. 그리고 그의 얼굴을 마주 보았다. 그는 뭔가를 참아 내는 표정으로 그녀를 외면하고 있다.

그녀는 블라우스의 맨 윗단추를 끌렀다. 시큼한 땀 냄새가 났다. 바람이 몸속으로 스며들었다. 땀이 순식간에 식으면서 소름이 돋았다. 봄이라고는 해도 아직 쌀쌀했다. 블라우스 단추를 하나 더 풀었다. 남편은 그제서야 그녀를 향해 고개를 돌리더니 눈을 크게 떴다. 자신이 어떤 행동을 해야 마땅한지 도무지 알 수 없다는 표정에 딱 알맞은 표정을 지었다. 급기야 그녀는 다섯 개의 단추를 다 열었다. 여보! 그녀를 부르는 남편의 목소리는 무척 작았다. 하지만 아주 절박했다. '여보'라는 말은 많은 뜻을 내포하고 있을 것이다. 그는 일어서서 그녀를 향해 다가온다. 어깨에 두 손을 얹으며 그녀를 안으려고 했다. 그녀는 그를 밀어냈다.

"당신, 내 가슴 한 번도 본 적이 없잖아, 당신한테 내 가슴을 보여 주고 싶어."

"여보!"

남편은 다시 한 번 큰 소리로 부른다. 그의 눈은 거의 튀어나올 듯 힘이 들어가 있다.

"왜 그래, 난 괜찮아."

그녀는 보정패드가 붙은 브래지어를 풀기 위해 손을 등 뒤로 가져가며 소리친다. 그는 꼼짝없이 그녀를 바라보고 있다. 이제 아무것도 소용없을 거라는 체념이 그의 얼굴에서 모든 표정을 거두어

갔다. 그녀는 브래지어를 풀고 블라우스와 함께 재킷 위에 올려놓는다. 그는 브래지어를 유심히 본다. 그의 시선은 보정패드가 들어 있는 컵을 겨누고 있다. 그녀는 두 팔을 들어 그를 향해 벌렸다. 안으려는 자세 같기도 하고 두 손에 들고 있는 것을 다 놓아버리려는 자세로도 보였다. 그녀의 시든 가슴은 무게가 맞춰지지 않은 양팔저울 같았다. 누군가 왼쪽 가슴에 수없이 많은 못을 박은 것처럼 붉은 실밥자국을 따라 바늘이 들락거린 흔적이 남아 있었다. 다른 살에 비해 훨씬 하얀 젖가슴은 결국 흉터만 더 두드러지게 했다.

"무서워?"

그녀는 호흡을 가다듬으며 물었다. 남편은 고개를 저었다. 무엇이 아니라는 말일까. 그의 눈빛은 언젠가 본 적이 있는 다른 사람의 눈빛을 불러들였다. 김이 서린 목욕탕에서 그녀와 눈이 마주치면 사람들은 성급히 지나가며 저런 눈빛을 보였다. 자신이 본 것을 부정하거나 무언가 보았다는 사실을 애초에 없었던 일로 하고 싶다는 눈빛.

"난 집에서는 아무 것도 할 수 없어……. 여긴 아무도 오지 않을 거야."

그녀는 자신의 삶을 지키기 위해 철저히 교활해져야 한다고 다짐한 적도 있었다. 살면서 하는 그런 다짐이란 얼마나 나약한 것인가를 증명하듯 서 있는 남편을 뚫어져라 쳐다본다. 그는 눈을 끔벅였다. 그의 얼굴에는 아무 표정도 없었다. 그녀가 블라우스 단추를 여는 동안의 피하고 싶다는 절망과 두려움은 사라졌다. 끔찍한 것을 끔찍한 만큼 다 보아 버리니까 생각보다 견딜 만한 건가. 남편은 긴 숨을 쉬며 엉거주춤한 자세를 풀었다. 그녀에게 다가가 그녀를 끌어안았다. 그녀는 그의 아랫도리가 단단해지는 것을 느꼈다. 남편이 마지막으로 성욕을 호소한 때가 언제였지. 그녀는 통 기억이 나지 않았다. 그녀를 안은 남편의 팔에 힘이 들어갔다. 그녀의 가슴은 심하게 팔딱였다. 그녀는 무사히 수술을 마치고 회복실로 들어갔을 때의 안도감이 떠올랐다. 그때는 죽는 것이 가장 무서웠다. 처음엔 그것을 피해 간 자신의 운수에 감사했다. 그는 그녀의 등을 쓰다듬던 손을 가슴으로 옮겼다. 그녀의 찌그러진 왼쪽 가슴에 오른손바닥을 갖다 댔다. 알맹이가 빠져나가면서 남긴 흉터 아래서 심장은 더욱 요동쳤다. 그러나 그는 그녀의 가슴을 움켜쥐지는 않았다. 끝내 그녀를 쓰러트리지 못한다. 그녀는 그의 손을 떼어내고 그를 돌려세운다. 괜찮아. 이제 됐어. 바람이 그녀의 뺨을 스치고 빈 가슴을 훑었다. 목덜미에 작은 소름이 돋기 시작했다. 그러나 곧 흔적 없이 사라졌다.

그 의   지 문

구부리고 앉아 걸레로 책 먼지를 터는 그를 물끄러미 바라본다. 그는 가끔 고개를 옆으로 돌리고 기침을 한다. 서점 안에 쌓여 있던 책은 건드리기만 해도 먼지가 풀썩였다. 먼지는 여행에서 돌아와 바싹 깎은 그의 머리에도 셔츠에도 내려앉았다. 오래 묵은 책에서 나오는 먼지의 양은 상당했다. 책은 서서히 산화하고 있었다. 그의 움직임을 좇아 안과 밖을 오가던 내 시선은 찻길에 떠 있는 매연에 머물렀다. 뒤이어 오는 차에 의해 배기가스는 없어질 틈 없이 딱 그만큼 항상 공기 중에 떠 있었다. 배기가스를 뿜어내는 자동차 꽁무니에서도, 사람들의 발걸음에서도 나는 얼굴을 뒤덮었던 흙먼지의 환영을 본다. 인골이 나뒹구는 검은 땅에 일던 흙먼지. 차 두 대가 겨우 지나갈 수 있는 좁은 도로 양쪽에는 잡풀만 무성한 논밭이 버려져 있었다. 농지 곳곳에 세워진 '땅 파지 마시오'라는 지뢰 경고 푯말을 보면서 먼지쯤은 얼마든지 참을 수 있다고 다짐하던 그때를 떠올린다.

흙먼지는 트럭 바퀴를 따라 두 줄로 소용돌이처럼 피어올랐다. 삽시간에 눈을 가리고 귀를 막았다. 얼굴에 달라붙고 귓속으로 파고들던 누런 흙은 입에서도 씹혔다. 나는 먼지를 피해 수건으로 머리를 덮고 몸을 최대한 수그렸다. 옷솔기에 올올이 박힌 먼지에서 흙냄새가 올라왔다. 마른 흙내는 옆에 앉은 젊은 여자한테서도 났다. 여자는 얼굴을 가린 보자기를 들추고 붉게 충혈된 눈을 껌벅거렸다. 눈동자의 실핏줄을 긁어 대는 먼지가 그렇게 간단히 없어질 것 같지는 않았다. 여자는 윗옷 주머니를 뒤져 납작하게 눌린 낱담배를 꺼내 불을 붙였다. 한 모금 길게 빨고 나서 건너편에 앉은 어린 여자에게 건넸다. 소녀는 아직 담배 피우는 게 서툴렀다. 한 손으로 보자기를 붙들어 먼지를 막고 숨을 고르듯 힘껏 연기를 뽑아냈다. 연기는 흙먼지에 뒤섞여 담배냄새만 남기고 흩어졌다. 맞은편에서 오는 차가 흙먼지를 일으키자 사람들은 일제히 상체를 숙였다. 그들이 흙먼지에 대응하는 방법은 둘 중 하나였다. 자신의 무릎에 머리를 박고 숨거나 먼지 따위는 아랑곳하지 않고 정면을 향해 고개를 빳빳이 쳐들거나 했다. 트럭이 덜컹거릴 때마다 짐칸에 같이 실려 있던 두리안이 요동을 쳤다. 럭비공만한 두리안의 움직임에 맞춰 몸도 함께 흔들렸다. 멍게 돌기처럼 도드라진 과일 껍데기가 계속 엉덩이를 찔렀다. 현지인들은 엉거주춤 앉은 나를 표정 없는 얼굴로 쳐다보았다. 캄보디아 국경을 넘은 지 얼마나 지났을까. 세 시간은 길고 길었다. 입을 벌릴 수가 없어 가끔 코로 깊은 숨을 내쉬어 호흡을 가다듬었다.

잊고 있었는지 알았는데 용케 어딘가 숨어 있다가 적절한 순간에 튀어나오는 기억들. 여행은 내게 그랬다. 돌아오자마자 까마득하다. 며칠 후 사람들을 만나면 그들은 물어온다. 이번 여행 어땠어? 그저 그렇죠, 뭐. 맥 빠진 대답만 겨우 내놓는다. 어쩌면 그토록 까맣게 잊어버릴 수가 있지, 나조차 의아할 지경이다. 그런데 묘하게도 얼마 후, 또는 아주 오랜 시간이 흐른 다음, 이상한 상황에서 이상한 까닭으로 다시 찾아와 준다. 나는 약속 없이 불쑥 찾아온 손님처럼 그것을 멀거니 바라본다. 맞아, 그런 일이 있긴 있었지.

광화문에서 내려 경복궁 방향으로 걸어올 때도, 무수히 많은 차들이 경적을 울리며 매연을 뿜어낼 때도 별다른 느낌이 없었다. 경찰청을 지나 누하동으로 가는 육교를 건널 때까지도 내 시선은 사직공원 옆의 골목길을 찾느라 분주했다. 옛날 가옥이 밀집된 동네라 재래시장을 끼고 좁다란 골목이 여러 갈래였다.

"'녹색연합' 간판이 보이면 곧장 걸어와. 제일 큰 건물을 끼고 오른쪽으로 돌면 보일락 말락하게 서점이 하나 있어. 문을 열면 내가 기다리고 있을 거야. 그런데 문은 여닫이가 아니라 미닫이다.

괜히 문 부서지게 흔들지 말고 부드럽게 옆으로 밀어, 알았지?"

그 말을 들을 때만 해도 미닫이문이 무엇을 의미하는지 보일락 말락 한다는 말이 무슨 뜻인지 알아듣지 못했다. 미닫이문이라면 적어도 이십 년이 넘은 가게라는 말일 터이다. 서점이라는 말을 듣고도 헌책방일 거라고는 정말이지 상상조차 하지 못했다.

그의 전화가 걸려왔을 때 나는 그가 준《신의 지문》을 읽고 있었다. 수화기를 드는 순간 재채기가 터져 나왔다. 목이 간질거려 숨을 참고 있었는데 그만 수화기 앞에서 무력하게 무너진 것이다.

"약은 먹었어? 하긴 약사니까 어련히 잘 알아서 하겠어."

그는 어울리지 않게 내 건강을 염려했다.

"감기 걸리기 딱 좋은 계절이야."

그 말은 여행하기 딱 좋은 날씨야, 정도의 감탄으로밖에 들리지 않았다. 전화를 받으면서도 나는 책에서 눈을 떼지 않았다. 사라진 문명의 흔적을 찾아 나선 저자는 옛사람들이 집착했던 시간에 호기심을 느꼈다. 그 부분을 곱씹으면서 같은 구절을 다시 읽었다. 신이 지문처럼 곳곳에 남긴 수수께끼를 푼다면 앞날의 일도 예측할 수 있다니. 머릿속에 그가 불러 주는 가게 약도를 그리면서도 눈은 읽고 있는 페이지의 마야 유적지 지도에 두고 있었다. 남미와 이집트 문명의 불가사의를 추적한 두 권짜리 지루한 책이었다. 이 책을 선물한 이유가 혹시 다음 여행을 함께 가자는 암시일지 모른다는 성급한 판단은 그의 건조한 목소리를 듣는 순간 사라졌다. 그런 은유법은 그의 대화방식이 아니다.

"한번 보자. 근데 내가 나갈 시간이 없어. 네가 나 있는 데로 와 주면 좋겠는데……."

먼저 만나자고 하면서 시간이 없다고 말한다. 이게 바로 그의 대화법이다. 선뜻 대답할 말이 떠오르지 않았다. 침묵 끝에 어이없다는 듯 헛웃음을 치자 그는 바로 긍정으로 해석했다. 거절할 틈도 주지 않은 채 한참 설명하다가 사직공원 근처에 와서 전화를 하든지, 하며 용건을 마무리했다. 여행에서 돌아와 사진을 주고받는다고 한 번, 술자리 마련했다고 또 한 번, 고작 두 번 만난 사이다. 그의 갑작스런 태도를 어떻게 해석해야 하나 잠시 되짚다 생각을 거기서 멈추었다. 뻔한 결정이 마음 한구석에서 고개를 디밀고 있었다. 먼 거리도 아니니 동네 슈퍼에 가는 셈치고 입은 옷 그대로 잠깐 나갔다 오자고 마음먹었다.

구태여 미닫이문을 밀어서 열 필요가 없었다. 이 동네에서 제일 높다는 학원 건물을 발견하고 서점을 찾아 두리번거리는데 가게 밖에 나와 있던 그가 나를 먼저 알아보았다.

"금방 찾았나 보네. 옛날 동네라 길눈 어두운 사람은 무지 헤매는데……. 어서 들어와."

칠이 벗겨진 양철 간판이 정말 보일락 말락 할 정도로 작았다. 그는 서점 안쪽에 있는 책상 옆에다 플라스틱 의자를 갖다 놓고 면장갑으로 대충 낸다. 책상 뒤편으로 쉬거나 잠깐 눈을 붙일 수 있는 작은 곁방이 달려 있다. 반쯤 열린 문틈으로 방안을 들여다본다. 커피포트와 전기담요, 얇은 이불, 텔레비전이 제각기 마땅한 자리를 차지하고 있었다. 일하다 쉬는 장소로 별 불편이 없어 보였다. 벽에는 그의 것으로 보이는 후드 점퍼가 걸려 있다.

"악수하고 싶은데 지금은 손이 더러워서 안 되겠다. 이거 마저 할 동안 잠깐만 기다려. 그동안 여기 있는 책 맘대로 꺼내서 봐도 돼."

그는 입가에 웃음을 띠며 천장 안쪽에 있는 책을 꺼내기 위해 사다리를 바투 갖다 댄다. 그의 웃는 얼굴은 처음 보는 것 같다. 여태껏 밖에서 만났을 때와는 다른 느낌이다. 뭔가를 골똘히 생각하거나 불만이 가득한 표정으로 술자리에 적극적으로 끼지 않고 혼자 온 사람처럼 술도 스스로 따라 마셨다. 구석에 앉아 타인을 구경하는 것 같은 태도가 줄곧 봐왔던 그의 모습이었다. 지금은 활기라고 해야 하나, 하여튼 일상인의 분주함이 느껴졌다. 그 느낌은 묘한 거리감을 불러왔다.

"어디서 오는 거야?"

한 손은 사다리를 붙들고 다른 손으로 책을 꺼내서 바닥에 던지며 건성으로 묻는다. 나는 대꾸도 않고 의자를 소리 나게 끌어당겨 앉는다. 가방도 없이 주머니에 손을 찔러 넣은 내 차림을 염두에 두고 한 말일 것이다. 집에서? 아니면 어디 들렀다? 정도의 뜻이 담긴 질문일 텐데 나는 일순 얼굴이 굳어진다. 이전과 크게 달라지지 않은 나를 확인하는 일이 유쾌할 리 없었다. 왜 매사에 담담하지 못한 걸까.

당신은 어디서 왔나요?

게스트하우스에서 만나는 여행자마다 맨 먼저 그것부터 물었다.

한 번도 성의 있는 답변을 해 주지 못했다. Where are you from? I am from Korea. 이 단순한 공식의 대화에 신물이 났다. 사실은 그 단순한 정보조차 그들에게 제공하고 싶지 않았다. 수십 번, 수백 번을 들어도 무덤덤해지지 않는 질문. 매번 새로 만나는 여행자들은 아무리 물어도 지겹지 않다는 듯 다시 또 묻는다. 당신은 어디서 왔나요? 나라 이름을 알려 주면 그때부터 대화가 이어진다. 그 나라에 대해 아는 것이라면 뭐든 말해서 상대를 감동시키려고 노력한다. 먼지 한 톨의 무게도 실리지 않은 대화들. 그런 대화라도 이어가지 않으면 안 된다는 안간힘이 실린 눈빛. 질문이라면 넌더리가 나. 제발 아무 것도 알려고 들지 말고 묻지도 마. 나는 자리를 박차고 일어나는 것으로 그 말을 대신했다.

"손님이 하나도 없네."

모호한 질문에는 모호한 대답으로. 나는 가게 안을 휘둘러보며 말했다. 걷잡을 수 없는 동요를 감추기 위해 책에 골몰한 척한다. 출간한 지 몇 달 되지 않은 책부터 십 년, 이십 년이 넘은 책까지 있었다. 지금은 쓰지 않는 서체의 한문 제목을 어렵사리 하나씩 읽어 나갔다.

"오전에는 원래 그래. 책방 주인이 책 사러 다니는 시간이라는 걸 손님들도 알거든. 책이란 게……, 특히 헌 책은 임자가 나타날 때까지 일 년이고 이 년이고 기다리는 게 일이야."

보충 설명을 덧붙이고 그는 또 한 무더기의 책을 들고 문밖으로 나간다. 인문사회과학 서적 서너 뭉치를 출입문 양쪽에 나누어 쌓

았다. 저런 책을 누가 사간다고 가게 앞에다 전시하는 거야. 장사
가 안 되는 게 당연하다 싶었다. 잡지나 참고서가 사람 눈을 끌기
에 낫지 않을까. 게다가 이 매캐한 먼지는 또 뭐야. 문을 활짝 열어
서 환기를 시키든지 공기청정기를 달든지 해야지, 그 생각을 하다
가 나는 픽 웃어버린다. 헌책방에 공기청정기?

자꾸 기침이 났다. 코도 훌쩍거렸고 목도 근질거렸다. 정말 감기
에 걸리려나. 그가 문을 열어놓은 채 다른 책을 가지러 간 사이 바
깥 공기가 실내로 들어왔다. 나는 비로소 숨을 몰아쉬었다. 아직
날씨가 풀리지 않아 쌀쌀한데도 시원한 바람이 반가웠다. 유리창
을 통해 들어온 햇빛이 뽀얗게 쌓인 먼지를 들추었다. 가게 안에
떠돌던 먼지가 고스란히 햇살 속에 드러났다. 공기에는 잘디잔 먼
지가 가득 들어 있다. 먼지는 살아 있는 것처럼 끊임없이 움직이고
있었다. 기침의 진원지는 바로 책 먼지였다. 새 책이었을 때의 윤
기와 풀기가 다 빠진 헌 책은 파삭거렸고 그만큼 더 많은 먼지를
만들어 냈다. 앙코르와트 가는 길에 일었던 흙먼지를 불러들인 것
은 그 먼지였다. 그리고 먼지만큼이나 물기 하나 없이 메말라 있던
내 얼굴도 동시에 따라 나왔다. 나는 그때처럼 목이 매캐해졌다.

내가 어디서 온 건 알아서 뭐 할 건데!

소리 지르며 돌아서던 서슬이 떠올랐다. 내가 얼마나 어렵게 이
멀리까지 왔는데 너희들 그걸 다시 들추는 거야. 그런 적의, 분노
가 담겨 있었다. 어느 순간 지치지도 않고 묻는 질문에 억지웃음을
지으며 자리를 뜨는 것도 지겨웠다. 그 질문은 여행자들이 두고 온

과거를 잊을 수 없게 만들었다. 단순히 출신국을 묻는 질문으로 들리지 않았다. 왜 그들은 스스로 자충수를 두는 것일까. 자신이 가장 피하고 싶은 질문을 왜 상대에게 하는 것일까. 그렇게 마음을 추스르다 보면 정말 나는 어디쯤에서 왔는지 스스로에게 묻게 되곤 했다. 결코 답을 찾지 못하리라 체념하면서 그들을 노려보았다. 앙코르와트 앞에서 그와 부딪힌 날도 나는 누가 살짝 건드리기만 해도 터져버릴 것 같은 상태였다.

사원 앞 간이매점에서 코코넛 주스를 마신 게 잘못이라면 잘못이었다. 하필 그때 그의 일행이 옆자리에 와서 앉았다. 내 외모의 어느 부분 때문인지 저희들끼리 내가 일본인일 거라고 숙덕거리는 소리가 들렸다. 그 중 한 명이 등을 돌려 나한테 영어로 일본인이냐고 물었다. 나는 빨대가 꽂힌 코코넛 주스를 소리 나게 빨아 마셨다. 플라스틱 빨대는 어디가 새는지 요란한 소리를 냈다. 그따위 장난에 대응하기 싫다는 충분한 의사표시라고 생각했다. 남자는 인상을 쓰며 뭐라고 더 떠들어 댔다. 별 이상한 여자 다 보겠네, 예스인지 노인지만 대답하면 될 걸, 따위의 말들이 오갔다. 나는 벌떡 일어나 코코넛을 그쪽 테이블로 냅다 집어던졌다. 코코넛 주스는 사방으로 튀었고 재떨이가 뒤집혀 순식간에 난장판이 되었다. 모두 어쩔 줄 몰라 허둥대고 있을 때 한 남자가 일어나 내 쪽으로 다가왔다. 그래, 어디 한번 해 보자는 거지, 나는 전의를 가다듬었다.

"안녕하세요."

그는 공손한 한국말로 인사를 건넸다. 그의 얼굴을 똑바로 보았다. 또 다시 나를 놀린다면 따귀라도 한 대 갈길 작정이었다. 그가 선글라스를 벗었다. 나도 모르게 한 걸음 뒤로 물러났다. 귀를 덮는 긴 머리칼에 사람을 쏘아보는 눈빛. 나는 곤혹스러운 표정으로 그의 시선을 맞받았다. 내가 무슨 짓을 한 거지. 깨어진 감정의 파편이 가슴을 찔러 댔다. 어떤 감정도 읽어낼 수 없는 그의 표정을 보자 맥이 탁 풀렸다. 그는 나를 기억하고 있을까. 나는 햇볕에 얼굴이 달아올라 찡그린 눈을 반쯤 감았다. 매점의 알량한 파라솔로는 턱도 없었다. 도무지 어디 그늘을 찾을 곳이 없었다. 기껏 나무가 있다 해도 덤불숲이거나 너무 키가 큰 가로수여서 그늘이 나한테까지 미치지 못했다.

　그를 처음 본 날도 햇빛이 불붙은 장작처럼 타올랐었다. 건물 안을 돌아다닐 때 빼고는 몸의 수분이란 수분은 전부 말려 버릴 듯 덤비는 햇볕과의 씨름이었다. 일주일 패스를 다 쓸 동안 거의 사원에서 살다시피 한 것도 다 그늘 욕심 때문이다. 떨어져 나간 유적이 나뒹구는 사원의 돌 위에 누우면 등도 시원하고 바람의 기운이 미미하게 느껴졌다. 얼굴에 손수건을 얹으면 누군지 알 게 뭐야, 그런 심사였다. 프리아 칸이었나. 주요 관광지에 들지 않은 곳이어서 사람이 원체 적은 데다 점심때라 사원은 텅 비어 있었다. 문득 통로가 미로처럼 얽힌 사원 뒤쪽에서 인기척이 들려 왔다. 나는 조심스레 일어나 소리 나는 쪽으로 다가갔다. 성벽을 뚫고 자란 반야나무 쪽이었다. 벌거벗은 남자가 두 팔을 하늘로 쳐든 채 굳은 듯 서 있었다. 갑자기 태양 속에서 툭 떨어진 존재처럼 실물감을 느낄 수 없었다. 빛으로 혹은 먼지로 이루어져 손을 휘저으면 금세 사라져 버릴 것 같았다. 처든 팔과 이어진 등뼈는 날개처럼 하늘로 뻗어 있었다. 울퉁불퉁한 등판과 융기한 엉덩이의 곡선이 잘 빚은 소조 작품처럼 탐스러웠다. 귀를 덮은 검은 머리칼과 구리 빛 피부가 햇빛을 받아 반짝이고 있었다. 나는 숨을 죽이고 그를 바라보았다. 그 사람이야말로 무너져 가는 이 사원에서 유일하게 살아 꿈틀거리는 생명체로 보였다. 제대로 유물을 감상한다는 느낌도 잠깐 내가 누군가를 엿보고 있다는 자각에 흠칫 놀랐다. 뒷걸음질 치는 순간 한 그루 나무처럼 언제까지고 거기 서 있을 것 같던 그 남자가 뒤를 돌아보았다. 흔들림 없는 표정으로 나를 바라보는 그와 달리 나는 기겁을 해서 그 자리에 주저앉고 말았다. 그는 나한테 던졌던 시선을 거두더니 주섬주섬 옷을 챙겨 입었다. 서두르는 기색 없이 속옷과 반바지를 입고 이어서 진녹색 티셔츠에 목을 밀어 넣었다. 그때까지도 어찌할 바 몰라 꼼짝 않고 있는 내 쪽으로 햇볕은 사정없이 쏟아졌다. 현기증 때문에 일어설 수가 없었다. 사원 벽에 머리를 기댔다. 그는 내가 있는 통로 쪽으로 스며들 듯 걸어왔다. 내 앞에 서더니 손을 내밀었다. 나는 머리가 깨질 듯 아파 눈도 뜨지 못하고 그대로 있었다. 그가 내 앞에 무릎을 구부리고 앉더니 뒷덜미 쪽으로 손을 가져갔다. 뒷목에서부터 어깨를 따라 손으로 몇 번 꾹꾹 눌러 주었다. 쩌르르한 느낌이 등을 훑고 지나갔다. 햇볕에 달궈진 바람이 파고드는 것처럼 몸에 열기가 느껴졌다. 두통은 거짓말처럼 사라졌다. 나는 간신히 눈을 뜨고 그를 올려다보았다. 그

는 일어서서 아무 일도 없었던 듯 사원 입구 쪽으로 허정허정 걸어
갔다. 방금 내 몸에 닿았던 손이 헛것은 아니었겠지. 그가 떠난 뒤
에도 한동안 망연히 앉아 있었다.

그를 여기서 다시 만나다니. 나는 사원을 향해 나 있는 길로 고개
를 돌렸다. 흙길에 무수히 찍힌 발자국. 전 세계에서 몰려든 관광객
의 각기 다른 신발의 숫자와 무늬의 다양함에 기가 질렸다. 그 위에
나도 우리나라 구두회사의 조깅화 발바닥 무늬를 보탰다. U자 안
에 작은 동그라미가 박힌 무늬는 내가 앉은 의자를 향해 길을 내었
다. 여행사의 대형 버스가 멈춰 서자 한 떼의 사람들이 우르르 내
렸다. 가이드의 안내에 따라 흙먼지를 일으키며 사원을 향했다. 이
미 찍힌 발자국을 짓밟으며 흙길 위에 새로운 무늬를 덮어씌웠다.
그 많은 사람들이 다 어디서 왔으며 또 어디로 흩어져 가는 걸까.
전에는 한번도 유심히 본 적이 없는 길바닥에 눈길이 멎었다. 이곳
도 콘크리트나 아스팔트를 깔았다면 내 시선을 끌지 못했을 것이
다. 온종일 그들이 남긴 신발 무늬를 구경하고 싶은 충동이 나를
간이매점으로 이끌었다. 아니, 어디서 파라핀 용액이라도 구해다
붓고 싶었다. 이 무늬들을 영구 보존한다면 어떨까. 어느 세기에는
앙코르와트처럼 이것 또한 유물 대접을 받지 않을까, 하는 터무니
없는 생각도 했다.

《신의 지문》이라는 요령부득인 제목의 책을 받아 들었을 때 퍼뜩
내 머릿속에 뛰어 들어온 것은 바로 그날 본 신발 자국들이었다.
저자는 문명의 수수께끼를 풀 수 있는 단초가 되는 힌트들을 신이

남긴 지문이라고 해석했다. 하지만 나는 그 발자국들이 인간이 남긴 지문으로 생각되었다. 지문을 남기고자 하는 마음, 그것은 자신의 존재를 알리려는 것 아닐까.

"굉장하죠?"

그는 밑도 끝도 없이 말했다. 나는 고개를 들어 그의 시선이 향한 곳을 따라갔다. 그는 나와 같은 각도로 눈을 내리깔고 있었다. 그도 다름 아닌 그 발자국을, 짐작컨대 나와 비슷한 심정으로 바라보고 있을 것이다. 얼굴이 버석버석 타 들어가는 느낌이 드는 땡볕만 아니라면 언제까지라도 저 발자국 가운데 서서 구경할 마음이 있다는 얼굴. 그의 표정이 너무 절실해서 얼른 고개를 돌렸다. 그러게요. 나는 뒤늦게 입을 열었다. 그 한국말 대답으로 그들의 궁금증은 풀린 셈이었다. 그런데도 그는 자리로 돌아가지 않았다. 나한테 계속 말을 붙였다.

"저 흙 혹시 사원에서부터 흘러온 게 아닐까요?"

사람이 만든 건축물이라고는 믿어지지 않는 아름다운 사원은 매 순간 조금씩 닳고 있었다. 이들의 조상은 왜 사원을 사암으로 만들었을까. 그 많은 돌들을 어디서 옮겨온 걸까. 나 역시 그런 의혹을 가졌었다.

그는 나와 한 블록을 사이에 둔 숙소에 묵고 있었다. 값도 비싼데다 물도 제대로 나오지 않는다며 불만이 많았다. 내 숙소는 숙박비도 일 달러나 더 싸고 아침에 바게트 빵과 커피도 공짜로 준다고 알려 주었다. 그는 고개를 끄덕거리면서 눈은 잠자코 땅바닥만 내려다보았다. 세상에, 내가 낯선 남자와 대화를 나누다니. 그의 나지막한 말투는 상대의 공격성을 누그러트리는 힘이 있었다. 그의 친구들은 벌써 자리를 뜨고 없었다.

그는 나의 존재를 잊은 듯 일에 열중했다. 겉장이 떨어져 나갔거나 찢어진 책은 투명 테이프로 붙이고 접착 부분도 본드로 덧칠했다. 스무 평쯤 되는 서점의 구조는 전체적으로 'ㅁ'자형이다. 한가운데 서가가 설치되어 일본 만화책과 정기간행물, 화집이 진열되어 있다. 그 중앙서가 때문에 입구에서 주인이 앉은 책상이 보이지 않는다. 사면의 벽과 천장 아래 공간까지 책으로 꽉 차 있었다. 받쳐 놓은 사다리의 모서리는 닳고 닳아 발 디디는 부분이 둥그랬다. 《신의 지문》도 이 책꽂이 어딘가에 꽂혀 있던 것이리라. 여자한테 처음 하는 선물이 책이라니. 그것까지는 그렇다 쳐도 헌책인 건 좀 황당했다. 이제야 그 의문이 풀린다.

"나 친구 집에 와 본 거 오늘이 처음이야."

그에게 내가 여기 있다는 것을 알리고 싶었다. 그는 손에 테이프를 든 채 나를 쳐다보고 웃는다. 그의 반응은 그게 다였다. 그의 무심함은 속임수에 불과하다. 상대를 무방비 상태에서 공격하려는 속셈일지도 모른다. 나는 일어나서 중앙 서가의 만화 코너로 갔다. 책은 너무 빽빽이 꽂혀 있어서 잘 뽑히지 않았다. "창천항로(蒼天航路)" 20세기 최후의 충격 삼국지. 책표지를 넘기자 긴 수염을 늘어트리고 호령하는 협객이 거리를 싸움터로 만들고 있었다. 그는 수선한 책들을 제자리에 꽂다가 나를 흘끗 보더니 엄지손가락을 들어 보였다.

"너 보는 눈 있다. 그거 진짜 재미있어. 서른 권이 넘는 삼국지 만환데 주인공이 유비가 아니라 조조야. 만화라고 대충 보지 말고 새겨 읽으면 어느 부분에 가서 진짜 흥분이 돼."

어깨를 부르르 떠는 시늉을 하는 그를 멀뚱한 눈으로 본다.

"너 삼국지 안 읽었구나. 척 보면 알지. 그런 사람한테는 아무리 말해 봐야 몰라."

십 년 넘게 사귄 친구 대하듯 하는 그를 보는 마음은 혼란스럽다. 나는 다시 책장을 넘긴다. 크기를 짐작할 수 없게 큰 나라인 중국에는 영웅도 많고 전쟁도 많았다. 수백 마리의 말이 황야를 달릴 때 일으키는 모래 먼지가 실제로 풀풀 날리는 것만 같았다. 인물과 자연의 사실적인 묘사조차 내게는 아무런 감흥도 불러일으키지 못했다. 나는 책장을 훌훌 넘겼다. 헌책치고는 깨끗했다. 그럼에도 손가락에 먼지가 묻어 있다. 손에서 흐릿한 먼지 냄새가 났다. 너무나 익숙한 냄새. 이 책 자체에서 나온 것일 수도 있고 가게에서 떠돌던 먼지가 쌓인 것일 수도 있다. 집 먼지의 절반 이상은 사람의 살갗에서 떨어진 것이라고 한다. 사람은 허물을 벗듯 못 쓰는 피부를 계속 떨구어 낸다. 나는 책을 덮어 다시 책꽂이에 꽂았다. 손에 묻은 먼지를 훅, 불다가 멈칫하고 그를 돌아보았다. 그는 일을 마쳤는지 면장갑을 벗어 옷에 묻은 먼지를 털어내고 있었다. 열린 문 안으로 그 먼지가 다 들어왔다. 그는 곁방 옆의 문을 열고 안채로 들어갔다. 나는 온몸에 먼지를 뒤집어쓴 기분이 들어 자리에서 일어나 밖으로 나왔다. 서점을 벗어나니까 숨통이 트였다. 먼지와 책과 어딘지 낯선 그가 당혹스러워 이곳에 온 걸 후회하고 있었다. 그가 씻은 손을 점퍼에 문지르며 가게 문을 잠글 때는 안도감마저 들었다.

"길 건너에 커피 맛있게 뽑는 집 있는데 거기 가자. 이 동네 참 평화롭지 않아?"

평화라. 참 아득한 말이다. 평화는 어디에도 없다고 중얼거린다. 앙코르와트에서 나는 그것을 확인했다. 폐허의 비극은, 무너짐의 운명은 어디에나 도사리고 있다고 체념해도 사원에서 떨어져 나온 모래알을 밟는 마음은 저려 왔다. 여간해서 웃지 않는 캄보디아인들. 쉽게 접근을 허용하지 않는 것은 사원이나 사람이나 마찬가지였다. 하루 종일 사원을 걸어 다녀 발가락에 생긴 물집을 터트리며 밤이면 생각했다. 무엇을 피해 여기까지 도망쳐 왔을까. 아무 것도 알지 못한 채 이곳을 떠나는구나. 그의 표정도 평화와 거리가 멀기는 마찬가지였다.

그가 일행과 함께 내 숙소로 옮겨 온 뒤로 압살라 댄스 쇼에 가는 길에 다시 만났다. 12인승 밴을 탔는데 공교롭게 그가 내 옆자리에 앉았다. 내 얼굴을 보자마자 대뜸 물었다.

"나는 스물아홉인데 그 쪽은 몇 살입니까?"

동갑이라는 내 대답에 그는 한숨을 쉬었다.

"그쪽도 쉽지 않겠군."

잠깐 나를 똑바로 쳐다보더니 반말로 바꿔 말했다. 무거우니까 벗어버릴 건 벗자. 그의 친구 둘도 주춤주춤 우리와 섞여 얘기를 나누었다. 난 이 여자분 무서우니까 네가 잘 좀 지켜라. 말은 그렇게 했지만 그들은 내가 첫날 저질렀던 행패를 잊은 것처럼 행동했다. 여행의 흥분이 사람을 옹졸하게도 너그럽게도 만들었다.

나는 잠시 그때 생각을 하다 그의 뒤쪽으로 바위 능선이 드러난 인왕산을 올려다보았다.

"별로 높아 보이지 않는데 산에나 갈까. 답답한 실내에 앉아 있는 것보다 나을 것 같애."

출퇴근할 때 가끔 바라보던 산이다. 그는 고개를 끄덕이더니 사직공원 옆 파출소 골목으로 걸어갔다. 그가 초등학교 다닐 때부터 그곳에 있었다는 '유명여관'을 지나 산길로 접어들자 커다란 한옥이 한 채 보였다. 여기가 활터야. 그는 황학정(黃鶴亭)이라는 현판을 단 기와집 앞에 멈춰 섰다. 아닌 게 아니라 사람들이 활을 들고 번호가 적힌 마당에 죽 늘어서 있었다. 과녁은 백 미터도 넘게 떨어진 언덕 위에 있었다. 등을 똑바로 펴고 화살을 팽팽히 겨눈 모습은 앙코르 사원의 벽에 부조된 무사를 연상케 했다. 전쟁을 많이 치른 민족답게 조각의 상당 부분이 무사와 전투 장면이었다. 어디에고 전쟁의 자취는 남아 있었다. 누군가 보내는 신호에 맞춰 일제히 활을 당겼다. 제대로 맞춘 화살이 있는가 하면 몇 개는 먼지를 일으키며 땅바닥에 꽂혔다. 환호성을 치거나 안타까운 푸념을 늘어놓는 사람은 없었다. 도라도 통한 듯 초연하게 활을 당기고 묵묵히 결과를 받아들였다. 나로서는 도저히 이를 수 없는 경지로 보였다. 돌아서는데 마당 한가운데 세워진 팻말이 눈에 띄었다. 習射無言. 그들이 침묵한 이유를 알 만했다. 사소한 취미 하나에도 원칙과 복잡한 규칙을 만들어 저들만의 공감대를 형성했다. 자신을 다스리는 방법으로 그리 나빠 보이지 않았다.

그는 황학정 뒤 산비탈로 올라갔다. 서너 발짝쯤 떨어져 그를 따라갔다. 그의 뒷모습은 날렵했다. 두툼한 어깨와 곧게 뻗은 다리로 힘들이지 않고 걸음을 떼어 놓았다. 나는 점퍼와 바지 속에 숨겨진 그의 알몸을 떠올렸다. 태양 아래서 붉게 꿈틀거리던 수많은 힘줄이 불거진 육체. 지금도 그의 근육은 맹렬히 움직이고 있을 것이다. 나는 그런 것들을 유심히 보고 있는 자신을 발견하고 흠칫 놀란다.

"불감증입니다."

의사는 말했다. 내가 여태껏 남자 한 번 사귀어보지 않은 건 물론 키스조차 해보지 않았다고 하자 그는 믿을 수 없다는 표정을 지었다.

"동아시아 국가에서는 흔한 질병이죠. 일본, 중국, 한국처럼 여자의 정숙을 강조하는 유교 문화에서 자란 여자들한테 나타나는 성기능 장애의 일종입니다."

그는 장애라는 단어를 사용했다. 일종의 문화 현상이라고 볼 수도 있는데……. 내가 눈을 치켜 뜨고 그를 빤히 쳐다보자 얼른 단어를 바꿨다. 장애든 문화 현상이든 상관없었다. 그런 깨우침을 위해 병원을 찾은 게 아니었다. 내 얘기를 더 하고 싶었다.

"성적 억압이 어느 순간 성격으로 굳어져 자신의 욕구조차 느끼지 못하게 되는 것이니까요. 적자생존의 나쁜 예라고나 할까."

캐나다에 유학했다는 정신과 의사는 동양 문화권 어쩌구 하면서 병의 심각성을 부각시키려고 애썼다. 글쎄요, 나는 고개를 갸웃거렸다.

"제가 걱정하는 건 그게 아니라 어떤 남자에게도 호감을 느껴본 적이 없다는 거예요. 설사 그렇다 해도 손을 잡는다거나 은밀한 곳에 둘만 있다고 생각하면 소름이 끼쳐요. 치료를 받아야 하나요?"

의사는 내가 말하는 도중에 이미 고개를 깊이 끄덕이고 있었다. 진짜 묻고 싶었던 말은 다른 것이었다. 사람들한테 내가 존재한다는 걸 알리고 싶어요. 어떻게 하면 그들 틈에 낄 수 있죠? 예쁘거나 섹시하게 보이고 싶은 게 아니라 그들이 나를 좀 봐줬으면 좋겠어요.

나만 내 욕구를 느끼지 못하는 게 아니라 남들도 나를 느끼지 못했다. 내 감정은 고사하고 존재마저 망각하는 일이 빈번했다. 재작년에 대학 동기 넷과 함께 제주도에 여름휴가를 간 적이 있었다. 갑자기 몰아닥친 집중호우로 관광은 엄두도 못 내고 콘도에 갇혀 이틀을 보내야 했다. 다른 친구들의 휴대폰은 끊기가 무섭게 울려댔다. 너 거기서 무슨 일 당한 거 아니지. 직장 동료, 가족, 친구 할 것 없이 안부 전화가 빗발쳤다. 하다못해 혼자 여행 가더니 잘 됐다고 약 올리는 전화라도 걸려 왔다. 내 휴대폰은 한 번도 울리지 않았다. 대구에 사는 엄마조차 내 안부를 궁금해 하지 않았다. 대학에 입학하면서 집을 떠난 후로 엄마는 부양자 명단에서 나를 지워버린 것 같았다. 내가 먼저 엄마한테 전화를 걸었다. 나 괜찮아. 별 일 없어요. 엄마는 무슨 소리냐고 물었다. 제주도에 호우주의보가 내렸거든. 엄마도 뉴스를 봤다고 했다. 위험한 데 돌아다니지 않고 콘도에서 푹 쉬고 있어요. 나는 엄마가 할 말을 대신 했다. 걱정말라구요. 겨우 한 마디를 더 하고 전화기를 꺼 버렸다. 끄는 게 나을 성싶었다.

지난 12월에는 월요일 아침 일찍 쩔쩔매는 목소리로 친구가 전화를 걸어 왔다. 미안해서 어쩌니? 내용인즉슨 토요일에 일 박 이일로 양평스키장에 갔는데 도착해서 보니 내가 없더라는 것이다. 서로 '너 연락 안 했니?'를 연발하며 황당해 했다고. 같이 놀러가자고 입을 모았지만 모두 나는 까맣게 잊은 것이다. 대학 때도 비슷한 일은 많았다. 도서관에서 공부하다 보면 친구들이 하나도 보이지 않았다. 다들 점심 먹으러 가면서 나를 부르는 걸 깜빡한 것이다. 식당에 도착해서야, '아참' 하면서 서로를 탓했다고 전해 주었다. 그들은 정말 내 존재감을 느끼지 못하는 것이 틀림없다. 월요일 아침 이런 부주의한 전화를 걸어오는 것을 보면. 넌 정말 먼지 같은 아이야. 어딘가 존재하지만 아무도 너를 주의 깊게 보지 않아. 가엾어서 어떡하니? 이따위 얘기를 친구의 귀에 흘려 넣는 무신경한 인간에게라면 당장 잊혀져도 아쉬울 것 없다는 말투로 황급히 전화를 끊었다. 네가 그러니까 그렇지. 그 말이 내려놓은 수화기를 통해 들리는 것 같았다. 최근에는 그나마 그런 전화조차 뜸해졌다. 애인이 생겼거나 결혼한 친구들은 무척 바빴다. 넌 그거 어떻게 해결하니? 해결하고 말고 할 게 뭐가 있어. 나는 천연덕스럽게 잠자리 얘기를 떠벌리는 그들에게 혐오감과 선망을 동시에 느꼈다.

온종일 약 냄새가 밴 약국에 앉아 있노라면 마치 시체 안치소에 있는 느낌이 들 때가 있다. 몸에서 포르말린 냄새가 나는 것 같아 팔을 들어 코를 대고 킁킁거렸다. 엄마, 병원 냄새가 나. 어느 날 전철에서 아이가 소리쳤다. 아이는 손가락으로 내가 서 있는 방향을 가리켰다. 사람들의 시선이 일제히 나한테 쏠렸다. 한낮 햇살이 쨍하게 내리쬘 때면 약국 문을 활짝 열고 땡볕 아래 서서 몸을 말리고 싶은 충동을 억누를 수 없었다. 유리문을 부수고 거리를 뛰쳐나가는 상상을 수도 없이 했다. 약사 노릇은 무척이나 지루했다. 눈코 뜰 새 없이 바쁠 때조차 지루했다. 다리는 늘 부어 있고 몸은 찌뿌둥했다. 설마 이렇게 늙어 가는 건 아닐 테지. 원장 약사는 걸핏하면 자리를 비웠다. 외설적인 농담을 건네는 남자들의 피로회복제에 얼마나 독약을 타고 싶은지 누군가 붙들고 말하고 싶었다. 정리되고 계산되고 준비된 말 말고 아무렇게나 내뱉듯이 하는 말을 들어 줄 사람이 필요했다.

손님들은 약을 사가고 나서 꼭 찾아와 약의 효과에 대해 떠들거나 자기가 요즘 얼마나 스트레스를 받고 사는지 하소연을 늘어놓는다. 윗층에서 어찌나 시끄럽게 구는지 머리가 다 아파요. 이 약 잘 듣죠? 약사는 그저 처방전에 따라 약을 담아 주는 사람이라는 걸 미처 받아들이지 못한 그들은 무엇이나 약사한테 물어 왔다. 우리 남편한테 뭐 좋은 약 없을까요? 내 냉랭한 표정에도 불구하고 그들은 얘기 상대를 만난 기회를 놓치지 않았다. 나한테 그딴 거 묻지 마세요. 나는 처방전대로 약만 짓는 사람이에요. 마침내 쏘아붙이고 만다. 감정의 파열은 자주 일어났다. 어디선가 손이 불쑥 나와서 항생제를 달라고, 나 좀 어떻게 해달라고 매달릴 것만 같아 주위를 두리번거리기도 했다. 요즘 무슨 일 있어? 상담 한번 받아보는 게 어때. 원장 약사는 부드럽지만 무시할 수 없는 어조로 충고를 했다. 병원에 가봐야 신경안정제나 몇 알 처방해 주겠지. 나는 쌀쌀하게 대꾸했다.

정신과 의사의 첫 질문은 요즘 누구를 가장 자주 만나느냐는 거였다. 조울증세의 원인을 호르몬의 불균형에서 찾으려고 했다. 불감증은 가능한 한 빨리 치료해야 합니다. 이런 상태로 결혼을 했다고 생각해 봐요. 나는 사실 내 병을 치료하는 게 두려웠다.

"써먹을 일도 없는데 괜히 성감이 증대하면 그땐 어떡하죠?"

의사는 기가 막히다는 표정을 지었다. 그 농담은 진실이었다. 몸의 요구를 현실이 따라주지 못할 때 찾아 올 박탈감을 자초하기 싫었다. 무엇보다 새로운 환경이 필요할 거 같습니다. 그는 도와주고 싶다는 얼굴로 말했다. 의사의 진단으로 나는 혼란에 빠지고 말았다. 그때부터 내 모든 점을 문제시하게 되었다. 그렇다고 뾰족한 수가 있는 것도 아니면서 병의 원인은 무엇이며 앞으로 어찌해야 할 것인지 틈만 나면 생각하곤 했다. 출산을 앞둔 원장 약사는 믿을 만한 사람한테 약국을 맡기고 싶다며 조카를 데려왔다. 그녀의 세련된 퇴직 권유가 아니었다면 지금 나는 어떻게 되었을까. 밀폐 용기 같은 공간만 벗어나면 살 것 같았다. 될 수 있으면 먼 곳으로 떠나고 싶었다.

"봄은 봄인가 보네. 저기 목련 좀 봐. 지난주에 왔을 때는 꽃이 안 피었었는데……."

그는 황학정 뒤뜰의 지붕을 넘어선 나무를 가리켰다. 검질긴 나 뭇가지 끝에 약솜처럼 작은 꽃봉오리가 맺혀 있었다. 여행에서 돌 아와 빈둥거리는 동안 어느새 겨울이 가고 봄이 왔다. 생명 가진 것은 모두 물이 오르는 봄이다. 이 산자락도, 가시덤불로 보이는 풀숲도 곧 우거져 짙푸른 나무로 뒤덮일 것이다. 경사진 비탈길을 십 분 정도 올라가자 운동기구가 설치된 체육시설이 나왔다. 노인 둘이 누워서 역기를 들며 팔 동작에 맞추어 큰소리로 기합을 넣었 다. 여기 잠깐 앉았다 가자. 그는 운동기구 앞쪽의 바위에 걸터앉 았다. 바위와 돌계단만 눈 아래 내려다보였다. 바위 위에 누워 손 수건으로 얼굴을 덮고 낮잠이라도 청하고 싶었다. 어딘지 폐허를 떠올리게 하는 모래알로 덮인 길은 아무리 많은 사람이 지나다녀 도 발자국이 남지 않았다. 나는 길게 숨을 내쉬었다.

"편해 보인다. 정 일하기 싫으면 당분간 쉬는 게 어때? 직장이 사람을 참 형편없게 만든다는 생각이 든다. 아무 것도 하지 않을 때가 가장 활동적이라는 말도 있잖아."

그는 누이를 다독거리듯 다정하게 말했다. 자신도 작년에 회사를 그만두고 아버지 가게 일을 돕고 있는 중이라고 했다. 아버지 몸이 안 좋아서 당분간 떠맡고 있지만 앞으로 어떻게 할지 아직 결정을 내리지 못한 상태야. 놀아보니까 이제야 제 정신이 돌아온 것 같다고 덧붙였다. 나는 그 말을 들으며 그가 무슨 일 하는 사람인지 감을 잡지 못했던 기억을 되살린다. 뭘 해 먹고 사는 인간인지 단박에 알아낸다면 이미 그 사람의 본성과 멀어진 일벌레가 되었다는 말일지도 모른다. 선생처럼 생겼다거나, 장사꾼처럼 생겼다는 말이 때로 서글프게 들리는 이유일 것이다.

일 년에 한 달 이상 긴 여행하는 사람은 셋 중 하나라고 대학원생인 그의 친구가 말했다. 선생 아니면 학생, 그도 아니면 실업자. 나는 약국을 그만 둔 상태니까 확실히 실업자였다. 나한테 영어로 말을 걸었던 친구가 너는 뭐 하는 놈인지 말 안 하냐며 그를 다그쳤다. 그는 턱을 약간 위로 치켜들더니 귀찮은 듯 대답했다.

"우리가 얘기하는 지금 이 순간도 잠시 후면 과거가 된다. 그런데 그 먼 과거 얘기는 해서 뭐 하겠냐."

그의 표정은 사뭇 진지했다. 좌중은 웃어버림으로써 그의 얼토당토않은 발언을 묵살했지만 나는 그에게 일말의 흥미를 느꼈다. 그것이 진심이든 아니든 머릿속에 떠오른 생각을 있는 그대로 말할 수 있다는 것은 상당한 용기를 필요로 하는 일이다. 그는 실업자 냄새를 짙게 풍김으로써 함께 지출해야 할 비용을 회피했다. 그에 대해 이의를 제기하는 사람은 없었다. 대학을 졸업하고 삼사 년 취업에 매달린 취업 재수생일 거라고 짐작했다. 그는 무슨 일이든 철저히 무관심으로 일관하면서 방관자의 자리를 지켰다. 그래도 그는 어디에 있든지 금방 눈에 띄었으며 모두 그를 찾았다.

"올드마켓 구경 가는데 넷이 다니면 택시 잡기도 좋고 비용도 절약되니까 같이 갑시다."

딱히 거절할 이유는 없었다. 자신의 행동에 별 의미를 두지 않는 그의 담백한 태도가 편했다. 정작 그는 심드렁한 표정으로 둘러보다가 갑자기 사라지곤 했다. 될 수 있는 한 많은 유적지를 돌아보고 무언가 느껴야 한다는 강박관념은 주어진 시간 동안 사람들을 바쁘게 몰아쳤다. 저녁때 파김치가 되어야 비로소 만족했다. 그는 달랐다. 도대체 구경도 안 하고 빈둥거릴 거면 뭐 하러 돈 쓰면서 멀리까지 왔는지 모를 일이라고 친구가 면박을 주었다. 하지만 그는 일행에게 무척이나 요긴한 존재였다. 유창한 영어 실력은 말할 것도 없고 언제 익혔는지 기본적인 크메르어도 할 줄 알았다. 물건을 살 때도 적당한 때에 나서서 흥정을 거들었다. 어떤 때는 알면서 바가지 쓰게 내버려 두기도 했다. 친구가 따지기라도 하면 태연히 응수했다. 넌 평소에 얌체처럼 굴었으니까 적선 좀 했다고 생각해. 길을 물을 때나 음식을 주문할 때도 영어가 잘 통하지 않으면 크메르어를 구사했다. 사원의 위치나 역사 등의 기본지식 또한 언제 숙지했는지 묻기만 하면 술술 나왔다. 짜아식, 남들 놀러 다닐 때 책만 뒤적거리고 있었나. 마치 머릿속에 시엠립 전체 지도가 들어 있는 것처럼 툭툭 운전사에게 가고자 하는 곳의 약도를 상세히 설명했다. 나머지 사람들은 거의 존경심에 가까운 표정으로 그에게 터트릴 불만을 눌렀다. 나는 '오쿤 추란' 한마디로 버텼다. 아무 때나 '감사합니다' 였다.

"알고 보면 괜찮은 면도 있는데 앙코르와트에서는 왜 그렇게 뻣뻣하게 굴었어?"

"내가? 네가 아니라?"

그는 말도 안 된다는 듯 눈을 크게 뜨고 나를 쳐다본다. 나는 고개를 좌우로 흔들면서 구제불능이군, 하는 얼굴로 그를 마주본다.

"맘에 안 드는 게 많아서 그렇지 특별히 못되게 군 건 없었잖아. 사소한 거라도 비위에 거슬리면 얼굴에 나타나는 걸 어떡하냐. 그리고 나는 맘에 안 드는 건 안 드는 대로 두는 게 좋다고 생각해. 괜히 좋은 척 넘어가는 가짜 화해가 오히려 더 나쁜 거 아닌가?"

그가 하는 문어체의 말은 반도 알아듣기 어려웠다. 쉽게 다가갈 수 있는 사람이 아니었다. 그런데 나는 왜 그를 따라 여기까지 왔지. 뭔가 의미를 전하려는 듯 강렬하게 쏘아보는, 내 마음을 붙드는 그의 시선이 부담스럽다. 그 부담은 어쩐지 나를 주눅 들게 했다. 그는 일어나서 산중턱을 가르는 도로 쪽으로 걸었다. 그 길을 건너야 다시 산을 오를 수 있었다. 군데군데 설치된 초소에는 군인들이 부동자세로 서 있었다. 산은 만만하지 않았다. 아래서 볼 땐 별 거 아닌 것 같았는데 꽤 가팔랐다. 계단으로 이어진 정상까지 오르는데 거의 한 시간이 걸렸다.

헬기장을 지나 꼭대기에 이르자 쉴 수 있도록 테이블과 의자가 마련되어 있었다. 의자에 털썩 주저앉아 가쁜 숨을 몰아쉬었다. 능선을 타고 바람이 불어 왔다. 산을 오르면서 벗었던 재킷을 도로 입었다. 언제 등줄기로 땀이 흐르고 입에서 더운 김이 났는가 싶게 오소소 소름이 돋았다. 탁자에서 몇 걸음 떨어진 초소에서 보초병이 우리를 짐짓 외면한 채 청와대 쪽을 바라보고 서 있었다.

"저기 학교 보이지. 자세히 보면 그 옆에 우리 가게도 보여. 학원 뒤로 하나 둘 셋째 집."

내 눈에는 다 그게 그걸로 보였다. 서울 풍경은 조잡한 무늬가 날염된 낡은 천 조각 같다.

"가만 귀 기울여봐. 무슨 소리 안 들려? 밤에 여기 올라오면 저 아래서 웅웅거리는 신음소리가 들려. 온갖 소리가 뒤섞여 진동하는 거야. 울림통이 큰 짐승이 엎드려 있는 것 같애."

그의 턱에 푸른 물이 번진 것처럼 돋아난 수염 자국이 말할 때마다 입 근육을 따라 움직였다. 거대한 짐승의 신음소리, 그의 말을 따라해 본다. 저 많은 집들 속에서 꿈틀대는 사람들의 신음도 소음도 내 귀까지는 도달하지 못했다. 호흡을 고르는 그의 숨소리가 오히려 더 크게 들린다. 들숨과 날숨을 따라 어깨가 들썩였다. 그의 옷에서 땀 냄새가 났다.

"저기 건물들 좀 봐. 옛날에는 한강까지 다 보였을 텐데 빌딩들이 가로막고 있어. 요즘엔 스모그 땜에 가시거리가 더 짧아졌고. 저게 씨네큐브가 있는 흥국생명 빌딩이야."

그는 아래를 내려다보며 큰 건물의 이름을 댔다. 내가 일하던 약국도 저기 어디 있겠군. 충정로 네거리를 눈으로 찾았다. 헐벗은 가로수와 우유팩 모양의 건물들이 깊은 고랑 같은 도로를 중심으로 도열하고 있었다. 스모그에 가려 건물을 식별하기는 어려웠다.

세상은 어쩌면 한 꺼풀 먼지로 뒤덮여 있는지도 모른다. 먼지는 빛의 간섭을 받을 때만 자신의 존재를 드러낸다. 먼지가 내려앉고 있는 밥을 먹으며 먼지가 섞인 공기를 마시고 온종일 비워도 먼지가 쌓이는 방을 거닌다. 먼지는 누구도 피할 수 없다. 태양계 너머 머나먼 별나라에서 온 먼지, 지구 반대편에서 모래바람을 타고 온 먼지, 서인도 제도 몬트세랫 섬의 화산에서 뿜어져 나온 먼지……. 그리고 중국의 제철소에서 온 먼지도 있겠지. 지금 내 몸에 달라붙고 있는 먼지는, 저 건물들을 감싸고 있는 먼지들은 대체 어디서 온 것일까. 이런 것들을 가만히 생각하고 있는 순간이 불편하다.

"돌아가야겠어. 빨리 집에 가서 목욕하고 한숨 자야지. 땀을 흘려서 그런지 피곤하네."

"그럼 점심 먹고 놀다가. 우리 가게에 방 있으니까 거기서 눈 좀 붙이고 가든지. 이제 할 일도 별로 없으니까 같이 만화책 보면서 놀자. 솔직히 오늘 혼자 가게 보기 정말 싫다."

어쩜 그런 말들을 이토록 아무렇지도 않게 할 수 있지. 경계심이라곤 없는 그의 행동은 내 어설픔을 더욱 극명하게 드러낸다. 나는 아무 대답도 하지 않는다. 어찌해야 할 지 몰라 한숨을 쉰다. 그도 대답을 재촉하지 않는다. 그와 더불어 땅을 내려다보는 지금 이 순간도 곧 흘러가 과거가 되겠지. 그가 고개를 내 쪽으로 돌려 입을 열고 웃거나 말을 하는 순간에도 시계 바늘은 일 초씩 앞으로 나아

가고 있다. 또렷하게 느껴지는 존재의 시간.

그의 손이 내 어깨 쪽으로 다가왔다. 얹혀진 손에서 그의 체온이 옮아와 나는 움찔한다. 하마터면 어깨를 흔들어 손을 털어 낼 뻔했다. 등으로 뭔가 흘러 내려가는 느낌이 들었다. 먼지가 내려앉듯, 꽃잎이 떨어지듯 가볍고 부드럽게 내 어깨를 탁탁 치더니 이내 거둬 갔다. 그에게서 비롯된 부자연스러운 긴장이 용기를 내라고 부추겼다. 하지만 뭘 어떻게 해야 하는 거지. 나는 내 감각에 온 신경을 기울인다. 그의 손이 닿았던 어깨를 가만히 쓸어 본다. 제발 어떤 감정이라도 좋으니 일어나다오. 그의 손이 내 몸을 만지고 문질러서 여기저기 지문을 남기는 상상을 한다. 입김을 뱉어내며 도장 찍듯 입을 맞추는 그의 목을 끌어안고 내 몸을 열 수 있다면. 갑자기 숨이 가빠졌다. 허공에 몸을 던지는 기분이었다. 물러설 곳이 없어지는 순간 내가 어디서 왔는지 어디로 갈 건지 알게 될지도 모른다.

그는 몸을 일으키더니 성큼 몇 걸음 앞으로 걸어갔다. 바위 끝에 멈춰 서서 두 팔을 크게 벌렸다. 그의 어깨가 긴 호흡을 따라 오르내렸다. 언젠가 보았던 뒷모습. 몸을 허공에 부려놓는 것 같은 자세. 몇 길이 넘는 반야나무도 눈을 찌르는 땡볕이 없어도 그는 사원 한가운데 곧게 선 나무처럼 미동도 않는다. 아까보다 거세진 바람이 관악기 소리를 내며 그의 점퍼를 흔들었다. 다음 달로 예정된 황사가 미리 닥친 건가. 멀리 사막에서 대륙을 넘어 예까지 날아온 모래바람은 온 도시를 들쑤시고 다닐 것이다. 문득 앙코르와트로 가던 트럭이 생각났다. 캄보디아인들이 흙먼지에 대응하는 방법은 둘 중 하나다. 자신의 무릎에 머리를 박고 숨거나, 먼지 따위는 아랑곳하지 않고 정면을 향해 고개를 빳빳이 쳐들거나 했다. 나는 눈을 감는다. 흙먼지가 소용돌이치는 도로가 눈앞에 펼쳐진다. 눈을 부릅뜨고 일어서 그를 향해 한 걸음 다가간다.

원 의 중 심

이십 분쯤 산길을 달려 차가 도착한 곳은 소백산 입구 주차장이었다. 오랫동안 손님이 들지 않아 유리문에 먼지 얼룩이 더께로 앉은 토종닭 집을 빼곤 주위에 사람이 드나들 만한 곳은 없었다. 빈 매표소 앞에 서 있는 죽계구곡(竹溪九谷)이라는 팻말에 제일 먼저 눈이 갔다. 그가 챙겨 온 배낭을 메고 앞장섰다. 나는 두어 걸음 뒤에서 따라갔다. 언제부터인가 그는 말 없이 걷기만 했다. 평일이라서인지 다른 등산객은 보이지 않았다. 둘 사이의 버성김을 흩트리는 계곡 물소리만 가까이서 들렸다.

얼마 안 가 등줄기에 땀이 났고 오래된 통증이 어깨를 가로질렀

다. 그가 돌아서서 숨을 몰아쉬는 내 손을 잡았다. 조금만 올라가
면 쉴 곳이 나올 거야. 그의 목소리를 삼키는 계곡 물은 믿어지지
않을 만큼 깨끗했다. 수세미로 닦아 놓은 것 같은 바위가 물길을
드문드문 막고 있었다. 산을 오르는 게 아니라 깊은 산 속으로 빨
려들어 가고 있는 것 같았다. 겨우 숨을 고를 수 있을 정도로 걸음
에 탄력이 붙을 즈음 산에서 내려오는 노인과 마주쳤다. 바툼한 길
에서 서로 먼저 지나가라고 비켜서다 말고 그가 엇, 하며 무릎을
꺾었다. 본드가 삭았나 보네. 덜렁거리는 신발 밑창을 들고 난감한
얼굴로 나를 쳐다보았다. 오래 신지 않고 묵혀 두있던 운동화 바닥
이 떨어진 것이다. 실로 꿰맨 발가락 부분만 붙어 있어 걸음을 옮
길 때마다 뒤축에서 철떡철떡 소리가 났다. 나는 어찌해야 할 바를
몰라 신발에서 눈을 떼지 못하고 엉거주춤 서 있었다.

"아이구 저런, 저기 칡넝쿨 있지. 그걸로 몇 번 감아서 묶어 보
게나."

노인이 덤불이 우거진 쪽을 가리켰다. 심란한지 그의 신발을 한
번 더 보더니 헛기침을 하고 걸음을 재촉해 갔다. 드디어 할 일을
찾았다는 듯 내가 먼저 노인의 손가락 끝이 가리킨 지점으로 가서
풀숲을 뒤졌다. 두 줄기가 서로 몸을 감고 올라가는 넝쿨을 잡아당
겼다. 그는 가방에서 스위스 군용 칼을 꺼내 팔 길이만큼 잘라 냈
다. 잎을 쳐내고 꼬인 줄 한쪽을 풀어버리고 나니까 짱짱한 노끈이
되었다. 신발 바닥을 꼭 맞게 붙이고 두 번 돌려 묶었다. 정말 신기
하게도 신발이 단단히 고정되었다. 안도의 숨을 내쉬다 그의 얼굴

을 마주 보고 처음으로 웃었다.

"어른 말씀을 들으면 자다가도 떡을 얻어먹는다더니, 정말 다행이야."

나는 뻐근한 어깨를 손으로 두드리며 말했다.

"그걸 문자로 뭐라고 하는 지 알아? 삼인행(三人行)이면 필유아사(必有我師)라. 세 사람이 길을 가면 그 중에 하나는 나의 스승이니라."

선비 말투를 흉내 낸 그의 말이 생경하게 들렸다. 다른 사람의 존재를 인정하는 말을 전에도 했던가. 일부러라도 그러지 않았다. 나는 아직 마음이 놓이지 않아 신발에서 시선을 거두지 못한다. 걱정을 일거에 없애겠다는 듯 그가 발에 힘을 주어 쿵쿵거리며 걸었다. 그의 뒷모습은 언제나 보기에 힘겨웠다. 큰 키에 휘움한 등은 절대로 뒤를 돌아보는 법이 없다. 나는 한 번도 본 적이 없는 내 뒷모습이 문득 궁금했다. 인적이 드문 숲은 밀림처럼 점점 더 깊어졌다. 골 깊은 아홉 계곡이라는 이름에 걸맞게 골짜기의 물도 폭포 수준으로 세차게 떨어졌다. 굴참나무는 햇빛에 반사되어 흔들렸다. 단풍을 닮은 고로쇠나무는 어깨 높이까지 늘어져 별 모양의 그늘을 만들었다. 몇 시나 되었을까. 나는 땀이 차서 손목에 달라붙은 시계를 보았다. 열 시 삼십 분. 그가 이 시계를 주면서 했던 말이 떠올랐다.

'이제부터 서현이가 사는 시간은 내 속에 있어. 이 시침과 분침처럼 한 바퀴 돌 동안 한 번 밖에 만나지 못하더라도 한 공간에서

몸의 중심을 맞대고 사는 거야.'

그 말은 내 정신을 송두리째 그의 식민지로 만들었는지 모른다. 내 생각과 감정은 그를 한번 통과해 나온 것들이 대부분이었으니까. 어느새 그의 말을 흉내 냈고 그의 버릇을 닮아갔다.

비탈을 넘어서자 갑자기 어두워졌다. 길 양쪽의 나무가 얽혀 하늘을 가린 터널이 되었다. 한결 시원했다. 나는 셔츠의 윗단추 하나를 풀었다. 서늘한 바람이 등줄기로 파고들었다. 땀구멍을 통해 긴장과 조바심이 후르르 날아가는 기분이 들었다. 그래도 마음 한 구석에서는 결코 포기할 수 없는 저항감이 치솟았다. 이건 진짜가 아냐. 시간의 부력을 견딜 수 있는 것은 아무 것도 없어. 지금 나는 헛되이 나를 내주고 있을 뿐이야. 그는 잡념 따윈 싹 가신 표정으로 걷고 있었다.

그가 이곳에 내려온 것은 작년 가을, 퇴직을 하고 일 년이 지났을 즈음이었다. 한동안은 남들처럼 여기저기 재취업 기회를 찾아다녔다. 실직자 교육도 받았다. 하지만 그의 얼굴은 점점 더 우울하고 어두워졌다. 그러다 갑자기 서울을 떠날 거라고 했다. 나로서는 정확히 그의 상황을 이해하기 힘들었다. 솔직히 말하면 엄살 부린다고 생각했었다. 퇴직금도 받았겠다, 딸린 식구가 있는 것도 아니겠다, 생각하기에 따라서 위기는 또 다른 기회가 된다지 않는가, 뭐 그런 식으로 가볍게 넘겼다. 그만큼 실직은 주위에서 흔히 일어나는 일이었다. 귀농학교를 다닌다고 할 때만 해도 또 하나의 모색일 거라고만 생각했다. 그가 지인의 소개로 풍기에 있는 농가로 내

려간다는 말을 들었을 때서야 상황이 훨씬 심각하다는 걸 깨달았
다. 물론 나와 상의하지 않고 정한 일이었다. 그의 결정에는 내가
들어갈 틈이 전혀 없어 보였다. 그의 표정은 절박했지만 수십 번을
고쳐 생각해도 나는 그를 따라 내려갈 수가 없었다. 그는 모든 걸
예견했다는 듯 순순히 고개를 끄덕였다. 솔직히 말해 주어서 고맙
다며 누구에게나 중요한 건 자기 자신이라고 했다.

그게 끝이었다. 전화도 없었다. 나는 아니었다. 아무리 애써도 마
음이 가라앉질 않았다. 일주일쯤 지나 그를 찾아갔다. 무슨 말인가
를 들어야 한다고 생각했다. 벨을 눌렀지만 응답이 없었다. 가방에
서 따로 가지고 있던 열쇠를 꺼내 문을 열고 들어갔다. 순간 숨을
멈추고 그 자리에 섰다. 어둠이 뭉텅이로 달려드는 오피스텔 안에
음악이 흐르고 있었다. 오래된 노래, 킹 크림슨의 에피타프였던가.

불을 켜려고 스위치로 다가가자 어둠 속에서 제발……제발, 이
라며 신음처럼 땅을 끄는 소리가 들렸다. 그가 거기 있었다. 미동
도 않고 침대에 누워 내 움직임을 지켜보고 있었다. 자신의 육체를
제단에 올려놓고 번제(燔祭)를 기다리고 있는 사람의 형국이었다.
나는 그와 어둠조차 식별할 수 없었다. 그는 이미 어둠에 익은 눈
을 가진, 어둠에 속한 사람이었다. 그를 읽을 수 없었다. 서로 다른
언어로 말하고 있다고 생각했다.

시간은 어둠 속에서도 길을 찾아 빠르게 흘러갔다. 어렴풋이 화
살촉을 닮은 그의 콧날이 보였다. 바닥에 주저앉았다. 어둠이 내 속
으로 들어가지 못하게 눈을 꼭 감았다. 저 문을 열고 나서면 다시는

어둠을 돌아보지 않을 것이다. 빛 때문에 눈이 멀어 버린다 해도 거기 더 머물 수 없었다. 외로웠다. 그를 둘러싸고 보호막이 돼 주는 어둠이 그와 나를 갈라놓는 절망의 골이라고만 생각되었다. 천장에 고정된 그의 시선을 보고 내가 느낀 건 모욕감이 아니었다. 칼로 베어 낸 것 같은 단절감. 침묵과 어둠을 이기지 못하고 밝음의 세계로 자진하듯 뛰쳐나갈 때 뒤에서 문 닫히는 소리 말고는 아무것도 들리지 않았다. 그것이 내가 본 그의 마지막 모습이었다.

그가 없어도 살아졌다. 그게 신기했다. 두 달 뒤 명예퇴직 대상을 모집할 때 나도 사표를 내고 말았다. 갑자기 모든 게 부질없게 여겨졌다. 내가 그만두지 않았더라도 서른이 다 된 노처녀 월급으로 스물세 살 신선한 여직원 두 명을 쓸 수 있다고 공공연히 말하던 시절이었다. 처음 몇 달은 운신을 할 수 없게 몸이 아팠다. 이병이 나으면 저 병, 저 병이 나으면 또 다른 병. 어느 한 곳 성한 데가 없었다. 몸무게가 육 개월 동안 오 킬로그램이나 줄었다. 마치 병치레하기 위해 직장을 그만 둔 꼴이었다. 물을 벗어난 물고기 신세였다. 진단도 제각각이었다. 마지막으로 찾은 병원에서 의사가 한 마디로 요약해 주었다. 한 가지 자세로 오랫동안 일을 한 게 탈이라고 했다. 어깨가 치명적으로 손상되었고 몸 전체의 면역 기능이 떨어져 있는 상태다. 당분간은 무조건 쉬어야 하고 일을 하더라도 지금과는 다른 일을 해야 한다. 직립보행을 하도록 설계된 인간의 몸은 오래 앉아서 하는 일을 견디는 데 무리가 있다. 이제는 어쩔 수 없이 배운 도둑질을 그만 써먹을 수밖에 없다고 의사는 우습지도 않은 농담을 했다.

몸을 다스리는 일만이 내게 주어진 삶이라고 생각했다. 오로지 약 먹고 물리치료 시간을 지키고 식이요법을 하는 일로 하루하루를 보냈다. 직장에 다닐 때보다 더 규칙적인 생활을 했다. 아무것도 생각할 수 없다는 게 오히려 다행이었다. 몸이 아프니까 정신 같은 건 존재하지도 않는 것 같은 착각이 들었다. 그가 인도에서 보낸 엽서를 받은 게 그 무렵이었다. 먼 곳을 응시하는 요기의 모습이 클로즈업된 사진 엽서였다.

'이곳은 순례자들이나 죽음을 앞둔 사람이 들른다는, 우리들이 갠지스강이라고 부르는 강가(Ganga)야. 강물에 죄를 씻어야 다음 생애에 좋은 삶을 받을 수 있다고 믿거든. 하루 종일 강가 옆 계단에 앉아 빨래하고 목욕하는 사람들, 바로 옆 화장터에서 나오는 연기를 바라보며 시간을 보내. 다리를 절거나 손가락이 없는 아이들이 유난히 많아. 끊임없이 누군가 다가와 말을 걸거나 물건을 사라고 재촉해. 서울에서라면 얼굴을 찌푸렸을 텐데 여기서는 그것마저 내 삶의 어느 부분이라고만 여겨진다. 내가 가졌던 생각들은 결국 분별심이라는 마귀의 손목이었던 거야. 이곳 사람들은 잘 싸우지 않아. 벌써 두 달째 델리, 아그라를 거쳐 이곳까지 흘러들었는데 싸우거나 욕하거나 화내는 걸 거의 본 적이 없어. 집 없는 개처럼 종일 거리를 헤매 다니며 사람들과 눈이 마주치면 괜히 웃는다. 그런데 왜 자꾸 네 생각이 나는지 모르겠다. 너를 본 지가 오래 전인데도 바로 어제 헤어진 것 같다. 어쩌면 누군가와 인생을 함께 하는 게 가능할 수도 있다는 생각을 처음 했다. 아직은 무얼 말한다는 게 위험하기는 하다. 나는 왜 여기까지 왔을까, 하는 질문을 버리지 못했거든.'

엽서를 읽고 왜 이렇게 서로 엇갈리기만 하는지 생각하며 창밖으로 희붐하게 날이 밝아오는 것을 지켜봤다. 뺨 위로 흐르는 눈물을 닦아 냈다. 그동안 외면했던 진실이 햇살과 함께 떠오르는 것을 마주 바라보았다. 아직도 견뎌야 할 게 더 남은 건가. 수없이 되풀이되는 같은 꿈. 거리에서 발견하는 낯익은 뒤통수. 혀 속에 잠긴 많은 말들. 나는 세상에 떠도는 추상명사의 뜻을 몸으로 알아갔다. 이별, 고독, 상실, 분노, 비탄, 갈망, 굴욕, 후회.

사람들과 시시덕거릴 때조차 입술을 일그러트렸다. 표정을 들키지 않기 위해 될 수 있으면 구석 자리에 앉았다. 그러다 집에 돌아오는 날은 아파트의 모든 창이 깜깜했다. 세상이 온통 어둠뿐이었다. 그가 보고 싶었다. 그를 만나야 한다. 그렇지 않으면 내 인생은 한 발짝도 앞으로 나가지 못 하리라. 그가 떠난 후에도 나는 전혀 자유롭지도 홀가분하지도 않았다.

나무 터널이 끝나는 곳에서 기다리던 햇살이 얼굴로 쏟아지자 그는 눈을 찡그렸다. 나는 외면하고 계속 걸었다. 바위가 많아지면서 전나무 숲이 이어졌다. 바닥에 풀은 없고 붉은 낙엽만 수북해서 푹신했다. 소나무나 전나무 같은 침엽수 아래서는 풀이 자라지 못한다더니 정말이었다. 키가 큰 나무에서 바늘잎이 가속도가 붙어 떨어지며 밑에 있는 풀들을 죽이기 때문이라고도 하고 소나무 뿌리에서 독소가 방출되기 때문이라고도 한다. 무엇보다 그늘을 만들지 못하는 이런 나무들이 싫다며 그는 손바닥으로 나무를 탕탕 쳤다. 나는 그게 어떻다는 거냐고 따지고 싶었다. 낙엽이 서로 밀착되어 만든 공간은 그 대신 버섯들에게 좋은 보금자리가 되지 않느냐고. 여기까지 따라와서 그런 생각을 하는 스스로에게 화가 나 빠른 걸음으로 먼저 걸어갔다.

물소리를 따라 숨이 차게 등성이를 넘으니 한길이 넘는 폭포가 눈앞에 우뚝 섰다. 와아. 나도 모르게 작은 탄성이 터져 나왔다. 폭포 아래서 울부짖는 물소리와 황금빛 햇살이 한데 엉켜 춤을 추었다. 감청색 하늘에서 쏟아지는 햇빛이 진초록의 나뭇잎에 되비추어 흔들릴 때 풍광은 절정을 이루었다. 사방이 숲에 막혀 이루어진 요새에서 벌어진 햇살의 잔치였다. 선계(仙界)란 말이 절로 생각났다. 산 아래의 부박한 삶과 너무나 극명한 대조를 이루어 오히려 조작된 게 아닐까 하는 혐의가 들 정도였다. 마음속에 일던 격렬한 파문이 비로소 잠잠해졌다. 나는 큰 잘못이라도 한 것처럼 무춤해져서 그의 얼굴을 쳐다보지 못한다. 지금 그에겐 이 모든 소리들이 어떻게 들릴까. 그는 보통 사람보다 서너 배는 발달한 청각을 가진 사람이다. 도시에 사는 사람에게 그것은 차라리 형벌이었다. 전쟁터에서라면 목숨을 구할 수도 있는 그의 뛰어난 청력은, 그를 불도저 앞에 놓인 것처럼 불안하고 공포스러운 세상에 던졌을 뿐이었다. 소음에 익숙해지기 위해 건설 현장에서 아르바이트를 하기도 했다. 그것도 그때뿐 집으로 돌아오면 당장 구석구석 진을 치고 있는 전자제품과 기계에서 나는 소리들에 또다시 포위당해야 했다고 그가 절망적으로 말했다.

내가 처음 그의 오피스텔에서 밤을 보내던 날이었을 것이다. 그가 하얀 스펀지 모양의 물건을 귀에 끼웠다. 고속도로 위에 누워 있는 것처럼 자신을 짓누르는 소음을 견딜 수 없다고 했다. 멀뚱하게 쳐다보는 내게 이어플러그(earplug)라며 보여주었다. 부드럽고 길쭉한 게 담배 필터와 비슷했다. 그게 그를 소음에서 해방시켜 주었는지는 몰라도 내 신경을 몹시 자극했다. 말할 때마다 그가 내 말을 잘 듣고 있는지 그의 눈빛을 확인해야 했다. 이어플러그는 큰 소리만 걸러낼 뿐 작은 소리들은 다 들린다고 그는 나를 안심시켰다. 그럼에도 미심쩍음을 넘어선 불쾌감 때문에 대화에 집중할 수 없었다. 그런 나를 서운한 얼굴로 바라보다 아득한 표정이 되어 내 머리를 어깨 쪽으로 끌어당겼다.

처음으로 어린 시절 얘기를 해 주었다. 아마 학교에 들어가기 전이었던 것 같다고 했다. 무슨 병에 걸렸었는지는 몰라도 늘 방에 누워서 지냈다. 가게를 하는 부모님은 머리맡에 먹을 걸 챙겨 놓고 해종일 그를 방치하다시피 했다. 그는 가만히 누워서도 밖에서 일어나는 일을 다 알았다. 골목 어귀에서부터 신발을 끌면서 걷는 어머니의 발걸음을 헤아렸다. 대문 가까이 왔을 때 큰소리로 부르면 어머니는 놀란 얼굴을 들이밀곤 했다. 아버지가 아무래도 사람 구실하긴 틀렸다며 그를 시골 할머니한테 보내자고 어머니와 속삭이던 말도 이불 속에서 다 듣고 있었다. 시골에 가서는 그 증상이 더 심해져 이웃 마을에 빗방울 떨어지는 소리까지 들었다. 할머니더러 빨래 걷어라 장독 뚜껑 닫아라 일러 주었다. 나로서는 짐작하기조차 힘든 이야기들을 들으면서도 그에 대한 이질감을 털어 내지 못했다. 그 일화들은 그가 나중에 겪게 되는 고통에 비하면 차라리 우스개에 가까웠다.

사람들의 수군거림이나 거리에서 소음으로 뭉뚱그려 듣는 소리조차 낱낱이 가려들을 수 있었다. 위층 방바닥을 울리는 휴대폰 진동소리까지 들었다. 그는 소리를 듣는 게 아니라 느끼는 것 같았다. 그런 그가 늘 두통에 시달리는 게 이상할 것도 없었다. 사무실에서는 일부러 귀를 꺼놓다시피 해서 상사의 부름을 듣지 못해 핀잔을 듣는 일이 많았다. 나는 그때마다 달려가 그를 변호하고 싶은 마음을 꾹 눌러야 했다. 매사에 신경을 날카롭게 곤두세울 수밖에 없는 그 옆에서 나는 때로는 경이롭게 때로는 피곤하게 고통의 어느 부분을 감수해야만 했다.

그는 세수를 하고 폭포 바로 아래 바위에 걸터앉아 가방에서 수건을 꺼내 건넸다. 수건에 물을 적셔 목부터 닦고 하늘을 올려다보았다. 하늘이 우물 구멍만 하게 보였다. 갇혀 있다는 느낌마저 들었다. 이것과 아주 비슷한 기분을 전에도 느껴본 적이 있다는 생각이 들었다. 고개를 들면 하늘과 나무들이 우리를 내려다보고 있었다. 우리는 무엇을 했던가. 생각이 어느 구비를 돌려고 할 때 그의 나직한 목소리가 나를 깨웠다.

"지난달에 소백산을 내려오다 우연히 이 길로 접어들었는데 너무 좋아서 언제 서현이랑 한번 와보고 싶다는 생각을 했었어. 햇빛과 나무 그리고 폭포 소리를……."

보여 주고 싶었어, 라는 말을 채 끝맺지 못하고 그는 내 쪽으로 고개를 돌렸다. 그와 내 생각의 갈피가 어디쯤에서 서로 만나고 있다는 걸 알았다. 우리를 내려다보던 검은 소나무 숲. 그곳은 거짓말처럼 여기와 닮았다.

우리는 일이 끝나고 직원들의 눈을 피해 매일 숨바꼭질하며 밖에서 만났었다. 그는 다른 연인들처럼 극장에 간다거나 거리를 쏘다니거나 쇼핑하는 것을 병적으로 싫어했다. 소음이 있는 곳이라면 어디든 가지 않으려고 했다. 만나면 곧장 그의 집으로 가서 함께 음악을 듣거나 요리를 하곤 했었다.

주말에는 될 수 있으면 서울과 멀어지려고 했다. 덕분에 등산이 취미가 되다시피 해서 별로 들어보지도 못한 이름의 산까지 섭렵했다. 그 산은 문산 기차역에서 내려 '선유리' 인가로 가는 버스를 타고 갔었다. 야트막하고 아담했지만 잘 조림된 소나무 숲이 있었다. 한적한 곳이었다. 정상까지 갔다 내려오던 길에 우리는 군인들이 파놓은 참호를 발견했다. 나는 처음 보는 그것이 신기해서 한번 들어가 보자고 했다. 사람 두엇이 겨우 들어갈 정도로 작은 공간이었다. 뒤따라온 그가 내 어깨를 가볍게 끌어안았다. 어디선가 비릿한 풀냄새가 났다. 바람에 섞인 그의 땀 냄새도 났다. 나는 달뜬 얼굴을 숙여 그의 목에 이마를 기댔다. 내게서 몸을 풀어내고 그가 셔츠를 벗어서 바닥에 깔며 눈빛으로 물었다. 나는 고개를 끄덕였다. 내 어깨를 끌어당겨 셔츠 위에 눕히고 그도 옆에 누웠다. 그의 입술이 얼굴에 닿자 실핏줄을 타고 온몸으로 저릿한 기운이 퍼져 나갔다.

"몸이 차갑다."

웃옷을 벗기면서 그가 말했다. 나는 마지막으로 몸에 남아 있는 시계만은 내 손으로 풀어 바지 주머니 속에 넣었다. 그는 그런 나를 물끄러미 바라보다 내 목덜미에 넓적한 두 손바닥을 갖다 댔다. 그 손은 마술처럼 내 몸에 힘을 불러들였다. 그 힘에 나를 맡겼다. 바닥의 나뭇잎과 모래알이 맨살에 닿았다. 땀에 젖은 몸 위로 바람이 불어 왔다. 아무 소리도 들리지 않았다. 툭툭 끊어지는 음절을 가파르게 토해 내는 새 소리만이 멀어졌다 곧 다가왔다.

"이런 곳에서 너를 한번 안고 싶었어."

그는 몸을 부르르 떨었다. 도저히 집중할 수가 없다며 내 눈을 빤히 내려다볼 때의 뻣뻣한 근육이 아니었다. 내장을 훑고 지나가는 듯한 기괴한 새 소리에 맞춰 나는 점점 더 조였다. 그는 미끄러지듯 빨려 들어왔다. 화답하는 다른 새의 소리는 들리지 않았다. 그의 뼈들이 몸 여기저기에 부딪혔다. 이대로 급소를 찔려도 좋다는 생각을 했다. 근육이라기보다는 뼈와 뼈들의 조합 같은 그의 마른 몸과 나 사이에 틈이 생기는 게 두려웠다. 아무리 작은 틈이라도 모든 것이 새들어 와 점차 걷잡을 수 없이 벌어질지도 모른다. 그의 이빨이 젖꼭지에 박힐 때는 내 몸에 차오르던 물이 분수처럼 뿜어져 나올 것 같았다. 새 소리를 따라 우리는 멀리 깊숙이 가 닿았다. 바람에 식은 그의 땀이 손바닥에 차갑게 만져졌다. 눈을 뜨고 싶지 않았다. 나를 안을 때마다 소음을 차단하기 위해 창문을 닫고 이어플러그를 꽂고도 멈칫하던 손놀림은 사라졌다. 여기는 소음도, 창을 통해 들어오는 가로등의 빛도 없다.

정신을 차리고 눈을 떴을 때는 온몸이 땀으로 번들거렸다. 밑에 깔았던 셔츠도 저만치 밀려나 있었다. 우리는 옷을 벗은 채 펼친 셔츠 위에 도로 누웠다. 하늘을, 새를, 바람을, 서로의 맥박 소리를, 땀구멍에서 땀이 빠져나가는 소리를 처음 듣는 소리인양 귀 기울여 들었다. 그것 또한 아주 익숙한 행동처럼 자연스럽고 안온하기까지 했다. 비로소 내 몸이 하나로 모아지는 느낌이었다. 나는 입을 꼭 다물었다. 입을 열면, 세상에 처음 나올 때 짐승들이 내는 소리를 들어 본 적은 없지만, 내 입에서 그런 소리가 날 것 같았다. 내 속의 뭔가를 완전히 비워 냈다는 기분이 들었다. 가슴속의 공기 주머니가 부풀어 하늘로 치솟을 것 같았다. 고개를 들어 하늘을 보았다. 멀리서 다른 새 한 마리가 펼친 날개를 접으며 목청을 드높이던 새 곁에 내려와 앉았다.

그 하늘은 지금 내가 보는 하늘과 같은 하늘이겠지. 그가 나를 이리로 데려온 이유를 알 것 같았다. 왜 모든 일은 항상 너무 이르거나 늦는 걸까. 시간만은 참 의연하다. 언제나 똑같은 속도로 흘러간다.

"팔이 많이 그을렸다. 어디 여행이라도 갔다 왔어?"

등 뒤에서 뻘 속에 가라앉았다 나온 듯 탁하고 무거운 그의 목소리가 들렸다.

"밖에서 일해서 그래요. 참, 나 결혼식 야외 촬영 도우미 하는 거 모르죠? 친구 따라 하루 갔다가 아예 취직을 했어요."

무슨 애긴가 싶어 그는 다음 말을 기다리며 내 눈을 똑바로 쳐다본다. 전혀 다른 직종이라고 애써 찾은 게 그 일이었다. 벌써 육 개월째다. 온종일 햇볕 아래 있어야 하는 일이라 모자를 쓰고 긴 옷을 입어도 피부가 새까매졌다. 그나마 지금은 비수기라 일거리가 거의 없다.

"일은 재미있어?"

그는 호기심 어린 눈으로 묻는다.

"힘들어요. 어쨌든 일이니까⋯⋯. 집에서 빈둥거리니까 자꾸 아프기만 해서 뭐든 하긴 해야 해요."

그는 그래, 일이지, 하며 길게 한숨을 쉬었다. 나는 내 입에서 나온 힘들다는 말을 곱씹어 본다.

"마음에 드는 곳에서 사니 다행이에요. 편안해 보여요. 나도 컴퓨터 앞만 벗어나면 뭐든 할 수 있을 것 같았는데 벗어나도 별로 달라진 게 없어요. 어디에서든 한 번도 편해 본 적이 없는 것 같아요. 다 재미없어요."

그는 내 마음을 읽었는지 말을 고르는 얼굴이 된다. 문득 그의 생각이 궁금하다.

"아직은 나도 확실한 게 하나도 없어. 단지 그때는 서로 꼬리와 꼬리가 연결되어 둥그런 원을 이루고 있는 상태를 어느 순간 견딜 수 없었어. 누구든 거기서 빠져나가면 원은 모양이 망가지잖아. 돌고 돌며 완전해진다는 원의 논리가 옳은 것처럼 들리지만 그건 선(線)의 관점에서 보았기 때문이야. 원 안의 공간에 관심을 가진 사람에게는 감옥과 다를 바 없지. 하나가 튀어 나가 한쪽이 열려야만 드디어 병(瓶)이 되어 안을 채울 수 있게 돼. 가끔씩 안이 비기도 하는 고통을 감수해야 하지만 그건 운명을 선택한 자의 비극이야. 자기 스스로 자신을 부정해야만 하는……."

그는 내 손목을 들어 시계의 동그란 테두리를 따라 검지로 원을 그리면서 말했다. 나는 여전히 그의 심연을 볼 수가 없다. 내 속에서는 그가 무슨 말을 하든 깡그리 뒤집고 싶은 욕망이 꿈틀거렸다. 전에는 이런 마음까지 든 적은 없었다. 받아들이기 벅찼을 뿐 이해할 수는 있었다. 지금은 오류를 찾아내려고 온 신경을 집중하고 있는 자신에게 지레 놀란다. 생각의 틈이 너무 벌어졌다.

"무엇으로든 나를 규정하고 싶지 않아요. 당장 할 수 있는 일만 생각할 거예요."

그의 눈빛에 안타까움이 짙게 어렸다. 나는 무슨 말을 해도 진실과 점점 멀어지고 있다는 느낌이 들었다. 인간이란 게 서로에게서 조금만 벗어나도 이교도처럼 말이 통하지 않는다. 따지고 보면 이런 생각을 하는 것도 그의 영향이다. 언제부턴가 내가 하는 말은 무섭게 그를 복사하고 있었다. 1968년 여름 미국 대중사회의 우상이던 앤디 워홀이 복부에 두 발의 총탄을 맞았다. 총을 쏜 사람은 워홀이 만든 〈나, 남자요〉라는 영화에 배우로 출연했던 여성, 솔라리스였다. 그녀는 '그가 내 삶에 너무 큰 영향을 끼쳤기 때문'이라고 저격 이유를 밝혔다. 나는 그 여자의 말뜻을 알 것 같았다. 돌멩이를 하나 주워 숲 속에 던졌다. 후두둑 생명 있는 것이 달아나는 소리가 들렸다. 번쩍 어떤 장면 하나가 내 얼굴 앞으로 다가왔다. 나도 모르게 뺨으로 손바닥을 가져갔다.

지난주 수요일이었다. 일기예보에선 올 들어 가장 더운 날에다 오존 지수가 높으니 노약자는 가급적 외출을 삼가라고 했다. 나가더라도 선크림과 양산을 잊지 말라고 친절한 아나운서는 덧붙였다. 비수기라 창경궁 안에 다른 부부는 눈에 띄지 않았다. 그날 커플은 유난히 어려 보였다. 얼굴과 눈이 동그랗고 입술이 앞으로 삐죽 나온 신부가 어린애처럼 응석을 부리면 신랑은 감출 수 없는 애정의 눈길로 달랬다. 드레스 챙기고 신부 화장 고치랴 조명을 위해 반사판 들고 있으랴 정신없었다. 모자를 썼는데도 햇볕은 눈을 뜰 수 없이 드셌다. 호수 가까이에서 사진을 찍을 때였다. 반사판을 비추는데 신랑의 얼굴이 있어야 할 자리가 하얗게 비어 있었다. 여러 번 반사판의 위치를 바꾸어도 마찬가지였다. 손은 땀으로 축축해졌다. 태양 때문이라고 생각했다. 오랫동안 햇볕에 노출되어 있어서 눈에 무리가 온 것이라고. 한 가지 똑똑히 들리는 소리가 있었다.

'잃어버린 소리를 찾았어. 이젠 나를 헤집으며 귓속으로 밀려들던 소리들이 다 사라졌다. 너를 큰 소리로 부를 수 있을 것 같다. 넌 어디 있니?'

편지의 마지막 구절이 귀에서 개미처럼 까맣게 기어 나왔다. 다음에 무슨 일이 일어났는지 기억에 없다. 촬영기사가 부르는 소리를 어렴풋이 들은 것도 같다. 얼얼한 통증에 눈을 떴을 때는 누군가 내 뺨을 때리며 걱정 어린 눈빛으로 내려다보고 있었다. 등에 닿는 모래와 얼굴에 떨어지던 햇볕만 기억에 남았다. 며칠 누워 있다 생각난 듯 일어나 풍기로 내려오고 만 것이다.

인도에서 온 엽서를 받았을 때만 해도 완전히 희망을 버리지는 못했었다. 여행자의 흥분이나 감상을 감안하더라도 어떤 식으로든 앞으로의 관계에 영향을 미칠 거라고 기대했다. 그에게서 더 이상의 소식이 없자 가냘픈 희망은 절망과 분노로 바뀌어 갔다. 그때 다시 그의 편지를 받았다. 오히려 마음이 후련해지는 기분이었다. 이런 식이라면 훨씬 더 쉽게 끝낼 수 있으리라. 일방적인 휘둘림, 이만하면 됐다는 생각이 들자 가슴이 싸늘하게 식었다. 하지만 그런 원망도 오래 가지 않았다. 사람들을 만나고 그들의 무수한 말들 속에 있다 보면 어느새 그가 그리워졌다. 소음과 다를 바 없는 지껄임을 뒤로 하고 그에게 달려가고 싶었다. 나머지 삶을 이런 사람들 틈에서 그들을 경멸하며 단지 소외되지 않았다는 이유로 더불어 살아야 한다면 너무 끔찍했다. 당신은 왜 늘 내 부름을 듣지 못하는 거예요. 혼자 울부짖었다.

어제 여기까지 내려와서도 선뜻 그를 찾아가지 못했다. 민박집에서 하룻밤을 자고서야 용기를 냈다. 밖에서 서성이는 발자국 소리가 밤새 몸 위를 저벅거리며 지나가는 느낌에 시달렸다. 어렵사리 들어선 집 안에는 아무도 없었다. 유난히 큰 대문 소리에 놀라 뒤를 돌아보다 풀 더미에 발이 걸려 넘어질 뻔했다. 마당에는 잡초가 수북했고 인기척은 들리지 않았다. 집을 잘못 찾아 들어온 게 아닌가 싶어 멈칫했다. 이 마을에 향교는 하나뿐이라는 말을 떠올린 건 마루 아래서 눈에 익은 운동화 한 짝을 발견했을 때였다. 물끄러미 신발을 한참 쳐다보았다. 마루 위에는 책, 암모니아수, 다기, 수건, 통장, 영수증 따위가 손만 뻗치면 닿을 수 있는 곳에 널려 있었다. 기둥에는 파리를 잔뜩 붙인 끈끈이가 바람에 흔들렸다. 파리들은 흡사 가파른 절벽에 매달려 있는 것처럼 보였다. 녹차 찌꺼기가 바닥에 말라붙은 찻잔을 옆으로 밀어 놓고 마루에 걸터앉았다. 사위가 수상쩍을 만치 조용했다. 방문도 대문도 활짝 열려 있었다. 타다 남은 모기향이 있는 걸로 봐서 멀리 가지는 않은 것 같았다. 가까운 곳에 계곡이 있는지 물 흐르는 소리가 꽤 컸다. 침전물처럼 가라앉아 있는 고요와 게으름을 물리치는 게 있다면 물소리뿐이었다. 아주 짧은 순간 그가 영원히 나타나지 않았으면 좋겠다는 생각이 스쳤다. 기다리다 오지 않아 발길을 돌립니다, 식의 메모를 남기고 떠나면 그만이니까. 몸이 곡식 자루처럼 힘없이 무너졌다. 눈을 감았다. 한 무더기의 자갈을 쏟아 붓는 듯한 매미 소리가 단숨에 물소리를 밀어냈다.

"누가 주인도 없는 집에서 태평하게 잠을 자나?"

나는 얼른 튀어 일어났다. 그새 까무룩 잠이 들었던 모양이다. 소리는 내지 않고 빙긋이 웃으며 앞에 서 있는 사람을 금방 알아보지 못했다. 그 웃음만은 아주 낯익은 것이었지만 수염을 덥수룩하게 기르고 바지 자락과 팔을 걷어 붙인 채 호미를 든 남자는 상상 속에서 그리던 그의 모습이 아니었다. 햇볕에 그을려 새까맣게 반질거리는 얼굴에 눈빛만 형형했다. 나는 엉거주춤 마루 아래로 내려섰다.

"많이 변했다. 왜 이렇게 말랐어……."

그가 친정에 들른 누이를 바라보는 눈빛으로 말했다. 나는 말 없이 그의 얼굴을 마주 보았다. 한꺼번에 밖으로 나오려는 말들이 목에 걸렸다. 그는 고개를 떨구고 옷에 묻은 흙을 털었다. 마당의 수돗가에서 물을 한 바가지 퍼서 발에 끼얹는 그를 보며 나는 우두커니 서 있었다. 심상한 그의 모습에서 조용한 거리감을 느끼며 마음을 다잡았다. 걸음을 옮길 때마다 물이 들어간 고무신에서 뽀득 소리가 났다.

"실은 어제 시내에 도착했어요. 길을 몰라 민박집에서 자고 아침 일찍 나섰어요. 다행히 주인아저씨가 이곳을 아시더라구요."

경황없이 문설주 못에 걸린 수건을 건네주며 건조하게 말했다.

"괜히 한뎃잠 자지 말고 바로 이리로 올 걸 그랬네. 여기 방 많은데……. 얼굴이 탔다. 농사짓는 사람은 난데 왜 서현이 얼굴이 타지. 아직 아침 전이지?"

대답도 듣지 않고 부엌으로 들어간 그에게서 눈을 떼지 못했다. 마당으로 나와 그가 했던 대로 바가지로 물을 펐다. 세수를 하다 고개 돌려 부엌 쪽을 살폈다. 쭈그리고 앉은 그가 문틈으로 보였다. 긴 감자 껍질이 바닥으로 떨어졌다. 아직 나는 그의 현재를 완전히 받아들이지 못하고 있다. 저런 모습이 처음이어서만은 아닐 것이다. 그는 마치 수백 년 동안 이곳에 살며 늙어온 사람처럼 움직임 하나하나가 집과 잘 어우러졌다. 수염이고 머리고 새치가 제법 눈에 띄었다. 나이도 직업도 과거도 짐작할 수 없는 얼굴이었다. 감색 양복을 입은 삼십 대 샐러리맨의 흔적은 어디에도 없었다. 낡아서 색이 바랜 옷과 역시 바랜 듯 희끗희끗한 머리칼들도 잡초가 몇 포기 나 있는 지붕과 절묘하게 조화를 이루었다.

나는 마루에 상을 놓을 수 있도록 물건들은 대충 한쪽으로 치우다 긴 한숨을 쉬고 말았다. 정리벽이 유난했던 그의 서랍이 떠올랐다. 볼펜과 자잘한 문구류들이 사열 병사처럼 가지런하게 놓여 있었다. 다른 직원들이 함부로 꺼내 쓰기 미안할 정도였다. 남겨 두고 온 것이라면 어느 것도 다 지우려는 몸부림 같아 가슴이 서늘해졌다. 나는 짐짓 시선을 먼 데로 보냈다. 멀리 보이는 마을과 밭이 주는 나른함 때문에 한편으로 마음이 누그러졌다. 수건을 둘러쓴 여자가 깨밭에서 허리를 펴고 등을 두드렸다. 쉬지 않고 일하는 사람을 보면서도 왜 모든 것이 정지해 있다는 느낌이 들까. 나를 감싸고 있는 고적감만이 이따금씩 매미 소리에 놀라 깨어나곤 했다.

작고 네모진 밥상에 두 사람이 마주 앉았다. 밥을 먹다 머리가 부딪히기도 했다. 반찬은 된장찌개, 풋고추와 상추, 신내가 풀풀 나는 열무김치가 다였다. 아직도 끓고 있는 뚝배기 위에 툭툭 분질러 넣은 고추가 둥둥 떠 있었다. 찌개는 입이 델 만큼 뜨겁고 짰다.

밥을 입에 넣고 단물이 날 정도로 오래 씹었다. 건성으로 수저질을 하는 내 이마에 그의 시선이 멈추었다. 하지만 나를 안타깝게 했던, 애써 참고 있는 듯한 표정은 더 이상 찾아볼 수 없었다. 그는 그저 바람이 불듯 여기서 저기로 움직이기만 할 뿐이었다. 둘 사이의 침묵만이 먼지처럼 공기 속을 떠돌았다.

"많이 먹어. 너 왔다고 특별히 성찬을 차린 거야. 나는 하루에 두 끼만 먹어. 혼자 있으면 저걸로 대충 때우고 마는데."

그가 가리킨 녹차 용기만 한 크기의 둥근 통에는 '한울 생식'이라는 글씨가 쓰어 있었다. 아침은 주로 생식 가루를 물에 타서 먹고, 세 시쯤 밥을 먹은 다음 좀 쉬다가 일찍 잔다고 했다. 냉장고가 없어서 음식을 보관하기도 쉽지 않았다. 된장, 고추장을 빼고는 밭에서 그날그날 따먹는 게 고작이라고 했다. 정말 반찬이 없어서 깨작거리는 사람을 앞에 둔 것처럼 쓸데없는 설명을 했다. 아직은 농사를 많이 짓는 것도 아니라 많이 먹을 필요도 없다며 코끝에 맺힌 땀을 손으로 문질렀다. 가는 얼굴선에 비해 손은 마디가 굵고 두툼했다. 평생을 농사일에 바친 농투성이의 것이었다. 쥐고 있는 펜이 터무니없이 작아 보일 정도로 큰 손이었다. 나는 찬찬히 그의 얼굴을 뜯어보았다. 그을린 이마의 굵은 주름에 땀이 고여 있다. 이마 아래로 이어지는 가늘고 날카로운 선에 눈길이 멈추자 숟가락을 내려놓고 만다.

입사 후 처음 회식이 있던 날, 내 직속 선배이자 동문이라며 과장이 그를 소개했다. 재떨이에 담배를 비벼 끄며 눈도 마주치지 않고 고개만 까딱했다. 그의 얼굴에서 맨 먼저 눈에 들어온 건 바로 저 잘 벼려진 칼날 같은 코였다. 나는 여기저기서 권해 오는 술잔을 거절하지 못하고 쩔쩔맸다.

"너무 애쓸 거 없어요. 알아서 자신이나 잘 챙겨요. 괜히 두리번거리지 말고. 나중에 남는 건 자신밖에 없으니까."

이 차로 술자리를 옮겨 그가 옆에 앉게 되었을 때 뜻 모를 말을 꼭 내게가 아닌 듯 혼자 웅얼거렸다. 술기운이라고 하기엔 표정이 지나치게 비장했다. 나는 술잔을 들고 있는 그의 손이 무척 크다는 생각만 했었다. 세상이 그를 밀어내는 것이 아니라 그 스스로 세상을 밀어내려는 듯이 행동했다. 자신을 투명하게 지켜 내고 싶을수록 더듬이를 곤두세웠다. 자신이 훼손당하지 않게 하는 법을 아는 사람이라고 생각했다. 그는 이제 자신에게 어울리는 곳을 찾았다. 어떻게든 세상에 깃들려고 안간힘을 썼던 나는 마침내 그곳에서조차 밀려난 것이다.

"오늘 그렇지 않아도 산에 올라갈까 싶었는데……. 소백산 와 본 적 있어? 여기 내가 봐둔 데가 있는데 서현이도 가보면 후회하지 않을 거야. 빨리 밥 먹고 산에나 가자."

그는 깨끗이 비운 밥그릇에다 물을 따라 마시며 말했다. 마지막 만난 게 반년도 훨씬 넘었다는 게 믿어지지 않을 정도로 거리낌 없이 대했다. 내가 그를 찾아온 것도 그런 점에 기댔을 수 있다. 그는 늘 제 자리에 있었다. 혼자만으로도 꽉 차서 옆에 있는 나는 군더더기일 수밖에 없다는 생각이 들게 했다. 입지도 않으면서 단지 비싸게 샀다는 이유로 버리지 않고 장롱 속에 묵혀 두는 헌 옷이 된 기분을 다시 확인하고 싶지 않았다. 그럴수록 참담해지는 자신을 어째야 할지 몰랐다. 도장을 찍듯 준비해 온 말을 꾹꾹 눌러 전하고 싶었다. 모든 게 잘 정돈된 지금 다시 끔찍한 혼돈 속으로 떨어질 수는 없었다.

그는 손을 입에 대고 담배 피는 시늉을 했다.

"담배 끊었어요?"

"응. 뭐라도 해야 할 것 같아서……."

그가 여기서 하는 일을 엿본 것 같았다. 새로운 걸 쌓아 올리기보다는 이미 자신 속에 웅크리고 있는 것들을 하나씩 없애는 일. 그의 변화를 구체적으로 실감했다. 빨리 마지막 말을 해야 한다는 것은 생각뿐 나는 이미 마루 밑에서 거미줄이 붙은 운동화를 꺼내 신는 그를 따라나서고 있었다.

나는 일어서서 생각을 털어내듯 엉덩이를 털고 앞서 걸었다. 그의 둔탁한 발소리가 들렸다. 혼란에서 벗어나려 할수록 걸음을 내디딜 때마다 망설임과 두려움과 회한이 발에 밟혔다. 어서 빨리 이 모든 것에서 벗어나 본래의 평온함으로 귀환해야 한다. 온전히 홀로 있고 싶다는 충동이 나를 몰아붙인다. 그것만이 가장 절실한 감각으로 남고 나머지는 그것에 맞아 튕겨 나갔다. 그래야 했다. 어쩌면 이런 감정조차 그에게서 옮아온 것일지 모른다. 내가 왜 그를 찾아왔는지 빨리 말해야 한다. 갑자기 그의 발자국 소리가 멈추었다. 내가 돌아보자 그는 머쓱하게 웃었다. 기어이 염려하던 일이 벌어졌다. 칡 끈이 끊어지고 만 것이다. 주위에 칡이라곤 보이지 않았다. 당황해서 둘러봐도 산 속에서 무슨 뾰족한 수가 있을 턱이 없었다. 그는 호기롭게 그냥 가보는 데까지 가자며 앞장섰다. 뒤뚱거리며 걷는 모습이 아슬아슬했다. 그렇다고 다시 내려갈 수도 없는 노릇이었다.

우리는 체념한 듯 바닥에 주저앉아 침묵과 힘겨루기를 하고 있었다. 그는 처음엔 신발을 만지작거리더니 아예 바닥에 던져 버리고 숫제 쳐다보지도 않았다. 나는 신발을 집어서 아래위를 훑어보다 문득 헐렁하게 풀려 있는 운동화 끈에 시선이 멈추었다. 끈을 풀어서 묶으면 되겠네. 그는 황당한 표정을 지었다.

"그렇게 간단한 걸 왜 이제 생각해 냈지. 왜 좋은 생각은 항상 맨 나중에 떠오르는 걸까."

그는 허탈한 듯 중얼거렸다. 끈을 세 칸 풀어 바닥에 돌려 묶으니 십상이었다. 나는 아까 그가 한 말이 생각나서 쓴웃음을 지었다. 삼인행이면 필유아사라. 그는 일어나 과장되게 보폭을 떼어 놓았다. 이번에는 내가 몸에서 힘이란 힘은 모조리 빠져나가 꼼짝할 수 없었다. 그가 옆으로 다가왔다. 나는 그의 옆얼굴을 돌아본다. 돌연 서러워진 마음에 그의 어깨에 머리를 기댔다. 그의 왼팔이 내 어깨를 감쌌다. 계곡의 물소리와 비슷해진 누구의 것인지 모를 심장 박동소리가 들렸다. 어디선가 '제발'이라는 그의 목소리가 이명처럼 들렸다. 그 말이 무슨 뜻인지 아직도 정확히 알지 못한다. 그가 등을 돌린 세계 속에 나도 포함되어 있다는 사실과 무관하지 않을 것이다. 가슴 밑바닥에 가라앉은 그 말을 돌려주고 싶었다.

"전화라도 한번 할 줄 알았어요. 인도에서 온 엽서 받고 내내 기다렸는데……."

태연하게 보이려고 애쓰는 내 표정이 보이는 것 같았다.

"나도 잘 모르겠어서 그랬어. 돌아오자마자 일껏 찾았던 평온은 온데간데없어졌어. 어쩌면 모든 게 자기기만이나 도피에 지나지 않다는 생각 때문에 한동안 힘들더라. 전화하려고 했지……. 알다시피 그게 요물이잖아. 서현이 목소리 듣기가 겁났어. 내가 무슨 생각을 하는지 다 알겠지 했어……. 이제 내 옆에 있어주면 좋겠다."

그 말을 하기 위해 이 산에 올라왔다는 얼굴이다. 믿어지지 않는다는 표정으로 고개를 하늘로 쳐든 나를 향해 그가 급하게 나머지 말을 쏟아 냈다.

"우리가 다시 만날 수 없다는 가정은 한 번도 해보지 않았어. 지금은 이게 최선이라는 생각이 들어. 난 다시 그곳으로 돌아갈 수 없어."

놀라지 않을 수 없다. 그의 입에서 쏟아져 나온 말들은 그를 만나러 오던 버스 안에서 꿈결에 들었던 말과 어쩌면 이리 똑같을까. 더 시간을 지체할 수 없다는 생각이 들었다.

"내가 당신을 떠나려고 여기에 온 걸 알고 있죠? 꼭 이곳이 싫어서가 아닐지도 몰라요. 난 당신이, 아니 내 자신이 두려워요. 나는 아직도 당신이 차갑게 돌아서는 꿈을 꿔요."

나는 그를 꼭 끌어안는다. 그의 땀 냄새가 내게로 온다. 이게 마

지막이에요. 다시는 문 밖에 서 있고 싶지 않아요. 삿된 생각을 잠
재우기 위해 더욱 세게 그를 끌어안는다. 나는 위태롭게 일어나 몸
을 돌려 산을 내려간다. 내 걸음은 점점 빨라진다. 그가 풀숲을 헤
치고 아예 운동화를 벗어 던진 채 맨발로 달려오는 소리가 들렸다.
성급한 걸음에 놀라 흩어지는 공기의 파열음이 뒤따랐다. 눈을 감
고도 다 알 수 있었다.

빠 또 나

상대는 꽤나 집요했다. K는 이불을 머리끝까지 뒤집어썼다. 전화벨소리는 이불 속까지 따라왔다. 손을 뻗어 전화를 받으려고 해도 머리가 깨질 듯 아파서 고개를 들 수가 없었다. 절대 포기하지 않겠다는 의지의 전언인양 벨소리는 점점 더 그악스러워졌다. 도대체 어떤 놈이 이 시간에 전화질이야. 작취미성(昨醉未醒)의 의식을 깨우며 끈덕지게 울리는 전화벨에 짜증을 넘어 울화가 치밀었다. 눈도 뜨지 않고 이불 밖으로 겨우 손만 더듬어 휴대폰을 귀에 갖다 댔다.

“K 선생님이시죠?”

전화기 저편에서 다짜고짜 K의 이름이 들려 왔다. 혼곤한 정신을 일깨우기라도 하듯 그의 이름을 대는 목소리는 실로폰처럼 맑다. 욕을 퍼부으려다 난데없이 들려온 자신의 이름에 K는 멈칫했다. 단박에 그의 격앙된 감정을 누그러트리는 매혹적인 목소리의 주인은 누굴까. 그는 이불을 걷고 일어나 간신히 벽에 몸을 기댔다.

"송은경입니다. 저 아시죠?"

상대에게 당당하게 자신을 밝히는 여자의 태도와 달리 전혀 기억나지 않는 이름이었다. 은경? 어디서 들어본 것 같기는 하다. 그는 황급히 머릿속을 뒤져 본다.

"〈문학세계〉 지난 호에 발표하신 소설……."

실망한 기색이 역력했지만 여자는 대뜸 한발 앞으로 다가섰다. 멍하니 전화기를 들고 있는 그를 보기라도 한 것처럼 본론으로 질러간다. 그때서야 K는 아하, 그랬었지, 하며 상대가 눈에 보이지 않는데도 왼손으로 자신의 뒤통수를 한 대 때린다. 덕분에 정수리를 쪼아 대던 두통은 잠시 사라졌다가 곧 되돌아왔다. 그 소설의 여주인공 이름이 송은경이었다. 생각이 거기에 미치자 갑자기 등짝이 서늘하다. 잠시라도 목소리에 홀려 헛된 기대를 품었던 K는 손에 힘이 빠진다.

이런 전화는 잊어버릴 만하면 한 번씩 걸려 온다. 소설 속의 그 사람 어쩜 그렇게 저랑 복사판이에요. 그들은 마치 비밀을 공유한 친구에게 말하듯 은밀한 목소리로 접근해 온다. 살짝 맛이 갔다고밖에 표현할 길 없는 인간들. 요즘엔 도처에 정신병자들뿐이니,

원. 성질 같아서는 그대로 전화기를 집어던지고 싶었다.

"저 그 소설 읽었는데 바로 제 얘기더라구요."

정신 나간 독자의 전형이었다. 이름은 물론 P대 일문과 다니는 것까지 똑같다고 여자는 자신감에 넘쳐 덧붙였다. 눈을 빛내며 얘기하는 여자의 모습이 눈에 선했지만 K는 오리무중이었다. 한마디도 대꾸를 할 수가 없었다.

그 소설은 처음부터 순조롭지 않았다. 청탁 받은 지 두 달이 넘었는데도 원고지 매수 반도 못 채우고 끙끙거렸다. 머릿속은 난마처럼 얽혀 한 줄도 더 써지지 않았다. 마감일이 하루 남았을 때 급기야 집어던지고 가족과 함께 부산으로 피서를 가버렸다. 가는 날이 장날이라고 도착한 날부터 사흘 내리 비가 퍼부었다.

아내와 아들은 수족관 구경한다고 나갔다. 빈 여관방에 혼자 앉아 있자니 한심하기 짝이 없었다. 양철 지붕을 두드리듯 시끄러웠다. 머리엔 여전히 한 문장도 떠올라 주지 않았다. 도망쳐봤자 후련하기는커녕 더 죽을 맛이었다. 담배를 피워 물고 창밖을 내다보는데 그때 파라다이스호텔 간판이 눈에 들어왔다. 갑자기 뜨거운 에스프레소 커피가 마시고 싶었다. 쓰고 뜨거운 게 들어가면 뇌가 좀 말랑말랑해지려나. 부리나케 옷을 챙겨 입고 커피숍으로 향했다.

호텔의 회전문을 열고 들어서자 로비는 패션쇼장이 무색할 만큼 현란했다. 부산의 예쁜 여자들은 그곳에 다 모여 있었다. 스물이 갓 넘어 보이는 여자들이 대부분이었다. 아슬아슬하게 어깨끈 하나만 달린 티셔츠차림으로 로비를 오갔다. K는 어리둥절해져서 밖

을 내다보았다. 장마로 후줄근해진 냄새나는 거리는 그대로 있었
다. 호텔의 안과 밖은 전혀 다른 시공을 달리는 풍경이었다. 그는
너무도 비현실적인 실내풍경에 머리를 내저으며 급히 커피숍으로
발길을 돌렸다.

습기 때문인지 커피숍 안의 커피향기가 더욱 진하게 코끝에 와
닿았다. 에스프레소를 시켜 한 모금 마시고 나서 깊은숨을 몰아쉬
었다. 여관의 눅눅한 이불이며 무엇을 해도 편치 않는 자신의 처지
가 저 세상의 일만 같았다. K는 눈길을 이리저리 옮겨가며 현실감
을 되찾으려고 했다. 맞은편 테이블의 여자와 눈이 마주친 것은 그
때였다. 첫눈에 시선을 잡아끄는 미인이었다. 긴 생머리를 늘어트
리고 유난히 눈동자가 까만 여자는 스물두어 살도 채 안 돼 보였
다. 여자도 K처럼 일행 없이 혼자 커피를 마시고 있었다.

한번 여자가 그의 시선에 걸려들자 자꾸 그쪽으로 신경이 갔다.
솔직히 말하면 약간 들뜬 상태였다. 여자는 유리창에 주렴처럼 흘
러내리는 빗물만 하염없이 바라보고 있었다. 비 오는 날 홀로 커피
숍에 앉아서 새초롬한 표정으로 커피를 마시는 여자라. 어떤 남자
라도 호기심을 느낄 만하다. 십 분쯤 지났을까. K는 용기를 내보기
로 결심했다. 잠깐 감상적인 기분을 서로 공유한다고 해서 뭐 크게
잘못된 것도 아니지 않는가.

K가 막 엉덩이를 들고 그쪽으로 옮기려는 찰나 여자가 출입문
쪽으로 고개를 돌렸다. 작달막한 중년 남자가 여자를 향해 오른손
을 흔들었다. 금장 시계가 그의 두꺼운 손목을 따라 아래로 흘러내

렸다. 키는 좀 작은 편이었지만 깔끔한 용모에 돈도 좀 있어 보였다. 여자는 비를 바라본 게 아니라 호텔 현관에 드나드는 사람을 체크하고 있었던 것이다. 여태까지의 처연하고 촉촉했던 표정은 온데간데없었다. 여자는 덧니를 드러내며 활짝 웃어 보였다. 중년 남자는 옆자리에 앉자마자 여자의 어깨에 팔을 둘렀다. 이내 유창한 일본어로 대화를 하기 시작했다. K는 이 개운치 않은 커플에 대한 의혹을 누를 길이 없었다.

K는 커피 값을 계산하면서 웨이터한테 넌지시 물어보았다. 그는 대답에 앞서 일단 의미심장한 웃음을 지어 보였다. 그의 말에 따르면 여자는 소위 ‘빠또나’라고 했다. 고급 콜걸이나 원조교제라고 하기엔 뭔가 미흡한, K의 예상대로 묘한 관계였다. 일본에서 온 관광객의 파트너로 며칠간의 여행을 즐겁게 동행해 주는 게 그녀의 역할이었다. 친구처럼 지낼 수 있도록 일본말을 잘 해야 하는 게 전제 조건이라고 했다. 주로 일문과 학생이거나 일본어 학원에 다녀서 중급 이상의 일본어 회화 실력을 갖춘 이십 대 초반의 여자. ‘빠또나’는 파트너의 일본식 발음이었다. 영어 발음 하나도 똑바로 못 하는 주제에, 그는 웨이터가 건네준 영수증을 신경질적으로 구기며 중얼거렸다. 설마 그것까지 하는 건 아니죠? 진짜로 궁금한 건 맨 마지막에 질문하는 법이다. 웨이터는 다 알면서 왜 그러냐는 듯 씨익 웃었다.

그 순간 K의 머릿속에서는 한 편의 소설이 완성되었다. 부랴부랴 여관으로 돌아와 일사천리로 쓴 게 바로 그 소설이었다. 별안간

소나기처럼 쏟아지는 영감을 주체할 수 없었다. 혹시나 하고 노트북을 가져온 것도 이런 일이 있을 줄 미리 예감한 탓이라고 여겨졌다. 한껏 고무되어 이틀 만에 소설을 완성했다. 그건 어디까지나 백 퍼센트 상상에 기초한 애기일 뿐인데 자기가 그 여자라니.

"2003년 8월 2일 파라다이스 호텔에 갔었구요. 저 그날 루이뷔통 핸드백도 샀어요."

호텔 건너편에 있는 명품관은 그 또래 여자들로 붐볐다. 그걸 보고 여자도 중년 남자와 거기 들어가 가방을 산다는 설정을 했었다. 완전히 뭐에 홀린 기분이었다. K의 미지근한 대응에 조바심이 난 여자는 머뭇거리더니 결심한 듯 한마디를 더 뱉었다.

"저도 배꼽 바로 옆에 점이 있거든요. 그것까지 똑같아요."

이래도 못 믿겠냐는 투로 여자는 오히려 K를 다그쳤다. 점입가경이라더니. 기가 막혔다. 술이 덜 깨서 환청에 시달리고 있는 것만 같았다.

"무슨 말씀이신지 통 알아들을 수가 없군요. 그 소설 속의 여자는 순전히 제가 상상으로 만들어낸 인물이란 말입니다. 아니, 아니 할 말로 우리가 만나기를 했습니까, 같이 자기를 했습니까. 내가 그쪽 배꼽 옆에 점이 있는지 사마귀가 있는지 알 게 뭡니까?"

K는 큰소리를 쳤지만 내심 떳떳하지 못한 기분이 드는 것도 사실이었다.

"에이, 말도 안돼요. 설마 지금 소설 쓰시고 계신 거 아니죠? 만들어 낸 인물이 어쩌면 키하고 체격조건까지 그렇게 딱 맞아떨어질 수가 있어요. 초상권 침해했다고 소송 걸지 않을 테니 어떻게 저를 알게 되었는지나 털어놓으세요."

미치고 팔짝 뛰겠다는 말이 왜 생겼나 했더니 바로 이런 경우를 두고 한 말이었다. 아연 K는 여자의 말대로 자신이 지금 소설을 쓰고 있는지도 모른다는 의심이 들었다. 수화기를 들고 있는 자신도 혹시 소설 속의 인물이 나와서 돌아다니는 거라면. 이건 꿈이야. 그는 뺨을 살짝 꼬집었다. 아얏. 꿈은 아니었다. 꿈이라도 해도 이렇게 허무맹랑한 꿈은 개꿈이라고 불러야 마땅하다. 그럼 뭐야. 이 여자가 새빨간 거짓말을 하고 있거나, 아니면 내가 귀신이 되어 여자 주변을 배회하다 소설을 쓴 건가. 도무지 뭐가 뭔지 알 수가 없었다. 사실 전화를 확 끊어버리면 그만인 일이었다. 웬일인지 그는 휴대폰의 플립을 닫지 못하고 있다.

K는 소설 속에다 창조해 놓은 인물이나 현실에 대해 늘 자신이 없었다. 리얼리티를 확보하는 일, 그것은 소설의 생명이지만 또한 좀처럼 손에 쥐어지지 않는 공기와도 같은 것이다. 죽을힘을 다해 만들어 낸 인물이 이 세상 어딘가에 살고 있는 사람을 모사한 것에 불과하다는 사실은 절망이면서 동시에 희망이었다. 마음 한구석에서 K는 자신의 피조물이 그토록 실물과 흡사하다는 말에 안도했고 가슴이 벅차기까지 했다.

어쨌거나 이 어처구니없는 상황에서 어서 빨리 벗어나야 했다. 농담도 잘 하시네요, 라고 능쳐버리고 말까. 그때 다시 여자의 목소리가 들려 왔다.

"그 소설 속편 쓰실 생각 없으세요? 제 인생이 다름 아닌 소설책 열 권이걸랑요."

딱 걸렸다. 누군가 귀에 대고 그렇게 속삭이는 것 같았다. 뒷덜미를 잡아채고 목을 조르는 느낌도 들었다. 하지만 그의 손은 이성의 경고를 배반하고 어느새 볼펜을 꺼내 여자의 전화번호를 받아 적고 있었다. 소설책 열 권이라지 않는가.

범인은 반드시 범행현장을
다시 찾아온다

얼마 전 그녀는 공교롭게도 두 사람한테 비슷한 얘기를 들었다. 한 사람은 그녀의 아버지이고 다른 사람은 그녀의 옛날 남자 친구다. 두 사람 다 뜬금없이 옛날에 살던 곳을 다녀왔다는 얘기였다. 얼핏 비슷한 것 같은 두 얘기는 사실 아주 상반된 내용을 담고 있었다.

그녀의 아버지가 찾은 곳은 이십 년 전 무작정 상경해서 시난고난 서울살이를 시작한 동네였다. 민둥산을 중심으로 형성되었던 주택가는 온데간데없고 대단위 아파트가 들어섰더라고 했다. 아파트 뒤로 조금 걸어 올라가니까 재개발에 들어가지 않은 집 몇 채가

버려진 조개껍데기처럼 남아 있었다. 그녀의 아버지는 그 틈에서 목판에 붉은 글씨로 쓴 복덕방 간판을 발견했다. 놀랍게도 옛날 동네 어귀에 있던 바로 그 복덕방이었다. 가까이 다가가 문 안쪽을 빠끔히 들여다보았다. 바싹 마른 노인이 신문을 읽고 있었다. 그녀의 아버지가 아는 얼굴이었다. 변비 환자처럼 항상 미간을 찌푸리고 꾸부정하게 걷던 그 노인은 그녀도 기억한다. 노인은 그 모습 그대로 가게를 지키고 있더라고 했다. 놀랍기도 하고 반갑기도 해서 얼른 근처 슈퍼에 가서 소주와 안주거리를 사들고 갔다. 더 놀라운 것은 노인도 아버지를 기억하고 있었다는 점이다.

"아, 그 딸 셋 둔 함석집 양반."

문간방에 세 들어 살던 사람이라는 말까지는 하지 않았다. 그 말을 들으니 옛날 일이 영화처럼 눈앞에 펼쳐지더라고 그녀의 아버지는 자못 낭만적인 어투로 말했다.

"거참, 신기하기도 하지."

그 말을 끝으로 얘기는 거기서 그쳤다. 고개를 외로 돌리고 눈을 내리깐 채 최대한 시간을 끌다 어렵사리 꺼낸 얘기치고는 싱겁기 그지없었다. 아버지는 무엇 때문에 그곳에 갔었는지 끝내 말하지 않았다. 이것은 그의 대화법으로 언제나 밑도 끝도 없이 얘기를 시작하고 끝낸다. 대화라기보다는 혼자의 중얼거림. 차라리 독백에 가까웠다. 그것에 익숙해져 있는 식구들은 이제 자세한 내용을 캐묻지도 않는다. 딱 아버지만큼의 관심으로 슬쩍 듣고 넘어가면 그만이다.

아버지 것에 비하면 그녀의 남자 친구 애기는 다소 비극적인 데가 있었다. 슬프다기보다 듣고 난 뒤 찜찜한 기분이 오래 남았다. 그는 제대하고 복학하기 전까지 일 년 동안 부산의 수산물 공판장에서 일한 적이 있었다고 했다. 비린내 나는 물이 질척질척 골목에 흘러 하숙집은 늘 생선 썩는 냄새가 진동했었다. 호남 사투리를 다 버리지 못해 놀림감이 되는 게 싫어 일 끝나면 홀로 소주 한 병씩을 비우고서야 잠들던 곳. 어느 날 갑자기 이러다 폐인 되겠다 싶어 도망치듯 떠나왔던 곳이다. 그때 살았던 하숙집을 찾아갔다고 했다. 그것도 결혼을 하고 신혼여행에서 돌아왔는데 못 견디게 가보고 싶더라고. 아내한테 말도 안하고 몰래 기차를 타고 부산에 내려갔다. 그는 그 하숙집을 찾지 못했다. 공판장과 지붕 낮은 허름한 집들이 들어찬 골목 대신 대형 수산물 센터가 그를 기다리고 있었다. 하숙집이 있던 자리쯤에는 사 차선 도로가 뚫려 있었다. 동네 주변을 얼마 동안 어슬렁거리다 밤차를 타고 돌아오는 길에 그녀한테 전화를 한 것이다. 제대 후 그 먼 부산까지는 왜 갔었는지, 이제 와서 왜 갑자기 거길 가 보고 싶었는지에 대해서는 그도 아버지처럼 말하지 않았다.

"너한테는 말해도 될 것 같아서, 너는 내 마음을 알 것 같아서."

그게 그녀에게 전화를 건 이유의 전부였다. 그가 왜 하필 그녀에게 전화를 걸었는지 그녀는 짐작조차 할 수 없었다.

"너 결혼하자마자 외간 여자한테 전화 걸어서 이거 너무 불온한 거 아냐."

간신히 옹색한 대답을 하고 입을 다물었다. 노처녀 약 그만 올리고 예쁜 색시 품에 가서 잠들라는 말 따위는 하지 못했다. 그런 말을 하면 어쩐지 그가 모든 것을 말해 버릴지도 모른다는 생각이 들었다. 그 모든 것이란 게 무언지, 그런 게 있기나 한지 알지 못한 채 조바심을 내고 있었다.

이상한 일은 겹쳐서 일어난다던가. 두 사람한테 그 얘기를 들을 때까지만 해도 그녀가 옛날 동네를 다시 찾으리라고는 상상도 하지 못했다. 마치 예고편이라도 되는 양 그녀 또한 그들의 행적을 고스란히 따라하고 말았다. 뜻밖에 꽃 배달 주문처가 그 근처였다. 여자 친구에게 프러포즈를 하려는 남자는 집의 약도와 이정표를 꼼꼼히 설명했다. 그녀의 머릿속에 주변 지리가 훤히 그려졌다. 이 동네 잘 아시나 봐요. 남자는 그녀가 금방금방 알아듣는 게 신기한 모양이었다.

고마워요. 장미 백 송이가 담긴 상자를 받아 든 여자는 그녀의 손을 덥석 잡았다. 보낸 사람 이름은 카드에 씌어 있어요. 여자는 경황 중에 잡은 손을 놓으며 얼굴을 붉혔다. 그녀는 여자의 손바닥에 카드를 올려놓았다. 카드를 읽는 여자를 뒤로 하고 화급히 돌아섰다.

꽃 배달을 마친 뒤 잠깐 망설였지만 그녀의 차는 어느새 예전에 살던 동네로 향하고 있었다. 너무 많이 바뀌어서 어디가 어딘지 분간할 수가 없었다. 전부 땅속에다 묻어버리고 시멘트로 발라 버린 것 같았다. 삼거리 가운데 서 있는 '새 도시 건설'을 다짐하는 광고

아치가 그 까닭을 말해 주었다. 이파리를 무성하게 피워 올린 늙은 가로수는 그때 그 나무일까.

막상 큰 길을 따라 운전을 하다 보니 어렴풋하게 기억이 되살아났다. 도로는 폭만 넓어졌지 길의 갈래는 그대로였다. 페튜니아가 담긴 플라스틱 화분이 늘어선 경찰서 쪽으로 좌회전을 했다. 경찰서 맞은편 다리 앞에 그녀의 아버지가 일하던 건널목이 보였다. 지금은 자동차단기가 설치되어 있었다. 깃발을 들어 사람들을 멈춰 세우는 아버지를 보러 가끔 이곳에 왔었다.

함박눈이 펑펑 내리던 날 엄마 손을 잡고 다리를 건넌 적이 있었다. 그녀는 언 손을 들어 손바닥에 눈을 받았다. 손을 꽉 쥐자 부드럽고 폭신한 눈은 금세 녹아서 없어졌다. 엄마, 눈이 녹으면 도대체 이 흰색은 어디로 가는 거야? 갈 길이 바쁜 엄마는 그녀의 손을 사납게 털어 냈다. 아버지가 월급을 세고 있을 건널목을 향해 부지런히 걸었다. 아버지가 친구들을 불러 모아 그 돈을 다 날리기 전에 건널목에 도착해야 했다. 그녀는 아직도 그게 궁금하다. 눈의 흰 빛은 어디로 사라지는 걸까.

먼발치에서 아파트촌 사이에 박혀 있는 학교가 눈에 띄었다. 다리를 건너면 바로 학교가 있었지. 그녀는 교문 옆에 차를 세웠다. 토요일 오후라 아이들이 모두 집으로 돌아간 교정은 텅 비어 있었다. 전에는 2층짜리 건물이 전부였는데 새로 4층으로 올린 데다 옆에 건물이 한 동 더 늘어났다. 아이들이 책가방을 쌓아놓고 놀았던 등나무 벤치도 학습 체험장으로 바뀌었다. 체험장 입구에는 이름

표를 단 모감주나무와 수수꽃다리가 서 있었다. 교문 쪽에서 바라
보고 있자니 학교를 기준점으로 예전 풍경이 하나씩 생각났다. 어
디선가 갖가지 냄새에 섞인 웃음소리와 흐느낌이 들려올 것만 같
았다. 밤이면 흐릿한 불빛 아래서 골목에는 시궁창 냄새와 악다구
니가 들끓었다. 어른들은 저마다 목소리를 높여 싸웠지만 맨발로
눈을 밟고 선 것 같은 표정을 하고 있었다. 뭔가를 묵묵히 참고 있
는, 그러나 그것이 무엇인지 모르는 얼굴. 그 속에서도 아이들은
한가로이 뛰어 놀았다.

아버지는 왜 별안간 이곳에 왔을까. 그녀는 언젠가 들은 정신과
의사의 말이 생각났다. 중년 이후 우울증이나 신경증에 시달리는
사람들이 급격히 늘어났다고 했다. 치료법 중의 하나가 머릿속에
첫 번째 떠오르는 어린 시절의 장소로 가보는 거였다. 이를테면 초
등학교 같은 곳 말이다. 상처받지 않았던 시절의 자신을 돌아보라
는 말일까. 아니면 상처의 중심으로 가라는 말일까. 아버지는 이
동네 어느 구석에서 그 복덕방을 찾았을까. 샅샅이 뒤지고 다니다
어쩌면 산으로 올라갔을지도 모른다. 그녀가 엄마한테 야단맞을
때면 무서운 줄도 모르고 혼자 울다 내려오던 산이 바로 아파트 뒤
쪽에 있었다. 유난히 진달래가 많이 피었던, 불과 300미터 높이도
안 되는 야산이지만 동네 전체가 한눈에 내려다보였다.

텅 빈 운동장을 걸어가는 그녀의 얼굴로 햇살은 화살처럼 쏟아
져 내렸다. 그토록 뜨거운 햇볕 아래 서 있는데도 비를 맞고 선 기
분이었다. 이마에 흐르는 땀을 닦으면서 비로소 그가 그녀에게 전

화를 건 이유를 조금 알 것 같았다. 그녀 역시 그의 목소리가 듣고 싶었다. 전화해서 뭐라고 말해야 하나. 너는 내 마음을 알 것 같아서? 그녀는 고개를 저었다.

그는 결혼정보회사를 통해 만난 여자와 석 달 만에 결혼했다.

"너 내가 몇 번 찔렀는데 꿈쩍도 안 하더라."

마지막 만난 날 그가 한 말이다.

"무슨 소리를 하는 거야!"

그녀는 그의 말을 알아들을 수 없었다.

"그럼 넌 꽃다발 배달시키고 샴페인 터트려야만 프러포즈하는 건 줄 알았어?"

그녀와 그는 너무 오래 만났다. 팔 년은 그리 짧은 시간이 아니다. 최근에는 만날 때마다 시간 되게 안 가네, 이제 뭘 하지? 라고 몇 번씩 묻곤 했다. 열한 시가 넘으면 그는 그녀를 좌석버스 정류장까지 데려다 주었다. 그와 헤어져 버스에 오르자마자 그녀는 그가 몹시 보고 싶어졌다. 어떤 때는 다음 정거장에서 내려 마구 뛰어간 적도 있었다. 모를 일이다. 같이 있을 때는 썰렁하기만 한데 왜 헤어지면 곧바로 그가 그리운 걸까. 적어도 그녀는 그와 함께 있는 게 지루한 적은 없었다. 단지 뭘 해야 하지, 생각하는 일이 많았을 뿐이다.

꽃이 다 떨어진 수수꽃다리 잎이 바람에 흔들렸다. 어릴 때 저 꽃의 잎을 따서 씹고 놀았었다. 어떤 아이가 그 꽃의 꽃말이 첫사랑이라고 말했다. 지독히 썼던 이파리를 뱉으며 무슨 생각을 했던

가. 그녀는 한 손으로 이파리를 후두둑 훑어 내 공중으로 날려 보
낸다. '범인은 반드시 범죄 현장을 다시 찾아온다.' 그녀의 머리에
퍼뜩 그 말이 떠올랐다 스러졌다. 돌연 그녀는 이 순간에도 어딘가
에서 범죄현장을 다시 찾는 사람이 그녀 말고도 두어 사람은 더 있
을 거라는 확신이 들었다.

얼 룩

이제 어디로 가지. 그녀는 병원 문을 나서다 문득 하늘을 올려다본다. 자신을 향해 사정없이 내리꽂히는 햇살에 눈이 부신 듯 얼굴을 찡그린다. 한여름인데도 흰색 긴팔 옷을 입고 같은 색깔의 손가방을 들고 있다. 뒤로 질끈 묶은 머리 탓인지 마른 얼굴 윤곽이 두드러졌다. 병원에 오면 누구나 그러하듯 그녀 역시 환자로 보인다. 휠체어 탄 환자가 그녀 앞에 멈춰서 길을 비켜 주길 기다린다. 그녀는 그 사람의 존재를 눈치 채지 못한다. 여전히 눈을 부릅뜨고 하늘을 올려다보고 서 있다. 노인 환자는 백랍같은 낯빛이 더욱 창백해져 신경질적으로 그녀를 밀친다. 그 바람에 그녀는 잠시 비틀거리다가 고개를 떨군다. 구급차가 굉음을 울려 대며 그녀 앞을 지나간다. 새로 들어온 환자는 황급히 응급실로 실려 간다. 사람들의 시선이 일제히 응급 환자를 향한다. 지루한 병원 생활에서 어쩌면 유일하게 그들의 감각을 일깨우는 순간일는지 모른다. 다른 얼굴만큼이나 제각기 다른 병을 가진 사람들은 벤치에 앉아서 또는 링거 스탠드를 밀면서 시간을 죽이고 있다. 그녀는 차라리 그들이 부러웠다. 일정 기간 입원해서 치료를 받거나 끝내 죽음에 이르더라도 병과 한판 승부를 벌여 보고 싶었다. 평생 약물에 의존해서 살아야 한다는 게 무슨 뜻인지, 내일은 또 어디에 이상이 생길까 전전긍긍하며 하루하루를 살아내는 일이 어떤 건지 도무지 알 수 없었다. 그녀는 느린 걸음으로 그들과 멀어진다.

병원 밖으로 나와 한참을 앞만 보고 걸었다. 그녀를 발견하고 속도를 줄이며 다가오는 택시에 올라탄다. 그때만 해도 그녀는 오늘 자신이 저지르게 될 일을 짐작조차 하지 못했다. 택시 문을 열고 몸을 숙여 엉덩이를 안으로 밀어 넣으려는 순간 맥이 탁 풀렸다. 가까스로 오른발을 안으로 들여놓았을 때는 숨을 몰아쉬기까지 했다. 끄응. 그것은 거의 신음 소리에 가까웠다. 겨우 문을 닫고 의자 등받이에 몸을 던졌다. 행선지를 말하는 것조차 잊은 채 눈을 감았다. 어디로 모실까요? 택시 운전사의 목소리를 듣고서야 혜화동이요,를 한숨처럼 뱉어 냈다. 비로소 다리를 펴고 몸의 위치를 바로 잡으려는데 묵직한 물체가 발치에 걸렸다. 검은색 가죽 장정의 다이어리였다. 그녀는 머리를 숙여 그것을 확인함과 동시에 운전석에 앉은 기사를 흘끗 보았다. 아주 짧은 순간 그녀는 망설인다. 이 것을 기사에게 넘겨주어야 하나, 아니면 그냥 가져가나. 그녀는 다이어리를 살며시 집어 무릎 위에 올려놓는다. 첫 장을 넘긴다. 겉 장 안쪽에서 붉은 빛이 그녀의 눈을 쏘았다. 자신들을 바라보라는 듯이 붉은 점퍼를 입은 여자와 베이지색 스웨터를 입은 남자는 다 정히 웃으며 그녀를 향해 서 있었다. 어깨동무를 한 그들 뒤로는 관광 안내도와 기와집 담장이 보였다. 강물이 마을을 감싸 돌고 있 는 안동의 하회마을이었다.

작년 늦여름 좁다란 골목에 마주 선 기와집 앞을 그녀도 걸어간 적이 있었다. 그녀의 눈을 찌른 것은 그들의 웃음이었다. 햇빛에 반사되는 물결처럼 반짝이며 일렁였다. 그녀는 그 사진을 들여다 보며 자신이 마지막으로 웃어 본 게 언제인지 생각한다. 그를 만날 때도, 남편과 있을 때도 요즘 들어 웃을 일이 별로 없었다. 그녀는 겉장을 덮고 다이어리를 얼른 가방 속으로 밀어 넣었다. 그들의 웃 음을 훔친 것처럼 목구멍에서 꾸역꾸역 비어져 나오려는 웃음을 참기 위해 짐짓 눈에 힘을 주며 기사의 뒤통수를 노려보았다.

기사는 담배꽁초를 밖으로 던지는 앞차 운전자를 향해 욕질을 해대느라 그녀에게는 눈길조차 주지 않았다. 싸울 기세로 차선을 바꿔 앞차와 나란히 달렸다. 서른 살쯤 먹은 젊은 여자임을 확인한 기사는 더욱 기세등등해서 떠들어 댔다. 말세야, 말세. 저런 것들 이 운전을 하고 다니니 서울 교통이 이 모양 이 꼴이지. 담배꽁초 를 주워 저 주둥아리를 비벼 버려야 한다면서 기사는 그녀의 눈치를 살폈다. 그 눈길이 너도 잘 새겨들으라는 것인지, 자신의 말이 너무 심했다 싶어 면구스러워하는 건지 그녀는 알 수 없었다. 기사는 헛기침을 하며 자신이 고생스럽게 운전하는 게 모두 그 여자 탓이라는 논리를 펼쳤다. 그녀가 고개를 창밖으로 돌리고 대꾸도 않자 기사의 얼굴에 경멸이 빛이 떠오른다. 너도 똑같은 년이지, 뭐. 그의 늘어진 입 꼬리에는 그런 말이 매달려 있었다. 그녀는 오히려 그가 고마웠다. 짧은 순간 운전사의 신경전에 열중하느라 자신의 처지를 잊을 수 있었다. 그렇다고 남편의 놀란 얼굴과 의사의 건조한 표정이 뇌리에서 완전히 사라진 건 아니었다.

아침에 일어나자마자 남편은 다림질이 안 된 와이셔츠를 던지며 짜증을 냈다. 다리미 코드를 꼽고 있는 그녀에게서 셔츠를 왁살스럽게 빼앗아 갔다. 도대체 정신을 어디다 팔고 사는 거야. 다른 때는 그녀가 바빠서 깜빡 했으면 말 없이 직접 다려 입었다. 요즘 들어 남편은 부쩍 말이 많아졌다. 대개 핀잔을 주거나 추궁하는 내용이었다. 그녀의 어느 부분이 남편을 자극하고 있는 게 틀림없었다. 약이 올라 씩씩대는 남편의 모습이 재미있기도 했다. 그것도 없다면 정말 싱거운 부부다. 그녀는 무슨 말인가를 하려다 말고 몸을 구부렸다. 갑자기 오른쪽 종아리가 가렵기 시작했다. 바지 위로 쓱쓱 긁어 봤지만 소용이 없었다. 손에 힘을 주며 급하게 박박 문질러도 마찬가지였다. 얼굴이 달궈져 노려보는 남편을 등지고 일어나 화장실로 달려갔다.

찬물 샤워를 하고 나오는데 남편이 호들갑스럽게 소리를 질렀다. 어어어……. 다리가 왜 그래? 그녀는 고개를 돌려 자신의 다리를 내려다보았다. 종아리 여기저기에 십 원짜리 동전 크기의 멍이 시퍼렇게 들어 있었다. 그녀는 무릎, 넓적다리까지 바둑알만한 멍이 온통 번져 있다는 말은 하지 않았다. 며칠 전보다 훨씬 진해졌다. 어디에 부딪쳐서 난 멍이라고 둘러대기엔 범위가 너무 넓었다. 방심했던 그녀도 내심 섬뜩했다. 텔레비전에서 본 에이즈 환자의 멍든 몸과 반점투성이 얼굴이 퍼뜩 스쳤다. 등에 식은땀이 나면서 불길한 기분을 떨쳐 버리지 못했다. 얼마 전부터 목이며 귀 뒤에서 생기기 시작한 반점이 차츰 온몸으로 번지기 시작했다. 과로나 나쁜 공기 때문에 생긴 알레르기 정도로 여겼는데 그것도 마음에 걸렸다.

사무실에 전화를 하고 바로 병원으로 갔다. 접수를 하며 잠깐 내과로 가야 하나 외과로 가야 하나 고민했다. 우선 내과로 가서 간호사한테 환부를 보여 주며 어느 과로 가야 하느냐고 물어 보았다. 간호사는 마침 내과 선생님이 아침 회진 중이니 피부과에 가는 게 어떻겠냐고 얼굴도 보지 않고 대답했다. 짙은 마스카라와 푸른 색 아이섀도가 가뜩이나 표정 없는 얼굴에 그늘을 드리웠다. 죽음을 일상으로 겪어내기에 알맞게 제작된 사이보그 같았다.

피부과 앞에는 기다리는 사람이 많지 않았다. 얼굴 전체에 두드러기가 난 중년 여자가 진료실에서 나오며 그녀의 얼굴을 훑어봤다. 자기와 똑같은 증상을 가진 환자를 찾아 동병상련의 감정이라도 느끼고 싶은 건가. 의사 역시 피부과적인 증상을 찾으려는 듯 눈은 마주치지 않고 그녀의 피부만 살펴봤다. 얼굴 전체를 보려는 그의 시선은 정작 어디에도 머물지 못하고 컴퓨터로 옮겨 갔다. 숙인 고개 위로 듬성듬성한 머리숱이 살짝 보였다. 마흔이 되었을까 안 되었을까.

"어디가 불편해서 오셨습니까?"

지극히 사무적이고 간명한 물음이었다. 그녀는 아침의 일을 얘기했다. 불안감을 털어 내지 못해 말까지 더듬었다. 의사는 연신 고개를 갸웃 댔다. 어딘가로 전화를 걸어 한참 얘기를 주고받았다. 통화 내용으로 미루어 그녀의 병에 대한 조언을 구하는 것 같았다. 이 병의 환자를 직접 진료하기는 처음이라는 그의 목소리에서 미미한 긴장이 느껴졌다. 지난번 세미나 때 희귀병 임상 발표가 있었는데 공교롭게 유사 증상이라는 것이다. 전화를 끊고 그는 그녀의 턱을 들어 올려 목 부분에 난 반점을 자세히 들여다보았다. 문진(問診)으로 단정 지을 수는 없고 몇 가지 검사를 더 해봐야 알겠다고 결론을 유보했다. 단순한 병이 아니라는 사실은 충분히 눈치 챌 수 있었다.

"혹시 입이 자주 헐지 않으세요?"

"네, 맞아요. 얼마 전부터 입이 헐어서 매운 음식은 통 먹질 못해요."

의사의 느닷없는 질문에 놀란 그녀는 상기된 얼굴로 그를 응시했다. 의사의 푸르딩딩한 입술에서 나올 다음 말을 기다렸다.

"아마 입뿐이 아닐 겁니다. 이런 경우 대개는 식도까지 헐게 되어 있습니다. 목 주변에 난 반점도 조금 있으면 점점 범위가 넓게

확대될 거예요. 저희들끼리는 베체트병이라고 부르는 병입니다.

그녀는 속으로 베체트병, 하고 되뇌어 보지만 처음 들어 보는 병명이다.

"맨 처음 그 병을 발견한 터키 의사의 이름입니다. 전에는 화병으로 알려졌었는데 사실은 면역 기능에 이상이 생긴 병이에요. 최근에 심한 스트레스를 받은 적이 있나요? 정신은 수용하기에 벅찬 일이 생기면 몸에다 신호를 보내거든요. 과부하를 알리는 옐로카드라고 이해하시면 틀림이 없으실 겁니다. 생각하기에 따라서는 고마운 병입니다. 어느 날 갑자기 심장마비로 돌연사하는 걸 미리 막을 수 있으니까요."

의사들은 도대체 자기가 무슨 말을 하는지 알고나 떠드는 걸까. 그의 배려 없는 말투에 화가 치밀었다. 의사가 관심 있어 하는 것은 사람이 아니라 병 자체라는 걸 확인하자 자신의 처지가 새삼 한심하고 암담했다. 이런 사람에게 앞으로 치료를 받아야 한다니.

"우선 약을 드리겠지만 이런 병은 약보다 마음이 우선이에요. 스트레스를 최소한으로 줄이고 마음을 편히 가지세요. 얼마 전까지만 해도 시집살이하는 여자들이 종종 이 병으로 찾아오곤 했었는데, 요새는 나이 지위 고하에 상관없이 심심찮게 걸리는 병이 되었어요. 그리고 참, 정신과도 들르시는 게 효과적인 치료에 도움이 될 겁니다. 종종 병이 진행되면서 우울증을 동반하는 경우가 많습니다. 무엇보다 두 눈을 질끈 감고 사는 훈련이 필요해요. 완벽주의자에게서 이 병이 많이 나타나는 것도 너무 모든 걸 자신의 힘으로 해결하려 들기 때문입니다. 병을 잘 들여다보면 그 속에 치료법까지 숨어 있는 경우가 의외로 많아요."

의사의 뻔한 옳은 소리를 들으며 그녀는 자신이 할 수 있는 게 별로 없는 현실만 확인했다. 밝혀진 지도 얼마 되지 않은 희귀병이라는 말에는 그녀도 더 이상 태연한 표정을 유지할 수 없었다. 치료법도 연구도 진행중이라면 평생 면역억제제나 먹으며 몸을 질질 끌고 다녀야 한다는 말인가. 스테로이드계 약이 면역을 떨어트리면 어떤 증상이 나타날지 알 수 없다니. 게다가 눈이 침침해지면 가장 위험하다고 했다. 잘못하면 실명할 수도 있다고. 의사의 말이 너무 엄청나서 외려 겁주려는 게 아닌가 싶었다. 괜스레 동네 병원 옮겨 다니며 엉뚱한 약 먹지 않고 곧바로 종합병원에 찾아오길 잘했다는 위로는 귀에 들어오지도 않았다.

병은 언제 시작된 걸까. 그러고 보니 이즈음 몸이 가뿐한 적이 드물었다. 아무 때나 졸음이 쏟아졌다. 막상 잠을 자려고 누워도 누가 뒤에서 머리채를 잡아당기는 느낌 때문에 숙면을 취할 수 없었다. 아침에 일어나면 실제로 다리가 아프기도 하고 몸도 무거웠다. 아무리 잠을 많이 자도 피곤했다. 회사 문을 나서면 겨우 집에 돌아올 힘밖에 남아 있지 않았다. 근무 시간에도 점심때만 기다렸다. 다들 점심 먹으러 나가면 혼자 여직원 탈의실에 들어가 소파에 길게 누웠다. 사람들이 부르러 왔을 때는 어느새 한 시간이 지나 있었다. 몇몇 동료들은 혹시 임신한 거 아니냐고 놀렸다. 입맛도 없고 계속 잠만 자고 얼굴도 까칠한 게 꼭 임신 증상 같기는 했다.

그녀도 그런 의심이 들어 이미 확인해 봤다. 그건 확실히 아니었다. 강박적으로 피임에 신경을 쓰는 건 그도 남편도 마찬가지니 실수를 했을 리 없다.

　병원을 나오면서 그녀의 머리를 떠나지 않은 생각은 엉뚱하게도 자신의 진심이었다. 보통의 경우라면 누구에게라도 전화를 걸어 하소연했을 것이다. 나 곧 눈이 멀지도 몰라, 어쩌면 죽을지도 모른대, 엄살이라도 부려야 했다. 아무도 떠오르지 않았다. 일주일째 지방 출장 중인 그도, 남편도 생각나지 않았다. 그녀에게 남은 건 지독한 피로감이었다. 지난 일 년 동안 참으로 휘몰아치는 시간이었다. 하루가 멀다 하고 야근을 해도 불평하지 않았다. 무엇보다 그를 만날 수 있다는 기대가 있었다. 그를 위해 회사에 나가고 일을 한다는 느낌마저 들었다. 그가 작년에 같은 팀 에이디로 스카우트되어 온 이후 지금까지 죽 그래 왔다. 그는 평소에는 부드러워도 일에 있어서는 뭐 하나 그냥 넘어가는 법이 없었다. 그녀뿐 아니라 다른 직원들이 투덜거리는 걸 여러 번 목격했다. 때로 심하다 싶을 정도로 엄격하게 굴었지만 그것조차 활력으로 느껴졌다. 그래도 일정한 평판을 유지할 정도의 균형 감각은 있었다. 출세가 빠른 편인 사람답게 세련된 처세술까지 갖추었다. 회식 자리도 시내 호텔의 양식당을 예약해 놓아 삼겹살 집이나 기껏해야 갈비 집 정도를 예상했던 직원들을 놀라게 했다. '화려한 싱글'이라는 수사에 딱 맞는 타입의 사람이었다. 자유분방하고 장소에 따라 적당한 유머를 구사할 줄도 아는 그를 사람들은 '쿨'하다고 했다.

작년 생일이었다. 그날도 그녀는 야근을 했다. 실버타운 인쇄매체 광고 시안을 제출해야 했다. 칙칙하지 않은, 제2의 새로운 삶을 꿈꿀 수 있는 공간에 대한 환상이라. 헤드 카피가 떠오르지 않았다. 사무실에는 그녀와 두 사람의 디자이너가 남아 있었다. 그녀 자리의 전화벨이 울렸다. 그였다. 그는 거의 매일 야근을 하는 일 중독자였다. 왜 생일날 집에 일찍 가지 않는 거죠? 그녀는 그의 뻔뻔함이 불쾌했다. 내일 아침까지 보고서를 책상 위에 올려놓으라고 한 사람이 누군데. 그가 맘 놓고 대들 수 없는 상사라는 점도 기분 나빴다. 그의 말을 듣기만 하다가 수화기를 내려놓았다. 오래 붙들고 있다고 풀릴 것 같지도 않아 컴퓨터를 껐다. 엘리베이터 버튼을 누르는데 그가 옆에 와 저녁이나 같이 먹자고 했다. 그것도 상사로서의 명령인가요. 그녀가 쏘아붙였다. 미안해요, 당황했다면. 입사서류를 보다가 우연히 알게 됐습니다. 나하고 생일이 같더라구요. 그 말을 듣자 그녀는 몹시 배가 고파졌다. 긴장을 푸는 데는 많은 말이 필요하지 않았다.

그녀는 그를 따라 회사 옆 건물에 있는 레스토랑에서 프랑스식 저녁을 먹었다. 한번 와 보고 싶었던 곳이었다. 소스를 즐겨 쓰는 프랑스 음식은 별로였지만 와인은 평소보다 많이 마셨다. 와인은 그가 주문했다. 요전에 마시던 거 괜찮던데. 웨이터는 알았다며 고개를 깊숙이 숙였다. 곧바로 목으로 넘어가지 않고 혀에 감기는 와인의 감촉이 좋았다. 그건 다름 아닌 그의 질감이었다. 편안하지는 않았지만 까슬까슬하면서 묘하게 사람을 끌어당기는 매력이 있었다. 자신과 무관하지 않은 사람이라는 생각도 그런 느낌을 부추겼으리라. 그가 세 번째 생일잔치를 하던 날 그녀는 어디에선가 생애 첫 울음을 터트렸다. 유치하게도 생일이 같다는 이유만으로 일체감이 느껴졌다.

"병원에 가봤어?"

남편은 와락 짜증을 낸다. 그녀는 고개를 끄덕였다. 의사가 뭐랬냐며 그는 그녀의 턱을 손끝으로 들어 눈을 빤히 쳐다본다. 이렇게 상대를 똑바로 응시하면 속일 수 없다고 믿는 건가. 약을 계속 먹어야 한다나 봐. 좋아졌다 나빠졌다 하는 병이래. 성가신 일 생겼어. 그녀는 되도록 대수롭지 않게 말하며 그의 손을 떼어 냈다. 달리 할 말이 생각나지 않았다. 스트레스 때문에 몸이 한 군데씩 시들고 있다는 말은 그녀 생각에도 재미없는 농담이었다. 남편도 그것으로 그만이었다. 그녀는 건넌방으로 가서 벽에 등을 기대고 앉았다. 뭘 해야 하지. 모든 게 귀찮기만 했다. 바닥에 누우려는데 핸드백이 눈에 들어왔다. 그녀는 다급한 일이 생각난 사람처럼 핸드백을 열고 다이어리를 꺼냈다. 겉장을 넘기자 바로 사진이 눈에 들어왔다. 평범한 연인의 사진이었다. 처음 그 사진을 보았을 때의 눈부심은 사라졌다. 특별히 행복해 보이지도 다정해 보이지도 않았다. 그저 남자와 여자가 놀러 가서 찍은 사진일 뿐이었다.

노트를 한 장 한 장 넘겨보며 그녀는 비스듬히 기울어진 몸을 바로 일으켰다. 앞부분에는 직업적인 메모로 보이는 스케줄이 빼곡히 적혀 있었다. 뒤이어 날짜와 함께 써 내려간 일기가 나왔다. 내용을 읽어가던 그녀는 다시 한 번 노트를 덮어 버린다. 지극히 개인적이고 게다가 비밀스러운 누군가의 사생활이었다. 자신이 큰일을 저질렀음을 직감한다. 노트를 바닥에 내려놓자 비죽이 들려 있던 뒷장이 그녀 쪽을 향해 벌어졌다. 손을 갖다 댄다. 멈칫거리면서도 집요한 손길이다. 안쪽에 누런 봉투가 끼워져 있었다. 그녀는 조심스럽게 봉투를 꺼내 열어 본다. 상당히 많은 액수의 달러와 여권이 나왔다. 아뿔싸. 불현듯 다이어리의 주인은 누구이며 어떤 사람인지 궁금해졌다. 그리고 자신이 누군가의 인생에 깊숙이 들어섰음에 까닭 모를 흥분을 느꼈다.

당혹스러운 나머지 부랴부랴 앞으로 넘겨 본다. 신용카드와 각종 마일리지카드, 전화번호 메모지, 몇 장의 명함, 상품권과 미용실 쿠폰. 작은 다이어리 하나에 한 사람의 모든 것이 다 들어 있었다. 주인의 나이와 취향, 성격, 소비성향까지도 너끈히 짐작할 수 있다. 꼼꼼한 글씨로 꾸준히 쓴 일기와 아울러 돈 지출 내역까지 적혀 있었다. 자기한테 일어나는 일은 사소한 것이라도 놓치지 않고 적어 놓아야만 직성이 풀리는 성격의 소유자였다. 그런 사람이 도대체 어떤 상황에서 이 중요한 것을 흘렸을까. 그녀는 감당하기 어려운 짐을 떠맡은 것처럼 뒷덜미가 당겨 왔다. 한 여자의 인생이 언뜻 스쳐 지나가는 것을 보았다. 봉투는 함부로 해서는 안 될 무게로 느끼기에 충분히 두툼했다. 모른 척 갖기엔 돈의 액수가 너무 컸다. 다이어리 주변에 강한 자장이 형성되어 낯선 손길을 완강하게 거부한다. 그녀는 갑자기 남의 집에 들어와 이 방 저 방 함부로 열어젖힌 무뢰한이 된 기분이다. 옛 주인의 냄새와 손길을 고스란히 기억하고 있는 봉투가 자신의 속을 빤히 들여다보고 있는 것 같았다. 잽싸게 덮어 버린다. 누가 보기라도 할까 봐 싱크대 맨 아랫서랍에 깊숙이 넣어 버린다. 양심의 저울은 주인에게 돌려주어야 한다는 쪽으로 기울고 있다. 양심? 그런 단어를 떠올리는 자신이 혐오스러웠다.

그러다가 그녀는 갑자기 몸을 일으켜 꽤나 묵직한 다이어리를 다시 꺼내 들었다. 원래는 검은 색이던 것이 네 귀퉁이가 닳아서 가죽 속살이 조금 드러났다. 종이를 넘기는 그녀의 손은 남의 속살을 더듬듯 은밀하다. 타인의 인생을 몰래 들여다보는 일은 긴장을 불러일으켰다. 옆에 아무도 없는데 그녀는 자신도 모르게 슬쩍슬쩍 주위를 살핀다. 다이어리라는 이름에 손색없게 주인의 일상과 삶의 궤적이 빼곡히 담겨 있었다. 아무 데나 펼쳐 천천히 읽어가기 시작했다.

7월 25일.

정류장에서 걸어오면서 내 방 창문을 올려다보았다. 어김없이 불이 켜져 있다. 아버지는 소파에 앉아 있었다. 내가 일부러 늦게 왔다고 생각했는지 화가 잔뜩 났다. 커피를 타는 동안 아버지는 식탁으로 옮겨 앉아 전화를 자주 하지 않는 것에 대해 나무랐다. 나는 커피 잔 옆에 월급봉투를 내려놓았다. 내가 돈 때문에 왔다고 생각하진 말아라. 한결같이 간절한 톤의 아버지 목소리. 나는 컴퓨터를 켜서 상관도 없는 주식 시세표를 뒤지고 이메일을 체크한다. 삼십 분이 넘게 지나도 아버지는 일어나지 않는다. 커피 마시는 소리도 들리지 않았다. 내 등을 찌르는 시선에 벌떡 일어섰다. 음료수 사러 가는 길에 모셔다 드리겠다고 먼저 나섰다. 아버지가 뒤에서 내 팔을 붙잡았다. 집으로 들어와라. 나는 대답하지 않았다. 아버지는 나를 놓아주는 대신 어깨를 감싸 안았다. 내가 떠나는 것 말고 다른 방법은 없다.

나는 정말 떠날 수 있을까. 정민을 두고……. 두렵다. 너무 늦은 건 아닐까. 궤도 수정을 하기에는 너무 멀리 와 버렸다. 그렇다면 돌아가는 것보다 남은 길을 재촉하는 게 더 빠르겠지. 그 생각을 곱다시 돌이켜 본다. 정말 그런가고.

그녀는 다이어리를 덮어 버린다. 도망치려는 여자의 떨고 있는 어깨를 본 것만 같다. 여자의 묵은 고통 사이로 어렴풋하게 꿈의 흔적이 배어 나온다. 만난 적도 없는 여자가 오래 알고 지낸 사람처럼 느껴진다. 그 감정이 거북하다. 자신이 조금 더 젊었던 때를 떠올렸다. 함부로 전부를 걸며 인생에 매달렸다. 지금 그녀는 꿈을 잃어버렸다. 언젠가 소망을 가졌던 적이 있었다. 여물지 않은 아기 살을 자신의 살에 문지르고 싶었다. 아기의 체온이 저릿저릿 몸에 닿으면 살맛 날 것 같았다. 그때는 사소한 일에도 곧잘 눈물을 흘리곤 했다. 그를 만난 것도 그 무렵이었다. 그렇게 마음이 말랑말랑해졌기 때문에 그와도 쉽게 가까워졌는지 모른다. 그녀는 길거리를 지나다 혹은 텔레비전을 보다가 아이를 안고 있는 여자를 보면 가슴이 뭉클해졌다. 아이의 달착지근한 냄새와 보드라운 살결. 아이를 한번 안아 보고 싶었다. 자신의 가슴팍이 한없이 넓어 휑해 보였다. 두 손을 앞으로 뻗어 사람 하나가 들어갈 공간을 만들어 보기도 했다. 자신의 몸에 무언가 중요한 게 빠져 있었다. 팔 하나가 없거나 다리 하나가 없는 느낌. 남편은 피임이라는 번거로운 절차를 전혀 귀찮아하거나 싫증 내지 않았다. 한 번쯤 실수를 한다면. 몇 번인가 그녀는 애 얘기를 하려고 했다. 그때마다 남편은 바빴다. 한때는 골프와 카메라에, 지금은 등산에. 꿈도 안 꾸는 사람 앞에서 아이 얘기를 하려니 입이 떨어지지 않았다. 꿈꾸지 않는 사람은 삶을 유폐시킨다. 남편은 늘 분주히 뭔가를 한다. 유폐시킨 삶을 땀으로 포장한다.

느리게 소파로 걸어가 몸을 던진다. 안방에 들어간 남편은 잠이 들었는지 조용하다. 오늘 하루 많은 일을 겪었다. 아직 몸에 특별한 통증은 없다. 다리를 위로 쭉 들어 올렸다. 얼룩얼룩한 푸른 반점이 모든 게 현실임을 증명해 주었다. 방에서 갑자기 남편이 나올 것 같아 얼른 다리를 내린다. 이 정도로 심각하게 온몸에 퍼져 있는지 알면 뭐라고 할까. 남편이 알아서 달라질 것도 없다. 성가신 일만 하나 늘어나는 셈이다. 그는 왜 전화를 하지 않는 걸까. 바지 주머니에 넣은 휴대폰은 울리지 않는다. 꺼내서 확인해 본다. 부르르 떨고 있는 휴대폰 그림이 액정 화면에 그려져 있다. 집에 들어오면 진동 모드로 켜 놓고 몸에 지닌다. 먼저 전화를 할까 싶다가도 그때마다 관두자는 생각이 동시에 따라 나온다. 그녀는 팔짱을 꺼서 자신의 몸을 끌어안는다. 무엇이든 따뜻한 것이 그리웠다. 그의 목소리를 들으면 편안해질까. 오래전에는 그가 휴대폰에 노래 메시지를 남기기도 했다. 까마득한 옛날 일만 같다. 그녀는 필요할 때만 그를 그리워한다. 그리움조차 오랜 습관의 찌끼라는 걸 이내 깨닫는다. 누구에게랄 것도 없이 모질다는 생각을 한다.

그녀는 다이어리의 주인을 생각한다. 안타까이 누군가를 사랑할 수 있는 영혼을 가진 사람은 건강하다. 건강? 그 단어가 그녀에게 무척 생소하다. 자신이 진심으로 누군가를 사랑한 적이 있었는가 돌아본다. 남편은 물론이고 그를 사랑했는지도 알 수 없다. 가슴 속 일렁이는 충동을 억누를 수 없는 날, 붙잡을 수 있는 옷깃이 필요했던 게 아닐까. 그런 날을 위해 그를 준비해 두었던 것은 아닐까. 남아도는 시간과 열정을 메워 주는 존재. 자신을 거꾸러트릴 것 같은 격정이 일지 않을 때, 일상 속에서 만난 그는 남편과 다를 바 없었다. 지난 일 년이 다 그렇게 무미건조했던 것은 아니었다. 세상에 하나뿐인 연인인 척 한 적은 왜 없었겠는가.

작년 초 안동 간고등어 축제 광고가 제작 2팀으로 떨어졌다. 인터넷 광고는 그녀 담당이었고 인쇄 매체 광고는 그가 맡았다. 여행사의 간고등어 축제 참가 상품과 맞물려 일반 대중에게 알리는 데는 어느 정도 성공했다는 평가를 받았다. 안동의 특화 상품으로 간고등어를 알리는 게 주목적이었다. 지방자치단체의 초청을 받아 축제 전날 제작 2팀 직원 몇 명과 그녀는 안동에 내려갔다. 다음 날 동틀 무렵 그녀는 일부러 다른 직원을 깨우지 않고 그와 함께 강구항으로 갔다. 옛날에 장꾼들이 하던 대로 잡은 고등어를 우마차에 실었다. 풍물을 울리면서 영덕 시장을 거쳐 안동장에 이르는 행렬을 손을 꼭 잡고 따라다녔다. 생선은 상하기 직전에 나오는 효소가 맛을 좋게 하기 때문에 잡자마자 간을 하지 않는다는 안내자의 설명은 자료집에서도 이미 본 내용이었다. 강구에서 안동까지의 거리는 빠른 걸음으로 하루나 이틀이 걸린다. 고등어가 발효하기에 적당한 시간이라고 했다. 안동 채거리에 도착해서 왕소금을 뿌리게 되면 가장 맛있는 간고등어가 된다는 상인의 말에 동시에 엄지를 들어 보인 게 우스워서 또 깔깔댔다. 안동장에서는 장돌뱅이 풍의 옷을 입은 사람들이 군데군데 화덕을 피워 놓고 간고등어를 굽고 있었다. 그녀는 그와 길거리에 쭈그리고 앉아 석쇠에 구운 간고등어와 함께 소주를 마셨다. 살점을 떼어 서로의 입에 넣어 주기도 했다. 두 마리씩 포갠 고등어를 빼내 석쇠 위에 납작하게 펴서 올려놓으면 지글지글 구수한 소리를 내며 익었다. 뱃길이 닿지 않는 내륙 지방 사람들은 이 비린내를 맡으면서 얼마나 군침을 삼켰을까. 그가 살점을 씹다 소주를 들이켜며 말했다. 그러면서 생선 껍질을 벗겨 내는 그녀를 나무랐다. 천 길 바다에서 살아남게 해 준 등껍질을 감사히 먹을 일이지 왜 버리느냐고. 그녀는 푸른 얼룩투성이의 미끈거리는 껍질이 비위에 맞지 않아 일일이 발라냈다.

　수레에 고등어 궤짝을 실어 나르는 재현 행사 뒤꽁무니에서 그녀는 잠시 고등어의 과거를 추억했다. 가장 얕은 바다에 사는 고등어는 어쩔 수 없이 파도와 똑같은 푸른 무늬를 보호색으로 덮어쓸 수밖에 없었을 것이다. 갈매기의 눈으로부터 몸을 숨기기 위해 차츰 파도를 닮아 갔다. 푸른 바다 위를 떠다니던 등푸른 생선은 그래도 안심이 되지 않았다. 먼 곳에서 상어가 자신을 향해 전속력으로 헤엄쳐 온다는 것을 물살의 흔들림으로 알아차렸다. 고등어의 배는 점점 흰색으로 변했다. 살기 위한 몸부림으로. 햇살에 반사되어 상어가 자신을 그냥 지나쳐 가기만 바란 채. 그렇게 살아남았던 고등어도 어부의 그물만은 피하지 못했다. 어느 착한 어부의 섬세한 손길로 죽어서라도 부부의 연을 맺은 두 마리는 서로의 몸을 포개고 감싸 안는다. 마침내 파란만장한 삶을 인간의 입 속에서 완성한다.

그녀는 돌아오는 길에 또 한 번 간고등어 냄새를 맡았다. 봉화쪽으로 달리던 차가 후미진 삼림욕장 앞에 멈춰 섰다. 창문을 내리자 송진 냄새가 울컥울컥 차 안으로 쏟아져 들어왔다. 팔을 뻗어 그녀를 안는 그의 몸에서 짭쪼름한 간고등어 냄새가 났다. 그는 의자를 뒤로 눕히고 그녀 위에 몸을 포갰다. 그녀는 바다에서 요동치던 고등어처럼 팔다리를 저으며 파닥거렸다. 그와의 관계는 어떤 식으로 완성될까, 하는 생각도 그의 냄새에 묻혀버렸다.

그녀는 징그럽다고 밀어냈던 고등어 등껍질의 푸른 얼룩을 오랫동안 잊지 못했다. 자신의 등을 손으로 더듬어 본다. 푸른 얼룩으로 살아남으려는 운명을 일찍이 예감했던 것일까. 요즘 남편은 그녀가 이상해졌다는 말을 자주 했다. 웬만한 일에는 여간해서 속마음을 드러내지 않는 그녀가 요 며칠, 아니 한 달 전부터 무언가에 마음이 팔려 있다는 것이다. 몇 번씩 불러도 대답을 하지 않거나 혼자 거울을 보고 한참 서 있기도 했다. 음모를 꾸미는 사람 같기도 하고 또 어떤 때는 사형대를 향해 걸어가는 사람처럼 비감해 보인다고도 했다. 사실 그런 변화는 그에게 그리 달갑지 않을 것이다. 남편은 누누이 말했었다. 그녀를 좋아하는 가장 큰 이유 중의 하나가 사람을 피곤하지 않게 한다는 것이다. 그녀가 사람을 편하게 하거나 위로하는 특별한 재주를 가진 건 아니다. 단지 그녀는 가까이 있어도 거기 있다는 의식이 들지 않을 정도로 있는 듯 없는 듯 존재감을 드러내지 않았다. 각자 한 집에서 자기가 하고 싶은 일을 했고 하고 싶은 말을 했다. 상대가 싫어하는 것은 아무리 중요한 일이라도 강요하지 않았다. 어떤 사람들은 참 이상한 부부라고 무슨 재미로 같이 사냐고 궁금해 한다. 하지만 여태까지 별 무리 없이 살아올 수 있었던 이유가 그것이라는 걸 그들이 알기나 할까. 남편은 너무 오랫동안 혼자서만 살아왔다. 누가 옆에 있는 것을 못 견뎌하는 사람이었다. 그래서 결혼도 늦어졌을 것이다. 그녀는 그의 그런 편견을 깬 첫 번째 여자였다. 데이트 할 때도 그녀는 그에게 애써 잘해 주지도 않을뿐더러 자기에게 관심을 쏟아 달라고 요구하지도 않았다. 그의 실수로 그녀를 섭섭하게 했음을 나중에 깨닫고 사과라도 할라치면 그녀는 언제 그런 일이 있었냐는 표정이었다. 벌써 다 잊었는데 무슨 상관이냐고 대꾸했다. 그가 되레 무안할 지경이었다. 그녀는 웬만해서는 남 때문에 속상하거나 화내는 일이 없었다. 그런 그녀의 마음에 동요가 생기다니. 그녀가 몰고 온 그 야릇한 이상 기운은 남편을 긴장시켰다. 더군다나 그것에 익숙해 있지 않은 남편은 뭔가 삐걱거린다는 인상을 받았을 것이다. 따질 만한 빌미가 없을 때 더 신경이 곤두서는 법이다. 막연했던 느낌의 실체를 뒷받침하는 결정적인 일이 생겼다.

지난주였다. 텔레비전을 보다가 요의를 느낀 남편이 화장실로 뛰어들었다. 문을 열다 세면대 앞에 있던 그녀를 발견했다. 안방에 있는 줄 알았는데 언제 화장실에 갔지. 당황한 남편은 미안하다며 문을 닫으려고 했다. 그런데 사색이 되다시피 한 그녀의 얼굴이 수상쩍었는지 다시 돌아보았다. 엉거주춤 허공에 들린 그녀의 손으로 눈길이 갔다. 딱딱하고 길쭉한 플라스틱 도구. 정확히 무엇인지 몰라도 임신 진단용 시약임을 짐작하는 것은 어렵지 않은 일이다. 그런 건 느낌으로 알 수 있다. 그녀도 남편도 그것에 대해 어떤 말도 하지 않았다. 그는 아마 그녀의 거짓말을 듣고 싶지 않았을 수도 있다. 그건 아닐 것이다. 그녀는 거짓말이나 변명 따위를 늘어놓을 줄 모르는 사람이다. 아마 그가 그게 뭐냐고 물었다면 사실대로 말했을 테고 그 사실을 이해시키기 위해 더 큰 진실을 털어놓았을 것이다. 짧은 순간 그의 얼굴엔 여러 가지 표정이 한꺼번에 나타났다 사라졌다. 그는 조용히 문을 닫고 돌아섰다.

그녀는 도리어 남편의 의연한 대응에 절망했다. 따져 묻고 뺨이라도 후려쳤더라면 그에게 용서를 빌고 울며 매달릴 생각이었다. 하지만 곧 생각을 바꿨다. 서로에게 그게 최선이었음을 깨달았다. 그러자 머릿속이 지푸라기처럼 엉켜들었을 그를 이해하는 마음이 조금 생겼다. 최근에 잠자리를 같이 한 게 한 달도 훨씬 넘었다는 사실은 그의 자존심을 할퀴었을 것이다. 그는 항상 피임에 만전을 기했다. 그것은 누구보다도 그녀가 잘 알고 있다. 그녀 또한 남편이 가까이 오면 배란기에는 반드시 그 사실을 알려 주의할 것을 암시했다. 임신을 두려워하는 강도로 치자면 그녀도 그에게 지지 않는다고 그는 믿고 있다. 그녀는 그와 결혼할 때부터 그 부분을 명확히 했다. 아이를 낳는 문제는 백 퍼센트 자신이 결정하겠다고. 그리고 당분간, 어쩌면 영원히 아이를 낳지 않을 수도 있다고. 그역시 별로 놀라지도 기분 나빠하지도 않았다. 그 문제라면 그도 같은 생각이라고 했다. 애 울음소리가 떠나지 않는 집에서 칭얼대는 애를 달래느라 인생 허비하고 싶지 않다고. 머릿속에 구획 정리가 잘 되어 있어야만 안심하는 남편은 그녀와 무슨 애긴가는 해야 한다고 때를 벼르고 있을지도 모른다.

오늘 아침에도 항상 먼저 나가는 그녀가 출근을 안 한다고 하자 남편은 뜻밖이라는 표정이었다. 몸이 아파도 출근해서 근처 병원에 가는 그녀였으니까 무리도 아니다. 그는 아프다는 사실보다 몸에 멍이 좀 들었다고 출근을 안 한다는 사실에 더 놀라는 것 같았다. 의심에 찬 시선으로 그녀의 눈치를 살폈다. 얼굴이 창백하고 좀 마른 것도 같네, 밥은 제 때 먹고 다니는 거야. 퉁명스럽게 한마디 했다. 출퇴근하는 시간이 다르니 서로 언제 밥을 먹는지 알 수 없다. 남편은 헬스 가방을 들고 나오며 병원에 꼭 가보라고 다짐을 받았다. 자기 몸 관리 하나도 제대로 못해서 신경 쓰게 하는 허술

한 사람은 질색이라며 문을 닫고 나갔다. 정말 하고 싶었던 말은 퇴근해 돌아올 때까지 다 나아 있어야 해, 였을 것이다. 그녀는 현관에 있는 거울에 얼굴을 비춰 보았다. 기름기라곤 하나도 없이 푸석한 얼굴이 먼지를 덮어쓰고 있었다. 그녀는 손으로 거울을 문질렀다. 먼지가 없어지자 속절없이 나이를 먹어 가는 여자의 얼굴이 더 확연하게 드러났다. 베란다로 나가 아파트 입구를 나서는 남편을 내려다보았다. 보통 때보다 걸음이 사뭇 느렸다. 아무리 운동을 열심히 해도 불어나는 뱃살은 어쩌지 못했다. 가끔 출근하는 남편을 훔쳐볼 때가 있다. 그녀가 알고 있는 남편이라는 사람은 온데간데없다. 정수리에 꽂힌 땡볕 때문에 흘린 땀을 닦느라 걸음이 더딘 중년 남자가 거기 있었다.

남편은 이번 여름에 지리산 종주를 하겠다고 선언했다. 마흔이 되기 전에 꼭 한 번 해보고 싶었던 일이라고 했다. 집에 혼자 남게 되는 그녀 걱정은 하지 않았다. 그녀가 움직이는 걸 싫어한다고 알고 있으니까. 그녀는 작년 휴가 때도 사흘 동안 집 주변을 빙빙 돌았다. 늦잠 자고 아침 겸 점심 먹고 산책하다 쇼핑을 다녀왔다. 다시 비디오 보고 간식 먹고 저녁 먹고 텔레비전 보다가 잔 게 전부였다. 종일 잡지책 빌려다 보면서 남편한테 말 한마디 걸지 않은 날도 있었다. 사흘 만에 회사에 가서 그와 점심을 먹고 돌아온 게 유일한 외출이었다. 어디 갔다 왔냐고 묻는 남편에게 회사, 라고 대답하자 기막히다는 듯이 쳐다보았다. 남편이 나가자고 부추기면 움직여 볼 텐데 그런 일은 일어나지 않았다. 남편은 언제나 바빴다. 그때는 골프를 치느라 바빴고 올해는 또 등산에 정신이 팔려 있다. 그녀도 이번에는 계획이라는 걸 세워서 휴가를 보내고 싶었다. 지리산 종주만큼 거창한 것은 아니더라도 자신에게 꼭 해 보고 싶은 일이 있는지 곰곰이 생각한다.

잠들었는줄 알았던 남편이 옷을 갈아입고 나온다. 등산 학교 동기들끼리 모였다고 나오라네. 바지 뒷주머니에 휴대폰을 넣으며 현관문에 서서 말했다. 그 사람들은 가족도 없대? 주말 저녁에 사람을 불러내고. 그녀는 자신이 듣기에도 큰 목소리로 불만을 터트렸다.

"왜 그래, 새삼스럽게. 늦지 않을 거야."

문 닫히는 소리는 꽝하고 그녀 가슴을 내리쳤다. 그녀는 일어서서 거실을 서성인다. 남편한테서 위로를 기대했던가. 오늘 따라 마음속에서 숫구치는 격정이 다스려지지 않았다. 왜 이렇게 모든 게 노엽기만 하지. 그녀는 방으로 들어가 여행 가방을 꺼낸다. 뭘 해야 한다면 거창한 걸 해 보자고 작정한다. 돌려주는 쪽으로 기울던 마음의 저울은 급격하게 반대쪽으로 퉁겨 올라갔다.

그녀는 화장대 맨 아래 서랍에서 여권을 꺼낸다. 봉투에서 여자의 여권을 꺼내고 대신 자신의 여권을 넣는다. 그녀는 신의 계시를 받은 듯 봉투를 쥔 손아귀에 힘을 주었다. 그 돈이 그녀의 등을 떠미는 것 같았다. 빨리 떠나. 뭐 하고 있어. 여자의 여권은 다이어리 겉장 갈피에 끼운다. 여행 가방 앞주머니에 봉투를 집어넣으려다 도로 꺼낸다. 달러를 끄집어내 절반쯤을 덜어 여자의 여권 틈에다 집어넣는다. 마지막으로 이 다이어리를 우체통에 넣어 줄 정도의 양심은 남아 있다. 투입구를 통과할 수 있는지 다이어리의 두께를 가늠해 본다. 그녀는 생각난 듯 여자가 마지막으로 쓴 일기를 펼쳐 본다.

7월 25일.

　정민은 십 분째 고개 한번 들지 않았다. 무슨 말인가를 하려고 갔던 것 같은데 그냥 돌아섰다. 비행기표 예약은 결국 취소했다. 지금이 한참 성수기라 30퍼센트 이상 비싸다는 말을 듣고 여러 번 날짜를 변경하다가 아예 한 달 뒤로 연기했다. 여태껏 기다렸었는데 굳이 여름 휴가객들 틈에 끼어서 비싼 돈을 주고 떠날 이유가 없다는 쪽으로 생각이 기울었다. 하루라도 빨리 떠나야 한다는 절박한 이유가 그를 지켜보는 동안 별것 아닌 게 되어 버렸다. 집에 돌아와 찬물로 샤워를 하고 방바닥에 엎드려 있었다. 콘크리트의 차가운 느낌이 상쾌했다. 속옷도 안 입고 그러고 누워 있을 때면 내가 혼자라는 사실이 행복하다. 누군가 한 명한테는 말해야 하지 않을까. 한 달 뒤로 미루었어도 어차피 떠난다는 사실에는 변함이 없다. 정민은 뭐라고 할까. 그가 붙잡는다면…….

이 여자는 강인한 사람이야. 계획이 조금 어그러졌다 해도 어떻게 해서든지 앞으로 나갈 수 있는 사람. 그녀는 자신의 죄책감을 상쇄할 구실을 부지런히 찾는다. 여자는 꽤 알려진 시사 주간지 취

재기자였다. 다이어리에서 여자의 명함을 한 장 꺼내 자신의 지갑 속에 넣는다. 그리고 나서 천천히 짐을 싼다. 오래 준비해 온 사람처럼 그녀의 손길은 주도면밀하다. 옷 몇 벌, 책 다섯 권, 세면도구, 노트 한 권. 슬리퍼는 집어넣다가 도로 뺐다. 당장 필요한 물건이지만 거기까지 들고 갈 만큼 중요한지에 대해서는 확신이 서지 않았다. 가방은 가뿐하다. 겨우 골라 챙겨 놓은 앨범을 손에 들고 한 장 한 장 넘겨 본다. 압축 파일처럼 정리된 인생이 거기서 그녀를 쳐다보고 있다. 졸업식 때마다 찍은 친구들 사진, 결혼사진, 그 틈바구니마다 빠지지 않고 끼어 있는 가족들. 그녀는 앨범을 책꽂이에 다시 꽂아 둔다. 필요한 물건만 챙기자는 원칙에 비추어 예외가 될 수 없다. 여행 가방 챙기는 일은 아주 싱겁게 끝났다. 일생을 곁에 두고 사용하고 보아 왔던 물건들도 이 집을 나가면 당장 소용에 닿지 않는 물건이 대부분이었다. 수첩을 꺼내 주소록을 훑어본다. 적힌 사람의 얼굴을 차례차례 떠올린다. 친구란 곁에 두고 오래 사귄 벗이라고 국어사전은 설명한다. 오래 사귈 수는 있어도 곁에 두기는 참으로 힘든 존재들이었다. 전화를 걸어도 두세 마디 이상 대화가 이어지지 않을 사람들의 전화번호를 넘어 그녀의 눈은 그의 번호에 멈춘다. 그를 사랑했었나. 그랬었던 것 같다. 아니었던 것 같기도 하다. 곁에 두고 보아 온 시간이 일 년. 아쉬움이 전혀 없지는 않다. 출장 가기 전날 기껏 시간을 쪼개 만나서 말다툼만 하다 헤어졌다. 아직까지 전화 한 통 없다. 그녀는 아무렇지도 않은 자신을 발견한다. 힘차게 펄떡이던 생선도 살을 발라내고 나면 앙상한 가시만 남는다. 몰두의 시간은 이미 끝났다.

그와의 싸움은 '시작은 미약하지만 끝은 실로 창대 하리라' 는 성경 구절 그대로였다. 그녀를 안으려고 뻗었던 그의 손은 등뼈 부분에서 멈칫했다. 손의 감각을 믿지 못하겠다는 표정으로 그녀를 더욱 가까이 끌어당겨 안았다. 그는 벌떡 일어나 불을 켰다. 제발 불 켜지 마. 그녀는 눈도 뜨지 않고 얼굴을 베개에 파묻었다. 헐기 시작한 그녀의 성기를 보면 뭐라고 할까. 그는 이불을 걷어내고 그녀의 등을 살펴보았다. 차마 봐줄 수 없는 지경이라고 어깨를 떨며 소리쳤다. 손끝에 닿은 등뼈가 딱딱하다 못해 살갗을 뚫고 나올 것처럼 날카롭다고. 격앙된 그는 자신의 목소리가 높아진 것도 눈치 채지 못했다.

"전에 없이 시름시름 기운을 못 차리길래 여름 타는 줄 알았어."

그녀는 그의 말을 믿었다.

"더 걱정스러운 건 무얼 하자고 해도 전혀 흥미를 보이지 않는 점이었다구."

다른 때 같으면 그가 영화를 보러 가자거나 새로 발굴한 술집에 가자고 하면 반색을 했을 것이다. 오히려 그녀 쪽에서 그런 제안을 하는 경우가 더 많았으니까. 요즘은 그가 이끄는 대로 말 없이 따라가거나 곁에 가만히 앉아 그를 물끄러미 바라보기만 했다. 어디 아프냐고 물으면 컨디션이 안 좋다는 성의 없는 대답으로 그를 안심시키려고 했다.

"지난번에도 밤늦게 만났기 때문에 피곤한 줄 알았지 몸이 이런 지경이라고는 생각지도 못했어. 어쩐지 그날따라 혼자 집에 보내는 게 유난히 마음에 걸리더라. 힘없이 택시를 타고 내가 손을 흔드니까 간신히 희미한 웃음을, 그것도 억지로 지었어."

그녀는 아무 말 않고 그의 말을 들었다. 자신의 무심함을 이런 식으로 변호하는 그가 안쓰러웠다. 그는 정말 몰랐을까. 열정이 식은 자리를 채운 냉담을. 출장이 잦아져 자주 못 만나서 화난 거냐고 엉뚱한 말을 하기도 했다. 그는 손바닥으로 그녀의 등을 쓸어주었다. 그녀는 여전히 몸이 달아오르지 않았다. 굵기가 종아리와 다를 바 없는 마른 허벅지 아래로 얼룩덜룩한 푸른 반점을 손가락으로 문질렀다. 사라지지 않았다. 그것은 추워서 생긴 얼룩이 아니라 분명히 멍이었다. 얼룩을 더듬는 그녀의 손에 냉동 생선처럼 섬뜩한 냉기가 묻어났다. 그녀는 몸을 둥글게 말았다. 그는 이불을 덮어 주려다 말고 소리를 질렀다.

"도대체 왜 그래. 어디가 아프면 아프다고 말을 해야 알 거 아냐. 조금 전에 다리를 벌리려 들지 않아 애먹인 것도 혹시 통증 때문이었어? 내가 뭐 잘못한 거 있니?"

그녀는 눈을 한번 가늘게 뜨고 그를 바라다볼 뿐 이렇다 할 대꾸가 없었다. 그가 일어나 보라고 흔들어 깨웠다. 그녀는 이불로 몸을 감싸고 일어나 먼산바라기로 그를 쳐다보았다. 너는 누구냐고 묻는 것 같은 그녀의 멍한 얼굴을 보자 일껏 흥분했던 그의 성기는 바짝 쪼그라들었다. 그는 붙들고 있던 그녀의 팔을 놓고 일어나 속옷을 입었다. 담배에 불을 붙이고 방안을 왔다 갔다 하며 뭔가를 알아내려고 애썼다. 당황한 건 그녀 역시 마찬가지였다. 섬뜩하도록 차가워진 이 마음은 뭐지. 그와의 관계에 그보다 그녀가 더 집착했었다. 내일 지구가 멸망하기라도 할 것처럼 다 던지려는 태도가 오히려 염려스러울 정도였다. 지금 그녀의 열정은 촛불 하나 끌 힘도 없다.

'어쩌다 내 인생 전체가 이렇게 가짜가 되고 말았을까. 내 몸에 무슨 일이 일어난 걸까.'

너는 뭘 좀 아느냐고 그에게 따져 묻고 싶은 걸 겨우 억누르고 그를 돌아보았다. 그는 여태 내쳐진 얼굴이었다. 이내 옷을 챙겨 입고 작별 인사도 없이 나가 버렸다. 사방이 고요했다. 모텔의 수준 높은 방음장치는 옆방의 소리를 완벽하게 차단했다. 그녀는 사무치게 혼자라는 생각밖에 들지 않았다.

부적을 만지듯 가방 속에 챙긴 달러를 손으로 더듬었다. 돌이킬 수 없음을 확인시켜주듯 손바닥에 지폐의 감촉이 생생하다. 등에 불이 붙은 사람은 물만 보이면 어디에고 뛰어들게 마련이다. 살아남는 일만 생각하자. 정말로 필요한 건 휴식이다. 그녀는 거듭 다짐했다. 아무에게도 연락하지 않기로 마음먹었다. 지금의 심정을 제대로 전달하는 건 불가능하다. 나중에, 조금만 더 시간이 흐른 다음에, 그녀는 혼자 중얼거린다. 갚아야 할 빚을 남겨 놓아야 돌아올 수 있다.

기 억 의 집

석회암 섬들은 재채기에 흩어진 밥알처럼 바다 위에 점점이 떠 있다. 배를 타고 한때는 한 몸이었을 마흔 개도 넘는 섬 주변을 둘러보았다. 배는 007 영화를 찍었다는 제임스본드 섬이 마주 보이는 곳에 닿았다. 사람들은 이름에 걸맞지 않게 섬이 작은 데 대해 저마다 한마디씩 했다. 언젠가 제주도에서 보았던 외돌개와 흡사한 바위섬이었다. 관광객을 내려놓은 선장은 한 시간 후 선착장에서 보자며 배를 돌렸다. 사람들이 우왕좌왕하는 사이 기념품점에서 늙은 여자가 나와 한국말로 호객을 했다. 언니, 싸게 줄게. 나는 여자의 어눌한 발음에 피식 웃으며 진열된 물건을 훑어보았다. 조개로 만든 조잡한 장신구들이 대부분이었다. 돌아가면 한 번도 사용하지 않고 서랍 속에 처박힐 게 분명하다. 조개껍질을 편편하게 펴서 만든 모빌이 바람에 흔들리며 맑은 소리를 냈다. 아이는 물고기 모양의 흰색 모빌을 한참 올려다본다. 두 개를 사서 펄에게도 하나 주었다. 그녀는 풍경 소리를 내는 모빌을 사뭇 진지한 표정으로 바라본다. 검지손가락으로 물고기의 입을 톡톡 치다 어느새 바닷가 쪽으로 걸어가는 아이를 뒤따라간다.

나는 바위에 걸터앉아 놓칠세라 아이 손을 꼭 잡고 나무 사이를 걸어 다니는 펄을 눈으로 쫓았다. 섬 전체가 온통 맹그로브라는 나무로 뒤덮여 있었다. 둥그런 몸체 아래 굵은 뿌리를 바닷물 위로 드러낸 채 서 있다. 이곳의 수상 가옥과 절묘하게 닮았다.

"저 나무로 만든 가구나 집은 백 년 넘게 끄떡없대요."

어느 결에 펄이 옆에 와서 동의를 구하듯 눈을 맞추며 말했다. 소금물에 절여져서 그런 거 아닐까요. 나는 고개를 돌리며 속엣말을 했다. 상대의 눈을 마주 보고 얘기하는 방식이 익숙하지 않다. 펄도 옆에 앉은 아이의 손을 꼭 쥐고 제 생각에 골몰해 있다. 오늘 아침 하루쯤 투어를 갈까 해서 팸플릿을 뒤적였다. 아이에게 새로운 곳을 보여 주고 싶었다. 펄이 지나가다 알은 체를 해 왔다. 뭘 할지 막막했다며 같이 가면 안 되겠냐고 아이의 머리를 쓰다듬으며 말했다. 그닥 달가운 제의는 아니었지만 아이와의 친화력에 마음이 놓여 고개를 끄덕이고 말았다. 펄은 아까부터 무슨 말을 꺼낼 듯 말 듯 머뭇거린다. 마침내 결심한 얼굴로 무겁게 입을 열었다.

"처음 당신을 봤을 때 왜 적군 대하듯 한 줄 알아요? 패잔병이되어 상처를 이끌고 잠시 쉬러 왔다 적장을 만난 기분이었다면 알겠어요? 한 번도 운명을 피하려고 도망쳤다가 성공한 적이 없다는걸 그때 깨달았어요."

무슨 말을 하는 거지. 나는 내 영어 해독력을 의심했다. 상처는뭐고 패잔병은 또 뭐야. 동공을 활짝 열고 펄을 돌아보았다. 이번에는 그녀가 내 눈을 피했다.

"당신이 아이를 부를 때 한 말……. 이리 와. 그렇게 오랜 시간이 흘렀는데도 알아들었어요. 그 말이 날아와 내 귓속에 박히더군요. 분명 오래 전에 누군가 손을 내밀며 이리 와, 라고 나한테 말했던 것 같아요."

한쪽에서 계속 팽팽한 압력이 가해지는 것처럼 시종 말에 힘이들어가 있었다. 느닷없이 무슨 말인가 싶어 안절부절못하기는 나도 마찬가지였다.

"나 사실 한국에서 태어났어요."

잦아들어 가는 목소리로 펄은 마침내 때가 왔다는 듯, 한마디 덧붙였다. 그녀의 얼굴을 돌아볼 수가 없었다. 내가 듣고 있는 말이한국어가 아닌 게 다행스러웠다. 영어에 실린 얘기는 내용의 엄청난 무게는 다 빠져나가고 앙상한 의미로만 내게 전달되었다. 나는아이 손에 포개진 그녀의 작은 손이 떨고 있는 것을 보고 말았다.나도 모르게 한숨을 길게 내쉬었다. 그렇다고 섣불리 손을 잡아 줄수는 없었다. 내 속에서 부피를 키워 가던 불안감의 정체가 이것이었나.

그녀를 처음 만난 건 닷새 전, 밤 아홉 시가 훨씬 넘어서였다. 형광등이 갑자기 파팍, 파열음을 내며 꺼지는 바람에 호텔 종업원이 한 시간 넘게 씨름을 하다 돌아간 뒤였다. 아이는 깜깜한 방구석에 쭈그리고 앉아 들짐승 소리를 내며 울었다. 창턱에 촛불을 켜 놓자 제풀에 잠이 들었다. 촛불을 꺼도 창문을 닫아도 빛은 어딘가에서 안으로 들이쳤다. 내 몸을 핥듯이 드러내는 불빛을 따라 밖으로 나갔다. 열기로 꿈틀거리는 비치에는 집어등을 향해 달려드는 물고기처럼 사람들이 모여들었다. 남자 여행객이 지나갈 때마다 다가와 '거얼(girl)'을 속삭이는, 소년티가 가시지 않은 호객꾼의 하얀 이가 어둠 속에서 번뜩였다. 그들은 백인 남자랑 어깨를 겯고 걸어가는 매춘부와 휘파람을 주고받았다. 모두 웃는 얼굴이었다.

육 년 전에는 나 또한 수줍은 신부의 모습으로 저 길을 걷고 있었다. 무슨 축제일이었는지 사방에서 터지는 폭죽과 불꽃놀이에 넋을 잃고 박수를 치기도 했었다. 불과 몇 년 사이에 이렇게 멀리 떠내려 온 것이다. 나는 숨을 몰아쉬고 하늘을 올려다보았다. 별 하나 없었다. 파도 말고는 다 어둠 속에 묻혀 버렸다. 서로 머리에 맥주를 부으며 낄낄대는 사람들을 보다 돌아서던 길이었다. 종려나무 뒤에서 튀어나온 한 덩어리의 어둠과 정면으로 맞닥트렸다. 헛발을 내디디며 비명을 질렀다. 요사이 작은 일에도 곧잘 가슴이 졸아붙곤 했다. 비명 소리에 놀란 상대편은 손바닥으로 가슴을 쓸더니 홀연히 비치 쪽으로 사라졌다. 소리 없이 부딪힌 어깨에서는 무게감이 전혀 느껴지지 않았다. 시커먼 물체가 바람에 실린 혼령처럼 짧은 순간 나를 관통하고 지나갔을 뿐이었다. 어둠을 뚫고 나온 눈빛만이 착시가 아니었다는 사실을 일깨워 주었다. 가로등 아래로 굵은 컬이 있는 긴 머리의 실루엣이 지나갔다. 단정한 정장 차림에 숄더백 하나만 달랑 메고 있었다. 여자가 사라진 비치 바로 옆 방갈로에 불이 들어왔다.

다음날 아침 관광객들로 북적이는 식당에서 여자를 다시 만났다. 호텔 주인이 가르쳐 준 식당은 카론비치의 끝자락 해안 절벽 위에 있었다. 정원을 그대로 식당으로 개조한 집이었다. 통나무로 만든 테이블 사이의 나무와 꽃들을 지나니 마치 숲 속으로 들어가는 기분이 들었다. 주방 가까운 곳에 자리를 잡았다. 어깨까지 머리를 기른 남자가 밀가루를 종이처럼 얇게 펴서 허공에 대고 돌렸다. 그걸 철판 위에 날렵하게 던져 구워 냈다. 롯띠라는 이름의 그 빵과 바나나주스를 시켰다. 남자는 손을 앞자락에 닦고 믹서에 얼음 한 주먹과 굵게 토막 낸 바나나를 넣고 버튼을 눌렀다. 위이이. 아이는 소스라치게 놀라면서도 기계에서 눈을 떼지 못하고 내 뒤로 숨었다. 장난기가 발동한 남자는 순식간에 주스가 된 바나나를 마술 시범을 보이듯 컵에 따라 주었다. 아이는 바나나와 주스 사이의 변화를 이해 못한 얼굴로 컵을 가만히 들여다보기만 했다.

방금 구운 롯띠를 찢어 입에다 넣으려던 내 눈에 한 여자가 들어왔다. 긴 머리를 늘어트린 동아시아 여자, 그 여자가 틀림없었다. 금방 껍질 속에서 빠져 나온 밤톨처럼 피부와 머리칼에 윤기가 흘렀다. 윤곽이 뚜렷하고 균형 잡힌 얼굴이었다. 식당에 있던 남자들은 여자를 흘끔거렸다. 쏘아보는 눈빛을 빼면 시선을 끌기에 충분히 매력적이었다. 입구에 서서 이쪽 테이블을 흘끗 보더니 부러인 듯 먼 자리를 잡아 앉았다. 잠깐 뒤를 돌아보려다 나와 눈이 마주치자 휙 고개를 돌렸다. 적대적이라고 느껴질 정도로 느닷없는 태도였다. 지난 밤 일이 생각나서 의례적인 미소를 지으려던 나는 무안해서 얼른 주스 잔을 입으로 가져갔다. 여자의 날 선 눈빛에는 분명 이방인에 대한 경계 이상의 무엇이 있었다.

식당 근처의 전화 부스 앞을 지나갔다. 번호 하나가 조건반사처럼 떠올랐다. 하도 여러 번 떠올려 나달나달해진 전화번호. 밝게 웃는 사진 속의 얼굴도 희뜩 스쳤다. 고개를 내젓다 가시 돋친 듯 찔러 오는 열대의 햇살에 눈을 감았다. 아이 손을 다잡으며 푸우 긴 숨을 내쉬었다. 요즘 들어 새로 생긴 버릇이다. 아이가 발길을 멈추고 땅에 쭈그리고 앉았다. 느긋하게 기다릴 셈으로 기대선 전신주 모서리가 등에 배겼다. 푸켓은 대부분 삼림으로 덮여 있어 뱀이 많기 때문에 전신주가 각이 져 있다. 나무로 착각한 뱀이 전신주에 올라 단전 사고를 일으키는 것을 막기 위해서라고 했다. 아이의 관심을 끈 게 개미인 줄 알았는데 그게 아니었다. 솜방망이 모양의 손톱만한 보라색 꽃이 길가에 무리 지어 피어 있었다. 아이가 살짝 손끝만 대도 깃털처럼 길쭉한 이파리를 오므려 접었다. 그럴수록 사람들은 앙탈부리는 걸 보려고 더 건드린다. 미모사(mimosa)였다.

"다른 사람이 건드리는 게 싫어서 이렇게 몸을 움츠리는 거야.

제발 나를 내버려 두세요, 하고 말이야."

　나는 발을 들어 이파리를 후루룩 훑어 내렸다. 미모사는 잎을 접고 체념한 듯 일제히 바닥에 엎드렸다. 나를 따라할 줄 알았던 아이는 가만히 있었다. 내 말을 알아들었을까. 무작정 기다리자는 다짐도 이런 순간 아이의 목소리를 듣고 싶다는 조바심을 이기지 못했다. 엄마와 함께 있는 시간을 늘리는 것보다 더 좋은 치료는 없다는 의사의 말을 무시할 수 없었다. 통장의 돈은 점점 바닥이 나고 병원비도 턱없이 많이 드는 형편에 마지막 보루로 선택한 여행이었다. 벌써 열흘이나 지났다. 아이의 히스테릭한 행동은 많이 줄어들었다. 무시로 들이닥쳐 마음을 할퀴는 타인의 난폭한 시선도 공허한 위로도 없는 곳이라는 것만으로도 구원이었다. 언제 식당에서 나왔는지 여자는 우리를 지나쳐 전화 부스로 들어갔다. 긴 통화를 하는 여자의 꽃무늬 원피스가 바람에 펄럭였다. 그 후로도 종종 막막한 시선을 먼 바다에 두고 비치에 앉아 있는 여자의 모습이 눈에 띄곤 했다.

　"꿈 얘기 하나 해 줄까요?"

　그녀의 목소리에 화들짝 놀라 나는 현실로 돌아온다. 바다는 파도 소리조차 얼어붙어 빙판처럼 고요하다. 수평선 너머로 태양이 붉은 빛을 바다에 뿌리기 시작했다. 핏빛 얼음 위에 오체투지로 엎드린 사람을 본 것만 같았다.

　"여자 아이가 커다란 수족관에 빠져 허우적거리고 있었어요. 검은 물이 마구 입으로 귀로 들이쳐 발버둥을 쳤지요. 그때 은빛 물고기가 쏜살같이 달려와 놀라 벌어진 입 속으로 들어왔어요. 그리고 혀를, 아이의 혀를 갈가리 물어뜯어 삼켜 버렸어요. 순식간에 검은 물은 피바다가 되고 아이는 아무 소리도 내지 못하고 붕어처럼 입만 뻐끔거리다가 물속에 잠기고 말았지요. 언뜻 내 눈앞을 스쳐간 얼굴이 있었어요. 한 손에 잘려진 혀 조각을 들고 얼음에 갇혀서 꼼짝도 못하는 아이의 얼굴."

거기까지 말하고 펄은 눈을 감았다. 이미 돌이킬 수 없는 길로 접어들었다는 얼굴이었다. 나는 자꾸 목이 메여 숨죽이고 있을 수밖에 없었다. 펄의 축축한 숨소리를 들으며 어쩌면 그녀는 이 말을 쏟아 내기 위해 여기에 왔는지도 모르겠다고 짐작했다. 자신도 모르는 사이에 '섬'이라는 상징적인 의미에 슬쩍 기대고 싶었는지도. 물을 건너 등에 진 짐을 내려놓고 다시 뭍으로 돌아가면 되니까. 그날 아이 앞에서 어쩔 줄 몰라 하던 펄이 비로소 납득이 되었다.

코코넛나무에 달아맨 해먹에다 아이를 태우고 생수 병을 가지러 간 참이었다. 냉장고 문을 열려는 순간 아이의 찢어질 듯한 비명이 들렸다. 나는 신발도 신지 않고 달려갔다. 아이가 굴러 떨어져 땅바닥에서 비비적 대고 있었다. 옆에는 언제 나타났는지 긴 머리 여자가 쩔쩔매며 아이에게 계속 말을 걸고 있었다. 아이는 점점 더 그악스럽게 울어 댔다. 나는 아이 발치에 주저앉았다. 몸에 묻은 모래를 털고 아이를 진정시키기 위해 꼭 끌어안았다. 우두망찰 서 있던 여자와 눈이 마주쳤다. 여자는 불안한 눈빛으로 쏘아보았다. 옆을 지나던 사람들이 우리 셋을 흘끔거렸다. 금세 자기 일이 아니라는 듯 발길을 재촉해 갔다.

"이즈 히 오케이?"

"……."

"왜 아이를 이런 곳에 혼자 두었죠?"

추궁에 가까운 여자의 질문에 나는 얼굴이 달아올랐다. 따귀를 한 대 세게 얻어맞은 느낌이었다. 몹시 격앙된 목소리였지만 네티브스피커의 정확한 영어 발음이었다.

"미안해요. 당신에게 폐가 되었다면……."

노기를 누르고 담담히 말했다. 차라리 나도 아이처럼 영원히 입을 다물고 싶었다. 아이를 안고 몸을 주무르며 달래도 울음을 그치지 않았다. 왜 그래. 어디가 아픈 거야. 말을 해 봐.

"그대로 가만히 놔두는 게 좋겠어요."

여자는 쉽게 자리를 뜨지 않았다. 동양 여자의 유창한 미국식 영어가 몹시 거슬렸다. 이렇게까지 남의 일에 깊은 관심을 보이는 것은 그들 방식이 아니다. 아이의 어깨를 흔들다 결국 내 눈에서 눈물이 솟구쳤다. 아무리 단속해도 가끔씩 이렇게 참을 수 없을 때가 있다. 아이는 버둥거리던 팔을 툭 떨구며 숨을 몰아쉬었다. 기진맥진해진 나는 모래 위에 주저앉아 여자를 올려다보았다. 여자는 자신이 아직도 그곳에 서 있었다는 사실에 놀라는 것 같았다. 혼란스러운 표정을 미처 거두지 못하고 돌아섰다. 나는 아이를 업고 방갈로로 황망히 돌아왔다. 등에서 내려온 아이는 언제 무슨 일이 있었냐는 듯이 문 앞의 수도꼭지를 가지고 장난을 했다. 모래 묻힌 발을 닦는 '풋워시(foot wash)' 옆의 발바닥 그림에다 물을 뿌리며 놀았다. 머릿속에서 여자의 얼굴이 지워지지 않았다. 외려 또 하나의 얼굴이 그 위에 겹쳐 나타났다.

남편이 떠난 지 꼭 일 년이 지났다. 더 이상 일어날 큰일은 없었다. 새로운 큰일이 생겨 이전의 큰일은 아무것도 아닌 게 되기 전까지는 그랬다. 아침이면 출근을 하고, 퇴근할 때 놀이방에서 아이를 데려왔다. 일요일엔 일주일치 장을 보고 식탁에선 말 없이 밥을 먹었다. 아이는 가끔 아빠가 왜 안 오냐고, 왜 우리는 놀러 가지 않느냐고 투정을 부렸지만 곧 조용해졌다. 전화벨이 울리는 일도 드물었다. 옷장을 정리하면서 계절이 바뀌는 걸 알았다. 이 세상에 우리 둘뿐이었고 둘이서도 잘 살아 내고 있다는 걸 몸으로 보여주고 싶었다. 가끔씩 안부를 물어 오는 어머니의 전화마저 뭘 확인하고 싶은 거냐고 못된 소리만 하고 끊어 버렸다.

아이는 점점 말을 잃어 갔다. 놀이방 선생님의 말을 듣기 전까지는 단지 조금 의기소침해진 거라고만 여겼다. 조심스러우면서도 단호한 말투로 병원에 데려가 보면 어떻겠냐고 했다. 친구와 잘 놀지도 않고 지시 사항도 거의 알아듣지 못한다고 했다. 그러고 보니 확연히 달라진 데가 있었다. 어딘가 어긋나 있는 표정과 두서없는 행동. 아이는 불러도 대답조차 하지 않았다. 병원에 가서 듣게 된 병명은 '반응성 애착 장애'였다. 의사는 병에 대한 의학적인 설명으로 아이를 방기한 엄마에 대한 힐난을 대신했다. 동물이 성장하는데 물리적인 양분과 아울러 애정도 필요하다. 그게 채워지지 않

으면 대상, 특히 엄마한테 여러 번 신호를 보내다 그래도 받아들여
지지 않을 때 분노하게 되고 종내는 마음의 빗장을 걸어 버리는 병
이라고. 언뜻 자폐증과 비슷하지만 힘들어도 치료가 가능하다고
선심 쓰듯 말했다. 의사의 말을 끝까지 듣지도 못하고 아이를 부둥
켜안았다. 아이는 내 몸에서 빠져나가 벽 쪽으로 숨었다. 지난 일
년, 아침마다 거울에 비친 현재의 나를 싸우듯 노려보았다. 절망과
회한을 덮어쓴 내 얼굴을 담고도 거울은 오연히 빛났다. 내 뒤에
서서 거울을 기웃거렸을 아이는 보이지 않았다.

병원에서 돌아와 마음을 가다듬고 나자 전화할 곳이 어머니밖에
없었다. 가슴이 철렁한 목소리로 웬일이냐? 소리만 거푸 했다. 내
가 대답을 못하자 짐작 가는 바가 있는지 전화기에서는 숨소리만
들렸다. 그 순간 나도 어머니의 자식이라는 당연한 사실에 참았던
눈물이 쏟아졌다. 대사관 일을 당장 그만둘 수는 없었다. 공무관
존슨에게 사정 얘기를 했다. 파트타이머로 재계약하고 싶다고 제
안했다. 거의 같은 일을 하면서 월급은 절반 수준이니 그 쪽에서도
손해 볼 게 없는 조건이었다. 출근할 때는 아이에게 돌아올 시간의
시계 바늘을 가리켰다. 작은 바늘이 여기 2자에 있으면 올게. 어머
니 말로는 아이가 놀면서 가끔 시계를 쳐다본다고 했다.

"네 마음이 극진하면 이 애도 곧 알게 될 거다. 기다려 보자."

말을 할 때도 어깨를 끌어안고 눈을 맞추었다. 비어 있는 아이의
동공은 좀체 채워지지 않았다. 혼자 벽에 기대 꼼짝도 않고 몇 시
간씩 앉아 있었다. 조금씩 좋아졌다가도 이따금 돌출 행동으로 나

를 절망에 빠트리곤 했다. 그때마다 아이를 업고 거실을 서성거리는 어머니의 발소리를 숨죽이며 들었다. 내 인생의 무게는 어떤 것으로도 덜어지지 않을 거란 예감에 몸을 떨었다.

석양은 모빌을 들고 앉았다 일어섰다 하는 아이 앞까지 밀려와 있었다. 나는 꼼짝도 못하고 앉아 있을 수밖에 없었다. 그녀의 말은 내 어깨를 눌러 앉혔다. 펄의 꿈 얘기는 계속 이어졌다.

"수십 번 반복해서 본 테이프처럼 화면이 흔들리는 같은 꿈을 자꾸 꾸었어요. 식구들은 수족관 옆의 텔레비전에서 시트콤을 보고 있었죠. 웃음을 참지 못해 엉덩이를 들썩거리면서도 나를 보지 못했어요. 핏물이 뚝뚝 떨어지는 혀를 움켜쥐고 꿈에서 깨어나면 사방이 물속처럼 어둡고 추웠어요. 버릇처럼 쥐고 자던 손수건은 땀에 흥건히 젖어 있었구요. 입을 움직여 혀가 있나 확인해 봤어요. 얼른 방문을 열고 나가 수족관으로 다가갔어요. 눈을 끔벅이거나 지느러미를 움찔거리는 물고기들을 지켜보았죠. 그들의 말을 배우고 싶었어요. 곧 아침이 와서 내겐 붕어의 뻐끔거림 이상의 아무것도 아닌 식구들의 말을 들어야 하는 게 끔찍했어요."

뒷수습을 어떻게 하려고 이런 말들을 하는 건가. 말을 하는 동안 그녀는 잠시 여기를 떠나 있는 것 같았다. 수십 미터 깊이의 우물 속에서 울려 나오는 깊고 아득한 목소리였다. 나는 '인간은 언어의 집'이라고 어떤 언어학자의 말이 생각났다. 펄은 여섯 살에 입양되었다고 하니까 이미 하나의 언어로 된 집을 갖기에 충분한 나이였을 것이다. 어느 날 갑자기 주변의 누구도 내 말을 알아듣지 못하는 상황은 상상만으로도 끔찍했다. 같은 처지의 다른 입양아들 중에는 정신적 공황에 빠져 치료를 받은 아이도 많다고 했다. 수족관은 정원 옆 연못에 쭈그리고 앉아 물에 비친 자신의 커다란 얼굴을 보고 혼자 중얼거리는 펄에게 아버지가 선물한 것이었다. 거실 중앙에 놓고 먹이를 주라며, 그런 식으로라도 식구들 틈에 섞이기를 원했다. 그녀는 머리 색깔이 검다는 이유만으로 양아버지하고 같이 다니려고 했다. 펄이 탯줄을 매단 채 파출소 앞에 버려졌다는 그때, 모국어를 배우지 않았을 때 입양되었더라면 좋았을 거라는 부질없는 생각을 했다. 가까운 사람에게는 너무 가까워서 먼 사람에게는 너무 멀어서 말할 수 없는 진실. 가끔씩 우리는 그런 희망을 가져 본다. 이 세상에 누군가 내 말을 알아들을 수 있는 사람이 한 명쯤은 있을 거라고. 그녀가 꼿꼿한 눈빛을 거두지 않으면서도 나와 아이 곁에서 그리 멀지 않은 곳에 있던 이유도 그것이었을까.

아이는 여섯 시만 되면 어김없이 일어났다. 아이를 따라 비치 양쪽 끝까지 걸어서 갔다 오는 일이 일과가 되었다. 새벽 바닷가는 어둠이 남기고 간 흔적처럼 푸르스름한 기운이 감돌았다. 새들은 먹이를 향해 물위로 곤두박질쳤다. 밤새 마신 맥주 캔이 박스째 버려져 발길에 걸렸다. 쓰고 버린 콘돔이 반쯤 모래 밖으로 나와 있었다. 아이는 발을 옮길 때마다 순식간에 사라지는 게를 쫓아 이리저리 뛰었다. 모래를 헤집어 게를 찾는데 온통 정신이 팔려 있다. 개미보다 조금 더 큰 게들은 움직임만 있을 뿐 형체는 보이지 않았다. 모래밭에 아이의 발자국만 어지럽게 찍혀 있었다. 코코넛나무

아래의 테이블에 앉아 마당을 쓸던 웨이터에게 커피를 시켰다. 여
덟 개의 방갈로는 대부분 기척이 없다. 각각 하나의 섬처럼 떠 있
었다. 방이면서 동시에 집인, 이토록 작은 규모의 집을 고안한 인
간의 실용주의 정신에 감탄하지 않을 수 없다. 새벽까지 떠돌던 영
혼들은 느지막이 지친 육체를 일으킬 것이다. 아이는 자꾸 그늘을
벗어나 햇볕 쪽으로 영역을 넓혀 갔다. 코코넛 껍질에 모래를 퍼
담느라 쫓던 게는 까맣게 잊었다. 아이의 손놀림이 별안간 멈췄다.
낯선 이의 발이 아이가 파놓은 구덩이 옆에 오래 머물렀다. 나는
눈을 들어 발의 주인을 올려다보았다. 반바지 아래 드러난 다리는
젓가락 두 짝처럼 가늘고 가지런했다. 그 여자였다. 물끄러미 아이
를 내려다보고 있었다. 여느 때 같으면 아이가 기겁을 하고 달려왔
을 텐데 나를 돌아보고는 곧 하던 일에 열중했다. 둘은 비치라는
다분히 환상적인 느낌을 불러일으키는 장소와 하등 상관없는 사람
들로 보였다.

　여자는 머리를 빗으며 아이에게 인사를 했다. 굿모닝. 아이는 대
꾸는커녕 고개도 들지 않고 모래만 파고 있었다. 마음에 걸리는 게
전혀 없는 것은 아니었지만 어리둥절해 하는 여자에게 미안해졌
다. 아이가 조금 아프다며 가슴을 손으로 가리켰다. 그제야 여자는
고개를 크게 주억거리며 아이의 이름을 물었다. 준희. 여자는 입으
로 '주니' 라고 되뇌었다. 나는 바닥의 모래에다 'JUNHEE' 라고 썼
다. 내 이름은 '펄' 이예요. 여자가 내민 손을 마주 잡았다. 그때 웨
이터가 주문한 커피를 가져왔고 한 잔을 더 부탁했다. 펄이라는 이

름의 여자는 맞은편 의자에 앉았다. 밑도 끝도 없이 아이 워즈 쏘우 쏘리 예스터데이(I was so sorry yesterday), 라며 미소를 지었다. 뜻밖에 아주 밝은 웃음이었다. 미안한 마음을 전달하려는 의지처럼 ‘R’음까지 흘리지 않고 똑똑 떨어지게 발음했다. 정색을 하며 왜 아이를 혼자 두었냐고 따질 때는 언제고 무엇 때문에 그새 마음이 누그러진 걸까. 나는 대꾸할 말을 찾지 못해 바다 쪽으로 눈을 돌렸다. 비치에는 조깅 나온 사람들이 하나 둘 모래를 흩트리면서 뛰고 있었다.

“사람들은 왜 바다에 오는 걸까요? 왜 온종일 여기를 떠나지 못하고 주변을 맴돌까요?”

펄이 혼잣말을 했다. 나는 무엇에 끌려 이리로 왔는지 되짚어 보았다. 세상 모든 것을 등 뒤에 남겨 놓겠다면서도 왜 하필이면 신혼여행의 헤픈 웃음을 떨군 이곳으로 흘러들었나. 가끔 등줄기가 근질거려도 절대로 뒤돌아보지 않겠다는 다짐이 고작 이것이었나. 펄의 얼굴에는 어느새 웃음이 가시고 예의 그 쏘아보는 눈빛으로 다가오는 웨이터를 응시했다. 그는 자신이 늦게 와서인 줄 알고 허둥대다 결국 커피를 엎지르고 말았다. 펄은 셔츠에 쏟아진 커피를 털며 새로 갖다 주겠다는 데도 괜찮다고 극구 사양했다. 아이에게서 시선을 거두지 않은 채 반 잔밖에 남지 않은 커피를 마셨다. 아이는 모래를 쥐었다 펴서 손가락 사이로 흘러내리게 했다. 그 일을 싫증 내지 않고 반복했다. 극단적인 두 가지 표정을 가진 펄의 얼굴을 곁눈질했다. 한 가지 표정이 나타나면 그것을 맹렬히 부정하는 다른 표정이 떠올랐다. 그것조차 주체할 수 없으면 자잘한 실수들로 어색한 공백을 메우는 사람. 펄은 고개를 돌려 무슨 말을 하려다 말았다. 나는 바다로 시선을 옮겼다. 굉음을 내며 달리는 모터보트 위에는 원색의 패러수트가 떠다녔다. 바람의 흐름을 타다가 별안간 반대 방향으로 하늘 높이 치솟았다. 기구에 매달린 사람의 고함소리가 멀리까지 들렸다. 이곳에서 해야 할 건 모래나 뒤지고 다니는 일이 아니라 저렇게 허공에라도 한번 매달려 보는 게 아닐까.

"내가 조금 아는 척 해도 괜찮다면……. "

펄은 빈 잔을 만지작거리며 힘겹게 입을 열었다. 또 무슨 말을 하려는 것일까. 벌써부터 그늘을 야금야금 먹어 치우는 햇볕 때문에 나는 얼굴을 찡그렸다.

"준희가 말을 안 한다는 걸 아예 잊어주면 안될까요? 힘들겠지만……. 말이 밖으로 나오지 않는다고 아주 잃은 건 아닐 거예요."

펄은 자신의 말을 다짐하기라도 하듯 깊숙한 눈빛으로 나를 쳐다보았다. 그럴 때는 사랑을 꿈꾸는 이십 대 여자의 얼굴이었다. 갑자기 나는 이 여자의 나이에 무엇을 했던가 되짚어 보았다. 아마 남편을 만났을 것이다. 한 번쯤 그에게 전화를 해야 한다는 것도 생각뿐 아직도 아이에 대해 말할 준비가 되어 있지 않았다. 감출 수 없는 낙천적인 펄의 얼굴 뒤의 그 적의는 무엇일까. 뭔가 확인하고 싶었지만 막상 입이 떨어지지 않았다. 무슨 말부터 해야 할지 까마득했다. 너무 오랫동안 이런 식의 대화를 나누지 못하고 살았다. 아무리 놀라운 일이 일어나도, 정해진 시간에 오는 기차를 기다리듯 무심한 얼굴로 서서 내 고통 속으로 누군가 끼어드는 걸 용납하지 않았다. 하지만 지금은 펄의 말이 채 끝나기도 전에 고개를 끄덕이고 있지 않은가. 그녀의 눈빛이 희미하게 흔들리는 것을 나는 알아보았다. 펄의 머리카락에 묻은 모래가 햇빛에 반짝였다. 손차양을 한 내 이마에도 모래가 달라붙어 서걱거렸다.

"그냥 위로를 하고 싶었어요. 주제넘은 말을 한 것 같아 부끄럽네요."

펄은 모래 바람만큼이나 메마른 목소리로 그 말을 하고는 입을 닫아 버렸다. 자신의 말이 너무 멀리 갔다 싶은지 감정을 추스르느라 곤혹스러운 표정이었다. 말을 하지 않을 때는 모르는데 일단 뱉어 놓고 보면 엄청난 진실이 되어 사람을 괴롭히는 법이다. 한 무리의 사람들이 커피 잔을 들고 옆 테이블로 몰려드는 통에 자리를 털고 일어나 아이 곁으로 갔다. 아이는 멀어지는 펄의 뒷모습을 가만히 바라보았다. 나도 아이의 시선을 따라 펄이 눈에서 사라질 때까지 그녀를 지켜보았다.

"그 일을 까마득히 잊고 있었어요. 불과 몇 달 전까지는……."

그날 생각에 빠져 있던 나는 조금 커진 펄의 목소리에 놀라 그녀를 돌아보았다. 그녀는 작두를 타듯 아슬아슬 말을 이어갔다. 타인과의 거리를 훌쩍 뛰어넘을 만큼 절박했던 펄의 마음이 아프게 와 닿았다. 나는 그녀에게서 시선을 거두었다. 사람들은 제임스본드섬 앞에서 부지런히 기념 촬영을 했다. 나와 아이와 펄은 그늘을 찾을 생각도 않고 바위를 떠날 줄 몰랐다.

"사랑하는 사람이 영영 떠나겠다고 하는데 갑자기 말을 할 수가 없었어요. 그러면서 그 상태가 아주 오래전에 겪었던 일이라는 느낌이 드는 거예요. 오감이 멈추고 진공관처럼 우우, 하는 소리만 들렸어요. 달싹거리는 그 사람 입만 눈에 가득 들어오고. '노우(NO)'라고 말해야 하는데 얼음에 갇힌 사람처럼 멍하니 앉아 있었어요. 그가 무슨 말인가를 더 하다 자리에서 일어나 가버릴 때까지. 아직도 말이 내 속에서 길을 잃어버리는구나. 한번 일어났던 일은 사라지지 않고 몸 어딘가에 기록된다는 사실이 그때는 그가 떠나는 일보다 더 무서웠어요."

나는 펄과 아이의 손을 동시에 힘주어 잡았다. 내가 할 수 있는 일이 그것밖에 없었다. 한국 남자를 사랑하고 그럼으로써 온전한 한국 사람이 될 수 있을 거라고 생각했다. 그 바람은 그에게 또 다시 버림받음으로써 물거품이 되었다. 펄이 입양아라는 게 남자 부모의 반대 이유라고 했다. 하지만 사랑을 잃고서야 잊었던 또 하나의 자신을 알아볼 수 있었다지 않은가. 펄은 말을 잃는다는 게 어떤 건지 아느냐며 아이의 머리를 끌어당겨 안았다. 그런 펄의 눈에는 수족관을 바라보며 어깨를 오므리고 외로움에 떨던 소녀의 모습이 비쳤다. 불 꺼진 거실의 수족관. 멀리 떠났던 자에게 안도감을 주는 등대처럼 아이의 발길을 이끌던 불빛. 펄은 한결 편안한 얼굴이 되어 나를 피붙이처럼 바라보았다. 후회나 민망함 따윈 찾아볼 수 없었다. 날렵하게 자신을 갈무리하는 펄에 안도감을 느꼈다. 자신을 보여줄 수 있다는 건 사람에 대한 믿음을 완전히 버리지 않았다는 증거다. 관광객들은 주어진 시간을 다 채우고 배에 오르고 있었다. 석양 때문인지 회한 때문인지 펄의 얼굴은 붉게 상기되어 있었다. 가이드는 우리를 향해 빨리 모이라고 소리를 질렀다. 펄은 슬픔 한 가운데 우뚝 선 채 일어나 앞서 걸었다. 우리는 서둘러 배에 올라탔다. 흔들리는 배의 유리창에 지금까지 보아 왔던 펄의 얼굴과 길을 잃은 내 시간이 나란히 펼쳐진다.

그해 여름은 참으로 많은 일들이 일어났다. 허리 디스크로 한동안 병원을 들락거리다 사무실에 특수 의자를 신청했다. 어느 날 문득 아파트 담장에 핀 장미꽃을 보고 여름이 온 것을 알았다. 남편은 재임용 대상에서 탈락한 뒤 소송을 준비 중이었다. 학생들까지 문제를 제기해서 몇 달 동안 이리저리 휘둘렀다. 원로 교수의 친일 행적을 학회지에 기고한 게 문제가 되어 재단 쪽과 갈등이 불거졌다는 게 표면적인 이유였다. 그는 부쩍 말수가 줄었다. 학교를 그만두는 것만이 유일한 해결책이란 쪽으로 생각을 굳히고 있었다. 지난 학기 내내 주먹질을 했지. 하지만 싸우고 있는 게 아니었어. 고개를 들어 보니 거대한 철문 앞에서 나 혼자 고래고래 소리를 지르고 있더라구. 시커먼 얼굴로 돌아온 남편은 그 말을 쏟아 내고 소파에 쓰러진 채 잠이 들었다. 학위를 받았을 때, 한국에 들어가 대학에 자리를 잡자고 한 사람은 나였다. 그는 유엔 난민구호기구에서 일할 계획을 갖고 있었지만 순순히 내 제안을 받아들였다. 자신이 할 수 없다는 걸 확인하기 위한 선택이 아니었나 하는 의혹이 이제 와서 들었다.

마지막은 예상보다 빨리 왔다. 늦은 여름 아침나절에 늦게나마 장미 앞에서 준희의 사진을 찍었다. 수줍게 웃는 아이 뒤로 꽃과 새 아파트는 더없이 화사했다. 저녁때는 그릇을 닦다가 접시를 깨트렸고 파편을 치우다 오른손 엄지를 베였다.

"나 여기 떠나기로 했어. 준희와 집은 당신이 알아서 해. 언제 돌아올지는 몰라."

손가락 때문에 불편한 자세로 사과를 깎는 나를 물끄러미 보던 남편이 쉼표도 찍지 않고 결연히 말했다. 인생이 빗나간 게 단지 나와 아이 때문이라고 믿고 싶은 표정이었다. 눈을 맞추지 않으려는 남편의 완강한 옆얼굴을 보면서도 지금 닥친 일이 무엇인지 얼른 알아차리지 못했다. 내게는 생존의 문제였던 게 그에게는 단지 선택의 문제일 뿐이었다니. 엄지의 상처가 이제 막 생긴 것처럼 아팠다. 왼손으로 꽉 쥐었다. 네 살짜리 준희는 씹던 사과를 탁자 위에 뱉어 놓고 주무르고 있었다. 아홉 시 뉴스에서는 엘니뇨 현상에 따른 이상 기온으로 겨울이 예년보다 빨리 오고 더 추울 거라고 했다. 남편의 말을 듣는 내 머릿속에는 갑자기 들이닥친 한파에 시부저기 목이 꺾인 장미들로 가득 차 있었다.

"편해지면 연락할게. 지금은 이것 말고 다른 생각을 할 수가 없어."

다시 입을 연 사람도 남편이었다. 나는 남편의 생각이나 감정 따위 살피고 싶지 않았다. 내 생각을 어지럽힌 것은 그것이 아니었다. 언제부터 우리가 서로를 읽을 수 없게 되었을까.

미국에서 처음 만났던 날, 그가 한 말이 생각났다. 내가 제일 무서워하는 게 뭔지 알아요? 매너리즘이에요. 한번 매너리즘에 빠지면 그땐 끝장이다, 힘들 때마다 그렇게 다짐했어요. 그러면 불확실한 미래에 대한 두려움이 없어져요. 별것 아닌 것도 두려워하기 시작하면 균형을 잃게 되고 제대로 설 수조차 없더라구요. 내 마음을 움직인 결정적인 계기가 되었던 그 말은 우리를 갈라놓았다. 텔레비전은 흘린 사과를 줍는 아이 옆에서 혼자 떠들고 있었다. 쟁반 위에 있는 과도의 칼날이 번쩍였다. 손잡이를 힘주어 잡아 테이블 밑으로 치우면서 낮은 목소리로 말했다.

"왜 사실대로 말하지 못하지. 무책임하고 이기적이다, 그래서 너를 떠난다. 이상주의자이고 싶다면 최소한 정직해야 하는 거 아냐. 그러면 남은 나도 훨씬 쉬울 거야."

내 귀에 들리는 내 목소리가 지나치게 싸늘했다. 남편은 체념한 얼굴이었다. 더 이상 포즈를 취할 필요가 없음을 다행스러워했을까.

"맞아. 당신은 항상 나보다 한 수 위였어. 남은 일에 대한 걱정은 하지 않아도 되겠군."

나는 못 다한 말이 새 나오지 않도록 목젖을 지그시 눌렀다.

'당신은 인생을 평행봉이라고 생각하는 풋내기라구. 혼자 균형을 잡고 똑바로 걷기만 하면 되는 게 아니야. 누군가와 힘을 조율해가며 한 번 치솟았으면 다음에는 아래로 떨어져야 하는 시소라는 걸 아직도 모른다면 말이야. 당신이 떠나고 시소 한 쪽에 빈 자루처럼 구겨져 있을 나와 준희는 뭐지? 지금의 내 삶을 잃고 싶지 않아.'

나에게는 이미 그의 결정을 번복할 힘이 없다는 걸 알았다. 그는 암초에 부서진 배에서 널빤지 하나를 붙잡은 사람처럼 아프리카로 떠났다. 남편한테서 소식이 온 건 두 번째 여름이 문턱을 넘어설 즈음이었다. 르완다의 키갈리에서, 라고 쓴 편지 봉투에서 뭔가 툭 떨어졌다. 바라던 대로 담도 벽도 없는 초원에서 찍은 그의 사진이었다. 놀랍게도 그는 환하게 웃고 있었다. 급히 개봉하느라 귀퉁이가 찢겨져 나왔다. 주머니가 많이 달린 주황색 조끼에는 UN으로 시작하는 단체의 이름이 새겨져 있었다. 내전에서 생긴 난민의 아이를 찾아 주고 부모가 죽은 아이들에게는 자활 프로그램을 운영한다고 했다. 후투족과 투치족의 싸움으로 나라가 얼마나 황폐해졌는지, 사람이 얼마나 나약한 존재인지에 대한 긴 얘기 끝에 준희의 안부를 물었다. 아직은 돌아갈 수 없는 까닭을 알 거라는 맺음말 다음 줄의 전화번호에 내 눈은 붙박여 있었다. 그게 다였다. 쏴아, 하고 가슴에서 썰물이 빠져나가는 소리가 들렸다. 내가 그를 기다렸던가. 왜 이제 새삼 혼자라는 사실이 뼈저린 건지 알 수 없었다. 그는 서류상으로는 아무런 책임을 질 필요가 없는 사람이다. 사진 속 그의 웃음이 왜 내게 아픈 건지 한참을 생각하다 의사와의 약속 시간이 되어 편지를 접어 가방에 넣고 일어섰다. 아이의 병만이 삶에서 내가 싸워야 할 유일한 대상이었다. 아이가 아프다는 걸 안 지 겨우 한 달이 지났을 때가 아니었다면 달랐을까. 그리고 며칠 후 여행 가방을 꾸려 이곳에 왔다.

펄은 하고 싶은 말을 다한 걸까. 배에서 내려 관광버스를 갈아탈 때까지 누구도 먼저 말을 건네지 않았다. 하루 여행에 지친 사람들의 고른 호흡에 섞인 아이의 숨소리를 오랜만에 귀 기울여 듣는다. 펄의 어깨에 기대 잠든 아이 얼굴에 배냇짓 같은 웃음이 번져 있다. 두 사람은 덜컹거리는 버스 안에서 미동도 않고 잘 잔다. 문득 나를 이리로 이끈 갑작스런 충동의 실체를 본 것만 같았다. 스스로를 원점에 데려다 놓으려는 갈망이 아니었을까. 눈을 감은 펄의 옆얼굴이 유리창에 비쳤다. 좀체 속내를 보일 것 같지 않은 얼굴에 입 없는 소녀가 불쑥 나타났다 사라졌다. 그녀의 고통에 대해 조금은 아는 처지라는 사실이 다행스럽다. 홍조를 띤 바다는 빛의 뿌리로 서둘러 돌아가는 석양의 치맛자락을 붙잡는다. 노을에 젖은 펄의 장밋빛 얼굴 위에는 깊숙한 곳에서 밀려나오는 안식이 깃들여 있다. 그것은 평생 자신을 다독이면서 산 사람만이 얻을 수 있는 종류의 평화였다. 줄지어 선 나무들은 뒷걸음질 치며 우리를 전송했다. 버스는 빠른 속도로 어두워지는 것들에게 달려간다. 사물의 경계와 형체를 무너트리는 어스름이 내 몸조차 지울 때까지 눈을 부릅뜨리라. 그리고 어둠 속에 편안히 깃들리라. 성급하게 불을 켠 가로등 옆 이정표는 도착지가 멀지 않았음을 알려 왔다. 돌아온 탕아의 신발 끄는 소리를 들으며 나는 한사코 외면하려던 내 시간을 똑바로 바라본다. 멈춰 선 시계는 다시 초침 소리를 내며 성큼성큼 움직였다.

호텔이 가까워지자 사람들이 부산스레 짐 챙기는 소리가 들렸다. 나는 줄곧 달리는 버스 바깥에 고정시켰던 시선을 거두어 펄을 돌아보았다. 언제부터인지 나를 보고 있던 그녀와 눈이 마주쳤다.

어쩌면 그녀는 처음부터 잠들지 않았는지 모른다. 내 앞으로 내민 손바닥 위에 전화카드가 놓여 있다.

"나한테 필요 없는 물건예요. 저 내일 떠나요. 당신이 전화 부스 근처에서 서성이는 걸 봤어요. 여기 왔을 때 제일 놀란 게 뭔 줄 알아요?"

펄은 스콜이라고 스스로 대답했다. 맑은 날 갑자기 후두둑 소나기가 쏟아지는데 다들 태연히 수영을 하고 비치를 어슬렁거렸다. 마치 꿈속의 한 장면 같았다. 십 분쯤 지나 비가 그치고 꿈에서 깨어났지만 뭐든 없다고 생각하면 없는 거구나, 그래서 빨리 지나가는구나, 라는 혼잣말을 했다. 젖은 눈으로 나를 보며 다음에 한국에 가게 되면 그때는 자신이 내 얘기를 들어줄 차례라고 했다. 하지만 나는 할 말을 다했다는 생각이 들었다.

"여기 오기 전에 일본으로 출장을 갔었어요. 한국에 들를 작정으로 일주일 휴가까지 받았는데……. 때로는 잊어버리기 위해 그곳에 가기도 하는 거잖아요. 결국 돌아서고 말았어요. 휴가 때마다 한국을 떠올렸지만 뭐가 두려운지도 모르면서 벌써 도망치고 있었어요."

두려워하면 균형을 잃고 똑바로 서 있지도 못한다는 남편의 말이 그 순간 떠올랐다.

"다음번에는 한국행 비행기를 꼭 탈게요. 당신과 준희를 만나야 하니까. 고마워요. 한국에 갈 핑계를 만들어 줘서……."

"한국 사람은 어떻게 이별하는지 알아요?"

펄은 호기심이 가득한 얼굴로 다음 말을 기다린다. 떠나는 사람의 뒷모습이 보이지 않을 때까지 서서 손을 흔들어주는 거라는 내 말에 고개를 갸웃거린다. 내 입에서 왜 그런 말이 나왔는지 모르겠다. 펄은 한참을 생각하더니 슬픔을 지워버리는 게 아니라 가라앉혀 자신의 일부분으로 만드는 거군요, 한다. 펄의 진지한 반응에 당황해서 나는 지금은 아무도 그런 식의 이별을 하지 않는다고, 아주 오래된 이야기라고 길게 변명을 했다. 불현듯 펄을 한국에서 다시 만나면 아파트 담장에 핀 장미꽃 앞에서 사진을 찍어주고 싶다는 생각이 들었다. 그때는 준희도 활짝 웃을 수 있을까.

당 신 의   구 두

현관에는 아버지의 낡은 구두만 바깥을 향해 가지런히 놓여 있었다. 들어오면서 나갈 때 신을 수 있는 방향으로 신발을 돌려놓는 것은 아버지의 오랜 습관이다. 우렁우렁한 어머니 목소리가 아직도 귀에 쟁쟁한 데 비하면 집 안은 적막하리만치 조용했다. 방문을 열자 눈이 따가울 정도로 매캐한 담배 연기가 확 끼쳐 왔다. 아버지는 혼자 앉아 담배를 피우다 나를 보고는 후닥닥 비벼 끈다. 재떨이에는 꽁초가 수북하다.

"왔나?"

시선을 내 양말쯤에 둔 채 얼굴은 보지도 않고 그 말뿐이다. 아버지의 구부정한 어깨 너머로 숨을 한 번 몰아쉰다. 막상 어머니 전화를 받고 허겁지겁 달려왔지만 어쩌겠다는 작정 같은 건 없었다. 나는 화장대 앞에 가방을 내려놓고 앉는다. 셔츠 위에 얇은 카디건만 하나 걸쳐 입은 아버지는 옹송그린 자세로 새 담배에 불을 붙인다. 노화에도 가속도가 붙는지 아버지는 볼 때마다 더 늙어 있었다. 그 모습을 보자 울컥 짜증이 나고 화가 더 치밀었다.

전화벨이 울린 건 남편이 출근하고 나서 십 분도 채 지나지 않았을 때였다. 상대방은 아마 그 시간을 감안해서 전화를 걸었을 것이다. 나는 전화벨 소리에 깜짝 놀라 그 자리에 굳은 듯 서 있었다. 요 며칠째 전화 소리만 들으면 가슴이 두근거린다. 열 번쯤 벨이 울린 뒤 수화기를 들었다. 숨이 턱에 차 오른 어머니였다. 다행히 카드 회사 직원은 아니었다. 모레까지 기다려 달라고 했으니 그때까진 참아주려나. 나를 긴장하게 한다는 점에서는 어머니도 그에 못지않았다. 또 무슨 일이 있는 걸까, 걱정부터 앞섰다. 어머니의 전화는 항상 소식을 전해 주었다. 전하지 않아도 될 일, 차라리 전하지 않아야 할 일들이 대부분이다.

"아이고, 이 일을 우짜면 좋노, 느이 아버지가 또 사고를 쳤대이."

심장이 털썩 내려앉는 기분이었다. 아버지라는 말만 들어도 예사롭지 않은데 거기다 사고라니. 이번에는 또 무슨 일인가. 대답도 잊고 숨을 죽인 채 다음 말을 기다렸다. 이런 경우 괜히 섣부른 반응을 보이다가는 어머니의 화풀이 대상이 되기 십상이다.

"왜 니가 아버지 사준 새 구두 안 있냐? 그게 없어졌다. 기가 맥혀서 말도 안 나온다."

어머니는 가쁜 숨을 한 번 들이쉬고 서슬이 퍼런 목소리로 서두를 꺼냈다. 나는 어쨌거나 다행이다 싶었다. 그깟 구두 정도면 뭐 대순가. 음주 운전 사고를 냈다든가 누구 빚보증을 섰다거나 하는 정도의 소식을 각오하던 차였다. 최악의 상황을 마음속에 다지고 있어야 그나마 무슨 일이 생겨도 수습할 힘이 생긴다. 놀라 허둥대 봤자 해결만 더디게 할 뿐이라는 건 반복된 경험 끝에 터득한 서글픈 지혜다. 이런 나를 사람들은 가끔 냉정하다거나 아예 철이 없는 것 아니냐고 몰아세웠다. 세상에 제 아무리 큰일도 몇 번 거듭되다 보면 사건의 경중보다 일의 처리 순서가 먼저 머리에 떠오르는 법이다. 그제야 나는 물이 뚝뚝 떨어지는 고무장갑을 벗었다. 거실 바닥에 주저앉아 전화기를 왼손으로 바꿔 들었다. 이유야 어찌 됐든 아버지는 새 구두를 잃어버렸고 어머니는 그 상황을 납득하지 못하고 있다. 나더러 어쩌라고. 뜨거운 기운이 얼굴로 치솟았다.

"골치 아픈 일이 한두 가지가 아닌데 엄마까지 그깟 일로 나한테 전화하고 야단이야."

"그기 아이라 느그 아버지가 또 그 병이 도진 기라."

당신 말부터 해야 한다는 다급함 때문인지 어머니는 내 목소리에 묻은 노기를 읽지 못했다. 흥분하면 사투리가 심해지는 어머니가 쏟아 낸 사건의 경위는 대강 이랬다. 며칠 전에 아버지가 웬 노인을 하나 집으로 데려왔다. 시장통 해장국 집에서 괄괄하기로 소문난 주인 여자한테 봉변 당하는 노인이, 그때 하필 거길 지나던 아버지 눈에 띄었다. 국밥 한 그릇 시켜 놓고 온종일 들러붙어 있다며 주인 여자는 노인을 끌어내다시피 했다. 서울 딸네 집에 왔다가 딸이 이사를 가 버려 졸지에 갈 데 없는 신세가 되었다는 하소연도 소용없었다. 노인은 당장은 시간도 너무 늦었으니 가게 한구석에서 자고 다음날 시골로 내려가면 안 되겠냐고 숫제 읍소를 했다. 아버지가 그 광경을 그냥 지나칠 리 없었다. 우선 추우니까 우리 집에 가서 몸이나 녹이라며 데려온 게 문제의 발단이었다.

추운 데서 떨던 몸을 뜨뜻한 아랫목에 누이자마자 노인은 스르르 잠이 들었다. 할 수 없이 내가 결혼한 뒤로 비어 있던 방에서 재워 주었다. 하룻밤 자고 난 노인은 생각이 달라졌다. 그것도 어머니는 순전히 아버지 탓이라고 했다. 고기까지 사다 그리 극진하게 대접을 해 바치면 딸한테도 천덕꾸러기인 늙은이가 가겠냐는 거였다. 결국 이틀을 버티다 어머니가 주말에 손님이 온다고 둘러대고서야 노인은 엉덩이를 일으켰다. 그래도 속으로는 계속 버티고 있으면 어쩌나 하고 은근히 걱정이 되었다. 시장에 갔다 와보니 노인이 없길래 다행이다 싶었는데 일은 오늘 아침에야 터졌다. 아버지도 아끼느라고 몇 번 안 신은 그 구두가 없어진 것이다. 어머니는 당장 그 노인네를 지목하고 들었다. 어쩐지 순순히 일어선다 싶었다는 어머니의 말 사이사이 주먹으로 가슴 치는 소리가 들렸다. 그저께 아버지가 구두 닦는데 옆에 서서 신발 참 좋네, 어쩌고 하면서 자기 발에 꿰어 보고 군침을 다셨다나. 욕설 반 한탄 반 섞어 얘기하는 동안에도 분이 안 풀리는지 이번에는 아버지를 걸고 넘어졌다. 자기 분수를 알 일이지, 왜 걸핏하면 길에서 헤매는 거렁뱅이는 집으로 데려오냐고.

긴 사연을 듣는 동안 수화기를 댄 귓불이 뜨거워져 있었다. 머릿속도 함께 들끓었다. 내가 지금 한가하게 이런 얘기나 듣고 있을 땐가. 오늘 여기저기 전화를 걸어 사정도 하고 부탁도 해볼 참이었다. 그도 저도 다 귀찮다는 생각이 앞섰다. 어디 멀리 도망쳐 버릴까. 그 생각을 하면서도 나는 어느새 옷을 챙겨 입고 있었다. 어머니의 종주먹이 하도 지독해서 아버지가 어떻게 하고 있는지 궁금해 달려오지 않을 수 없었다. 사실 나로서도 그 정도의 비싼 구두를 사 보기는 처음이었다. 천연 가죽이라 가볍고 편안해 노인들이 신기 좋다기에 큰맘 먹고 산 컴포트슈즈였다. 발 볼이 넓고 발등이 높은 한국인의 특성에 맞게 디자인된 데다 에어쿠션과 특수 필터가 있어 무좀까지 방지해 준다고 했다. '편안한 신발'이라는 이름값을 했다. 명목이야 아버지 생신 선물이었지만 내용은 면피용이었다. 늙은 부모한테 무심하다 못해 무정했다는 자격지심에 구두 한 켤레 사드린 게 되레 화근이 될 줄이야.

함부로 구겼다 편 은박지처럼 아버지 얼굴에는 빈틈없이 주름이 덮여 있었다. 살집 없는 얼굴에 볼은 움푹 패어 할퀸 것 같은 빗금이 더욱 선명하게 드러났다. 아버지가 하는 일은 왜 항상 그 타령인지 한숨이 나왔다. 한번쯤 매몰차게 몰아붙이고 싶은 마음이 속에서 고개를 들었다. 애꿎은 담배만 피우고 있는 아버지를 보자 다른 말을 꺼낼 엄이 나지 않았다. 아버지가 어떤 존재인지 깊이 생

각한 적도, 그리고 싶은 적도 없다. 가능하다면 이대로 겉으로 봐
서 아무 탈 없을 정도의 관계만 유지하고 싶었다. 때 되면 선물 사
드리고 같이 밥 먹고 가끔 전화하면서 그렇게 살면 되었다. 그것조
차 이토록 힘이 들었다. 아버지의 무책임과 대책 없음이 나를 마지
막까지 내몰지 않았다면 우리의 관계가 달라졌을까.

시부모와 상견례하기로 한 전날 아버지는 새벽 세 시가 다 돼서
야 집에 들어왔다. 술에 취해 몸도 가누지 못했다. 현관에서 신발
도 벗지 못하고 쓰러져 있는 아버지를 보면서 나는 속으로 울부짖
었다. 이 집을 떠나면 다시는 당신을 보고 싶지 않아요. 말할 것도
없이 상견례 자리에 나타난 아버지는 보름은 굶은 사람처럼 눈이
퀭했다. 입을 열면 시큼한 술 냄새가 났다. 꽤나 유명하다는 한정
식집의 음식 맛은 기억도 나지 않는다. 언변이 좋은 시아버지가 시
종 대화를 주도했고 아버지는 가끔씩 고개만 주억거렸다. 잘못한
것도 없이 지레 주눅이 들어 있는 부모 옆에서 나조차 어깨도 맘대
로 움직이지 못했다. 등줄기로 뜨거운 바람이 드나들었다. 외줄을
타는 심정으로 겨우 점심을 먹고 나와서 남편과 그쪽 부모와 헤어
져 어떻게 집으로 왔는지 모른다. 내 방에 들어가 문을 잠그고, 불
을 끄고 꼬박 하루를 잠만 잤다. 조금만 참자. 곧 여기서 벗어날 거
야. 결혼이라는 좋은 제도가 있잖아. 그 일에 대해 아버지한테 한
마디 불평도 하지 않았다.

"너 왔구나."

현관에서 어머니가 신발 벗는 기척이 들렸다. 나는 방문을 열고

나오다 문지방에 발이 걸려 넘어질 뻔했다. 안방 문지방은 유난히 높아 드나들 때마다 툭하면 걸려 넘어지기 일쑤였다. 나무 홈은 그 때마다 상처를 입곤 했다. 어머니가 손보라고 아버지한테 잔소리를 한 지가 언젠데 그대로였다. 지붕이 망가져도, 문 아귀가 안 맞아서 삐걱거려도 전혀 괘념치 않는 사람이 아버지다. 그냥 살어. 이 한마디면 끝이다. 비 가리고 등 따순 집이면 됐지. 그깟 치장은 해서 뭐하냐는 소리였다. 뭐 하나 거치적거리는 게 있으면 꼭 손을 봐야 직성이 풀리는 어머니와 말다툼이 잦을 수밖에 없다. 이것도 참다못해 어머니가 나서야 해결될 일이다. 그동안 우리가 살아왔던 집을 기억하고 있는 아버지에게 이 집은 대궐이나 다름없을 것이다. 남의 집으로만 떠돌다 어머니가 지악스럽게 모은 돈으로 마련한 허름한 막다른 골목집이 우리들의 첫 집이었다. 위치가 재수 없다 해서 헐값에 살 수 있었다. 일이 풀리려고 그랬는지 그 자리에 교회가 들어서게 되어 시세보다 훨씬 후하게 팔렸다. 그 뒤부터 살림도 조금씩 안정을 찾아갔다. 한 손으로 벽을 짚으며 나가 보니 어머니는 양손에 불룩한 비닐봉지를 들고 들어왔다. 내가 온다는 소리를 듣고 그새 시장에 갔다 오는 중이었다.

"그 예팬네 어데 사람을 속일라고. 벌써 눈깔이 삘건 게 오늘 들여온 게 아닌데 부득부득 우기기는……. 늘어진 배를 보라고 손가락으로 쿡 찔르니까 그때 사천 원을 깎아 주네."

생태와 무가 담긴 비닐봉지를 열어 보이며 자랑스럽게 떠벌렸다. 엉뚱한 사람한테 분풀이한 게 시원한지 조금 전의 서슬은 많이 너누룩해졌다. 오랜만에 다니러 온 딸을 거두는 친정 엄마의 심상한 모습이었다. 싱크대에서 무를 꺼내 다듬는데 지갑을 갖다 두려고 안방에 들어간 어머니의 큰소리가 들렸다.

"이제 아예 방구들 지고 앉아 나가지도 몬하네. 날씨까지 꾸물거려 우중충해 죽겠구마……. 어휴, 이 담배 연기. 방에다 굴뚝을 해 박아야 한다카이. 당장 나가서 그 노인네나 찾아보구로. 내 보기엔 어디 멀리 갔을 것 같지도 않은데. 처음부터 딸네 집 찾으러 왔다는 것도 몽땅 다 그짓뿌렁이야. 그 나이 먹고도 그리 사람을 볼 줄 몰라 맨날 헛공사니 내가 우예 사노……."

밥만 먹으면 수저 내려놓자마자 밖으로 나가는 양반이 오늘은 왜 저 지청구를 다 들으면서도 꿈쩍도 안 하는지 모르겠다. 아버지는 가끔 있는 공공 근로에 나가든 친구들과 화투를 치든 여간해서 집에 있는 일이 드물었다. 오늘 외출을 안 하는 이유가 꼭 구두가 없어서만은 아닌 것 같다. 어머니는 담배 연기를 몰아내는 시늉으로 손을 훼훼 저으면서 나왔다.

"이제 그만 좀 해. 한 번 잃어버린 걸 어디서 찾아. 그리고 아버지가 잃어버린 것도 아니고 도둑맞았다면 더욱이 못 찾지."

내 말에 순간적으로 부아가 치미는지 어머니는 주무르던 생태를 싱크대에 패대기쳤다.

"그러니 내사 더 속이 터진다 안 카나. 차라리 술 취해 길에서 이자뿐 거면 내 천지 사방을 다 뒤져서라도 찾아온다. 그 못된 늙은 이가 어디로 갔는지 종내 알 수가 있어야 말이제."

어머니는 끝내 포기하지 않았다. 생각하면 할수록 분하다는 듯 이번에는 그 노인의 외모까지 흠을 잡고 들었다. 들어올 때부터 눈 흰자위가 부연 게 음흉스러운데다 사람 눈치봐가며 새살거리던 품 세가 남의 눈칫밥 한두 해 먹은 위인이 아니라는 것이다.

아버지는 생태찌개를 앞에 놓고도 수저를 들었다 놨다만 했다. 정작 입으로 국물 한 번 맘 놓고 떠 넣지 못했다. 무가 맛있는 계절 이라 국물이 칼칼하고 시원한 게 제 맛이 났다.

"밥이라도 많이 먹어야 찾아 나설 것 아닌감. 빨리 밥그릇 다 비 우고 어여 나가 보소. 아랫목에 앉아 열불 나게 하지 말고……."

어머니는 아버지와 내가 둘 다 좋아하는 생태찌개를 허벅지게 먹어주지 않는 것이 불만인지 채근이다. 별안간 기운이 빠지면서 괜한 걸음 했다는 후회가 들었다. 내가 온다고 달라질 것도 없었 다. 니 말이나 들어먹지 내 말은 통 귓등으로도 안 듣는다. 와서 그 노인네 수소문하게 하라는 어머니 말을 곧이곧대로 믿은 건 아니 었다. 어머니는 화풀이로 아버지를 내 앞에서 곤경에 빠트리려는 심사였을 것이다. 이런 식으로 자꾸 말려들고 싶지 않았다. 아버지 일에 여간해서 나서지 않는 내가 왜 부리나케 달려왔는지 모를 일 이다.

"그게 어데 보통 구두고? 시집 간 딸이 친정아버지 준다고 그런 비싼 선물 사기가 쉬운 일인 줄 아남. 큰맘 먹었을 낀데……. 괜히 바쁜 아 불러 들인 기 미안허지도 않남?"

내가 옆구리를 찌르자 어지간해야 말을 안 하제, 하면서도 어머니는 아쉬움을 거두지 못했다. 내 얼굴에서 불편한 기색을 읽고 하는 말일 것이다. 속내를 들켜 버린 나는 한숨을 내쉬었다. 처음부터 다 알고 있었다는 듯 아버지가 내 얼굴을 슬쩍 곁눈질했다.

"신발 한 켤레인 게 다행이라고 생각해. 엄마 고함소리 들으니까 머리가 더 지끈거려."

나는 울컥 목이 멘다. 여기 이러고 앉아 있는 자신의 처지가 기막혔다. 모레까지. 이틀 안에 무슨 수로. 어쩌면 지금쯤 카드 회사 직원이 남편한테 전화를 걸었을지도 모른다.

"그 화상이 덮고 간 이불 빨래 할 생각을 하모 속에서 열불이 난다 안 카나. 우째 그리 생각이 없노. 낯살을 어데로 묵었는지……. 상에다 숟가락 하나 더 놓으면 된다지? 방 치워야제. 이불은 또 우째 그냥 두노. 그것도 빨아야제. 내가 팔자에 없는 상전을 모신다니까. 니 한번 그 방에 드가 봐라. 냄새가 진동을 한대이. 숫제 숨을 쉴 수가 없다카이."

내 말이 억울했는지 어머니는 내가 있을 때 기어이 할 말은 다 해야겠다는 낯빛이었다. 화가 난 진짜 이유는 또다시 되풀이되는 남 뒤치다꺼리 때문일 것이다. 그 냄새라면 나도 충분히 안다. 아버지는 수시로 집에 낯선 이들을 불러들였었다. 앵벌이 소년, 정신이 오락가락하는 중년 여자, 집 잃은 할아버지 할머니, 술 취해 길에 쓰러져 있는 남자. 그 중 아직도 기억에 뚜렷이 남아 있는 인물은 전직 미용사였다는 중년 여자다. 쉰 살쯤 된 여자는 희벌죽 웃기를 잘했다. 웃음, 그랬다. 나는 여자의 웃는 얼굴을 오래 잊지 못했다. 누런 이를 드러내며 눈 꼬리를 내리고 활짝 웃는 그 웃음은 우리 가족에게는 아주 낯선 것이었다.

초등학교 삼 학년 땐가 학교에 갔다 와 보니 웬 여자가 방에 누워서 자고 있었다. 방 안 가득 고여 있는 괴상한 냄새에 나는 코를 싸쥐었다. 곱게 화장을 한 얼굴 때문에 더 기괴하게 느껴졌는지 모른다. 발 냄새도 아니고 입 냄새도 아닌, 시쿰하면서 퀴퀴한 냄새가 코 고는 소리에 실려 흘러나왔다. 얼마 전 전철에 노숙자가 탄 적이 있었다. 어찌나 지독한 냄새가 나는지 사람들이 슬슬 피해 도망갔다. 문득 전에 맡아 본 적이 있는 냄새라는 생각이 들었다. 이십 년도 더 지난 옛날의 그 여자 냄새와 일치한다는 걸 내 코는 잊지 않고 기억해 냈다. 아마도 길에서 오랜 시간을 보낸 사람의 냄새인 모양이었다. 나는 가방을 내던지고 친구 집에 갔다가 저녁이 되어 집으로 돌아왔다. 번죽 좋은 여자는 문턱에 얼굴을 비스듬히 내놓고 저녁 준비하는 어머니한테 보이는 대로 잔소리를 했다. 어머니는 싫은 소리도 못하고 쌀만 박박 문질러 씻었다. 쌀을 그렇게 씻으면 영양소가 파괴된다는 여자의 잔소리를 또 한 번 들어야 했다. 여자는 말에 두서가 없고 정신이 오락가락 하는데도 모르는 게 없었다. 대통령이나 영화배우의 사생활에 대해서는 물론이고 역사 속의 인물까지, 아무튼 만물 박사였다. 저녁상을 들이고 얼마 안 돼 아버지가 돌아왔다. 어머니는 한시름 놓았다는 얼굴이었다. 데려다 놓은 사람이 아버지니까, 이제 무슨 수가 생기겠거니 했을 것이다. 나는 배는 고파 죽겠는데 냄새만 맡으면 토할 것 같아서 도

저희 가까이 갈 수가 없었다. 친구 집에서 먹고 왔다고 굶고 윗목에 앉아 있었다. 단칸방인데 설마 자고 가기야 할까. 여자가 가면 밥을 먹을 생각이었다. 여자는 우리의 예상을 간단히 뒤집었다. 동생, 내가 오늘 그 년 돈을 받으러 의정부까지 갔었는데 이것이 미장원을 그만두고 다른 데로 갔다네. 전화번호를 알아왔으니까 내일은 그 년을 꼭 찾아서 내 돈을 받아 낼 거야. 동생 신세도 갚고 그리고 저 애 선물도 사올게. 나를 보면서 예의 그 눈웃음에 실어 한 말이지만 결국 우리 집에서 자고 가겠다는 뜻의 간접적인 표현이었다.

그렇게 시작된 게 일주일이 지나도 갈 생각을 하지 않았다. 시어머니처럼 아예 아랫목 차지하고 앉아 간식까지 만들어 내라고 했다. 어머니는 죽을 맛이었지만 그때만 해도 남한테 목소리 높여서 화낼 줄도 모르는 사람이었다. 벙어리 냉가슴으로 아버지더러 빨리 어디로든 데려다 주라고 성화를 댔다. 돌아오는 대답은 언제나 똑같았다. 갈 데가 없다는데 그럼 어떡해. 여자는 새침 떨며 근처에도 안 가는 내가 신경이 쓰였는지 부러 더 살갑게 굴었다. 나는 사탕이든 '오꼬시' 든 여자가 주는 건 쳐다보지도 않았다. 한술 더 떠서 옛날엔 단골만 수십 명이 넘는 잘 나가던 미용사였다며 내 머리를 자르겠다고 덤비는 데는 기겁을 하지 않을 수 없었다. 나는 여자 보기가 겁나서 늦도록 동네 여기저기를 어슬렁거렸다.

한번은 집으로 돌아오는데 어쩐 일인지 아버지 웃음소리가 밖에까지 들렸다. 나는 무슨 일인가 싶어 대문을 비쭉이 열고 안을 들여다보았다. 아버지는 좁아 터진 마당에 의자를 내놓고 앉아 있었다. 얼룩덜룩한 보자기를 두른 채 한 손으로 거울을 들고 이리저리 얼굴을 비춰보느라 내가 엿보고 있는 줄도 몰랐다. 머리를 깎으면서도 여자는 입을 잠시도 가만 두지 않았다. 인물이 난다나 어쩐다나. 머리만 조금 손댔을 뿐인데 아버지는 딴 사람 같았다. 정작 환해진 건 머리가 아니라 표정이었다. 마치 따사로운 기운이 몸속에서 퍼져 올라오는 것처럼 보였다. 아버지는 화장실 갈 때마다 부엌문 밖에 달아 놓은 공책만한 거울을 들여다보았다. 내가 목격한 것만도 여러 번이었다. 그 여자 앞에서는 아버지가 얘기도 제법 많이 하고 웃기도 잘 했다.

그뿐이 아니었다. 아침에 일어나면 여자가 맨 먼저 하는 일이 아버지 재떨이를 비우고 구두를 닦는 것이었다. 우리 식구 중 누구도 항상 꽁초가 수북한 재떨이에 신경을 쓰는 사람이 없었다. 여자가 비누칠까지 해서 말갛게 씻어 놓았을 때야 그런 게 저기 있었나 새삼스레 쳐다보았다. 담배 피우는 사람은 재떨이가 깨끗하면 제일 기분이 좋은 법이라고 일러 주었다. 방에 담뱃재가 날리지 않는 건 나로서도 좋았다. 아침이면 아버지는 번쩍이는 구두를 신고 괜히 소리 내서 걸었다. 여자는 뿌듯한 얼굴로 그런 아버지를 내다보았다.

"사내는 옷보다 구두가 먼첨이여. 구두코가 반들반들하게 닦여 있어야 옷이 조금 추레해도 사람이 함부로 보이지 않는 법이네."

어머니는 그때마다 아버지와 여자를 번갈아 보며 웃기고들 자빠졌네, 하는 말을 소리 내지 않고 우물거렸다. 여자가 닦아 준 아버지 구두는 어쩐 일인지 저녁에 일하고 들어올 때도 더럽지 않았다. 아마 중간에 아버지가 몇 번 더 닦아 주었을 것이다. 어머니에게는 하루하루 피곤하고 주름살 늘 일 투성이었지만 아버지는 머리에서 부터 구두와 옷매무새까지 날로 깨끗해졌다.

어느 날인가는 외출했던 여자가 막대기를 한 뭉치 들고 들어왔다. 햇빛이 들어오는 방문 앞에 내려놓고 가방에서 조각도 비슷하게 생긴 칼을 꺼냈다. 칼로 구부러진 나뭇가지 표면을 쳐내기 시작했다. 일 미터가 조금 안 되는 막대기를 매끈하게 다듬은 다음 조금 굵은 나무를 골라 짧게 잘랐다. 손끝에 잡고 능숙하게 나뭇결을 따라 깎아 냈다. 나는 문턱 옆에 비켜 앉아 조그맣고 납작한 칼을 능란하게 다루는 여자의 손을 신기한 듯 바라보았다. 처음으로 여자한테서 나는 냄새가 역겹지 않았다. 어떠냐? 하면서 여자가 내 쪽으로 내민 나무토막은 새 모양이었다. 오린지 기러긴지 모를 새의 배 부분에 홈을 파서 먼저 다듬어놓은 장대 끝에 끼웠다. 어머니는 잔뜩 어질러진 방을 들여다보고 심난한 표정을 짓더니 나가 버렸다. 여자는 주워 온 사이다 병에 그 막대기를 꽂았다. 너 이게 뭔 줄 아냐, 액막이야. 액막이. 두어 자가 넘는 나무 끝에 날렵하게 올라선 새는 금방이라도 하늘로 날아갈 것 같았다.

"옛날 우리 동네 어귀에도 이 소줏대가 세 개 세워져 있었는 데……. 전부 우리 아버지가 깎은 거였어. 아버지는 이름난 목수 였지. 그 손으로 뭐든 만지기만 하면 금세 쓸 만한 물건을 만들어 냈지. 네 아버지처럼 손바닥이 두툼했었는데……. 동네 사람들은 매일 그 소줏대를 보면서 지나다녔어. 기도라도 하는지 한참씩 바라보곤 했었지. 효자 많이 나고 풍년 오라고 아무리 빌어도 달라지지 않는 살림살이를. 우리 아버지 말이 이게 인간의 소원을 하늘에 전해 준다는구나. 안테나인 셈이지. 네 아버지 같은 사람 소원을 하느님이 잘 들어야할 텐데……."

여자는 바깥을 내다보며 혼잣말을 중얼거렸다. 나는 한번 만져 보고 싶었지만 말도 못 꺼내고 가만히 있었다. 그것이 솟대라는 것을 나중에야 알았다. 진짜 돈을 받았는지 몰라도 보름쯤 지나 여자는 떠났다. 내가 학교에서 돌아왔을 때는 이미 여자가 생태 몇 마리 비쭉 사다 주고 떠난 뒤였다. 여자가 깎은 솟대만 방 귀퉁이에 놓여 있었다. 어머니는 그것을 향해 눈을 한번 흘겨 주었다. 그것 말고도 유독 내 눈길을 끄는 것이 또 있었다. 깨끗이 손질되어 마루 밑에 놓여 있는 아버지의 운동화와 여벌 구두였다. 나는 그 신발들을 건드리지 않으려고 저만치에서 신발을 벗었다. 나 다음으로 그것을 발견한 사람은 아버지였다. 여자가 떠난 걸 단박에 알아차린 눈치였다. 마루에 걸터앉아 넋 놓고 신발만 내려다보았다. 생태찌개도 먹는 둥 마는 둥이었다. 찌개에 손을 안 대기는 나도 마찬가지였다. 어머니가 소리를 버럭 질렀다.

"작작 좀 웃기고 정신 차려. 그런 사람들은 원래 한곳에 오래 못 붙어 있어."

그때도 추운 겨울이었는데 마침 밖에는 눈이 내리고 있었다. 눈발은 어두워지는 하늘에서 벚꽃처럼 분분히 날렸다. 아버지는 대문을 열고 눈을 맞으며 한참 동안 서 있었다.

밤중에 자다가 방문이 부서져라 열어젖히는 소리에 나는 잠이 깼다. 밖으로 나가는 아버지의 뒷모습이 어둠 속에 나타났다. 여전히 하늘에는 눈이 흩날리고 있었다. 아버지의 커다란 등이 방문을 가로막았다. 나는 숨죽이고 아버지의 등을 쳐다보았다. 얼마가 지나 아버지는 마루에 쭈그리고 앉았다. 아버지의 숙인 고개 너머로 운동화와 구두가 마루 밑에 던져지는 소리를 들었다. 그 후로 한동안 아버지는 그 신발을 신지 않았다. 숫대도 거들떠보지 않았다. 어머니 손에 의해 받침대가 만들어질 때까지 먼지를 뒤집어쓴 채 방 한구석에 처박혀 있었다.

아버지가 거듭 일자리를 잃고 엎친 데 겹친 격으로 술버릇까지 고약해졌다. 그 뒤로도 집에 사람을 데려오는 버릇은 여전했다. 당신이 남의집살이할 때 구박 받은 앙갚음을 왜 내가 받아야 하냐는 어머니의 탄식도 아랑곳하지 않았다. 어머니가 악에 받쳐 차라리 돈을 몇 푼 주지 제발 집에는 들이지 말라고 소리소리 지르면 한동안 뜸했다가 얼마 후면 또 그랬다. 어머니가 내린, 병(病)이라는 극단적인 진단과 함께 그 부분에 대해서는 포기하게 되었다. 어머니가 상을 들고 부엌으로 나간 뒤 나는 처음으로 아버지에게 말을 건넸다.

"아버지 이젠 엄마 싫다는 건 하지 마세요."

이거야말로 듣기엔 꿀떡 같은 말이지만 종국으로 어머니가 하자는 대로 하며 엎드려 있으라는 끔찍한 말이 아닌가. 너무 말을 고르다 보면 오히려 의도하지 않았던 말이 나오는 경우가 있다. 될 수 있으면 서로 마음 덧들이지 않으려다 이렇게 되고 말았다. 쌀쌀 맞게 굴다가도 상대가 약하게 나오면 어쩔 줄 몰라 휘둘리는 내가 정말 싫다. 남편도 항상 나의 그런 점을 나무랐다. 남편 말을 들었더라면 이번 일도 생기지 않았을 것이다. 이혼하고 혼자 산다는 친구가 보험 들라고 전화했을 때 처음에는 남편의 충고대로 이미 세 개나 들었다고 거절했다. 친구는 종종 전화를 걸어 왔다. 보험 얘기는 꺼내지도 않았는데 보름쯤 지나 나는 결국 하나 들고 말았다. 세일즈 하는 사람 특유의 후각으로 내 허점을 눈치 챘음에 틀림없다. 그 다음에는 카드를 개설해야 하는데 보증인이 필요하다며 서류를 내밀었다. 도장 하나만 찍으면 되는 형식적인 절차라고 했다. 꺼림칙했지만 내놓고 거절할 수가 없었다. 그때 딱 잘라서 싫다고 했어야 했다. 이제 와서 후회해 봐야 뭐 하나. 카드 회사에서는 하루가 멀다 하고 전화질에다 독촉장까지 보냈다. 그 친구는 연락도 되지 않는다. 도대체 무슨 짓을 하고 다니느라 카드로 천만 원이 넘는 돈을 썼을까.

아직 남편한테는 말도 꺼내지 못했다. 평소 맺고 끊는 게 분명한 남편은 상상조차 할 수 없는 일이다. 싫다고 하면 그만이지 무슨 다른 말이 필요해. 그것은 그가 즐겨 사용하는 어법이다. 세상에는 예스나 노 말고 다른 대답도 있을 수 있다는 걸 모르는 사람이 의외로 많았다. 천만 원 얘기를 꺼내면 남편은 뭐라고 할까. 그건 최후의 선택이고 우선 알아볼 수 있는 데까지 알아봐야 한다. 돈 꾸기가 이다지 힘든 줄 미처 몰랐다. 돈 있는 줄 뻔히 알고 전화했는데도 다들 딱 잡아뗐다. 그러니 나는 그 친구에게 얼마나 쉬운 상대였을까. 아버지는 생각에 골몰한 얼굴로 성긴 머리카락을 손가락으로 쓸어 넘긴다. 엄지발가락 옆이 튀어나온 아버지 발 모양을 따라 툭 불거지고 평퍼짐해진 구두가 눈앞을 스쳤다. 나는 아버지를 닮아서 넓적하고 발등이 높은 내 발을 만져 본다.

"나, 그 신발 안 찾아오면 안 되겠냐?"

아버지는 오래 망설이다 겨우 한마디 내놓았다. 찾으려고 하면 찾을 수도 있다는 말인가.

"왜요? 그 노인 어디 있는지 아세요?"

뜻밖의 말에 놀라 나도 모르게 목소리가 커졌다. 아주 짧은 순간 아버지와 내 눈이 마주쳤다. 간절함. 네가 날 좀 이해해 주었으면 좋겠다는. 아닐 것이다. 문제는 오히려 아버지가 이해를 원하지도 강요하지도 않는다는 데 있었다. 아무려나 아버지가 내게 이해의 바깥에 존재하는 사람이기는 마찬가지다. 이해할 수 없다 하더라도 받아들일 수는 있다. 결국 아버지 뜻대로 되겠지. 이 소동조차 아버지를 받아들이는 준비 과정에 불과하다. 말도 안 되는 경우라고 해도 일은 항상 그렇게 되어 왔다.

"그렇지? 니 생각에도 찾아와야겠지."

아버지는 양미간을 잔뜩 세웠다. 몇 가지 표정밖에 지을 줄 모르는 아버지에게 그것은 결연함의 표현이다.

"아니, 그게 아니라 엄마 말로는 이 동네 노인도 아니고 어디 갔는지도 모른다면서요."

　아버지는 다시 입을 열지 않는다. 분명 뭔가 말을 하지 않은 게 더 있었다. 뜨거운 불덩이가 목을 타고 올라왔다. 나는 눈을 치켜떴다. 아버지는 가만히 고개를 들어 내 눈을 쳐다본다. 눈길을 마주치지 않으려고 나는 고개를 돌렸지만 늦었다. 비굴해 보이면서도 한편으로 상대를 꼼짝할 수 없게 하는 눈빛을 보고야 말았다. 저 눈빛의 깊이와 어둠을 처음 알아차린 것은 내가 고등학교 이 학년 때였다.

　아버지는 열흘째 집에 들어오지 않고 있었다. 전에도 며칠씩 사라졌다가 꼭 사고 소식과 함께 우리를 찾은 적이 한두 번이 아니었다. 그런 아버지가 제발 내 인생에서 꺼져 주었으면 하고 기도한 적도 있었다. 공사장에서 매일 사람이 집으로 아버지를 찾으러 왔다. 어머니는 연해 한숨을 쉬었다. 뭔지 몰라도 일이 크게 잘못되어 가고 있구나, 짐작했다. 드문드문 들은 말을 조합해 보면 아버지가 '간조'라고 부르는 일꾼들 줄 돈을 전부 가지고 사라졌다는 거였다. 일 년을 벌어도 못 갚을 큰돈이었다. 어머니는 장사도 안 나가고 앓아누웠다. 사장은 기다리다 못해 경찰서에 신고를 했다.

　며칠 후 친구하고 막 교문으로 들어서려는데 내 이름을 부르는 소리가 들렸다. 아버지였다. 학교 담장 옆 팽나무 그늘에 쭈그리고 앉아 나를 기다리고 있었다. 나는 하마터면 발을 헛짚고 그 자리에 주저앉을 뻔했다. 며칠간의 행적을 증명하고도 남을 때에 절은 옷과 피로가 뭉개 놓은 희미한 얼굴 윤곽, 길고 때가 긴 손톱 끝에서

재를 떨구고 있는 담배. 여름이라 머리는 땀내를 풀풀 내며 엉켜 있었다. 도무지 성한 사람으로 보이지 않았다. 내가 보고 싶고 집 에는 갈 수 없으니까 학교로 찾아왔을 것이다. 아버지는 어머니 말 대로 정말 생각이라곤 씨가 마른 사람이었다. 머릿속이 허옇게 비 면서 아무 생각도 나지 않았다. 그 시간이 무척 길었던 것 같다. 실 제로는 아마 이 초 삼 초쯤이었을 것이다. 하지만 무언가 적당한 반응이 나와야 하는 순간의 일 초는 수만 겹의 감정이 일어나기에 충분한 시간이었다. 아버지 역시 반갑게 나를 부르면서 다가오다 그 자리에 멈칫 섰다. 나는 어찌 해야 하나 갈피를 잡지 못하고 있 었다. 그때의 느낌은 아직도 생생하다. 옆에 있던 친구는 이상하다 는 듯이 두 사람을 번갈아 쳐다보았다. 발을 먼저 앞으로 내디딘 건 나였다. 아버지, 안녕하셨어요? 아버지의 눈을 정면으로 응시 하면서 나는 깍듯하게 인사를 했다. 아버지와 딸이 아침에 학교 앞 에서 만나 안녕하셨냐니. 그 순간 아버지는 한 번도 본 적이 없는 절망적인 얼굴이 되었다. 담장 아래 몸을 한껏 오므려 자신의 모습 을 숨겨야 했다. 내가 아는 척 하지 않아도 스스로 비참하지 않고 나도 나쁜 딸이 되지 않도록 말이다. 아버지는 그러지 않았고 나 또한 그리 순진한 아이가 아니었다. 아버지가 내게 준 고통을 정반 대의 방법으로 돌려주었다. 나는 보여주고 싶었다. 아버지와 나는 다른 사람이다. 당신과 내가 얼마나 다른 사람인지 똑똑히 봐두라 고 말하고 싶었다. 아버지는 바로 그 눈빛, 비굴하면서도 깊이를 알 수 없는 눈으로 으응, 그래, 하면서 비칠비칠 돌아서서 갔다. 친구는 정리가 안 되는 얼떨떨한 표정으로 내 눈치만 살폈다. 그 애도 당황하기는 마찬가지였을 것이다. 어머니의 극성으로 나는 남보다 말끔한 교복에 주눅 들지 않을 만큼의 용돈을 썼다. 게다가 우등생이었던 나와 아버지를 연결시키기는 아무래도 무리였을 것이다. 내가 원하던 게 그것이었는지는 나로서도 잘 알 수 없지만 그 뒤로 아버지는 나를 멀리서만 바라보았다. 이제 나도 다 자랐으니 어른 대접받는 거라고 편하게 생각해 버렸다.

아버지를 생각한 날이면 어김없이 그날 일이 꿈에 나타났다. 나는 가위에 눌렸다 진땀을 흘리며 깨어나곤 했다. 좀 더 대가를 치러야 한다는 암시처럼 나는 마음속으로부터의 화해를 미루었다. 내 가슴에 품은 칼이 아버지를 안자마자 심장을 관통하게 될 것만 같아 두려웠다. 어쩌면 그 반대인지도 모른다. 세상을 향해 칼날을 갈지 않았다면 아버지 역시 그런 식으로 살 수는 없었다. 절망과 자책밖에 줄 줄 모르는 아버지에게서 최대한 멀어지겠다는 다짐으로 스스로를 위로했다.

"미안하다. 너한테는……."

이 말을 한 사람은 아버지였다. 분명 나는 들었다. 아버지가 나한테 미안하다고 했다. 처음 듣는 말이다. 과거 어딘가를 헤매던 나는 화들짝 놀라 아버지를 마주 보았다. 서로 말이 없다. 침묵은 가시처럼 목에 걸렸다. 이제 몸을 일으켜야 한다. 내게 급한 일은 이게 아니다.

"비싼 건 아니더라도 다른 구두 하나 사 드릴게요."

이발할 때가 되어 덥수룩한 머리카락을 보며 나는 재빨리 말을 뱉어 냈다. 아버지는 체념도 아니고 초월도 아닌 멍한 눈길을 여태 거두지 못하고 있다. 입으로는 그렇게 말했지만 나는 겹겹이 둘러싸인 생각 때문에 쉽사리 현실로 돌아올 수 없었다. 담뱃진에 절은 누런 벽지의 무늬를 쫓던 내 시선은 경대 위 솟대에 멈추었다. 처음에는 무척 생경하더니 지금은 때도 타고 적당히 바래서 제법 이 집에 어울렸다. 여자 말대로 액막이를 제대로 한 건지 우리 집은 우여곡절 속에서도 그럭저럭 꾸려져 왔다. 볼 때마다 눈을 흘기면서도 어머니는 이사 갈 때면 이불 보따리 사이에 끼워 챙겨 왔다. 언젠가 집에 놀러온 친척이 그게 뭐냐고 물은 적이 있었다. 사람과 하늘을 이어주는 거라는 구만. 뜻밖에도 아버지는 의미를 알고 있었다. 당최 뭔 말인지 모르겠네. 친척을 이해시키는 대신 아버지는 나무새만 물끄러미 바라보았다.

"니가 찾아오라면 찾아오겠다만. 그 사람, 아무래도 딸한테 버림받은 것 같드라. 양로원에 간대나 봐. 실은 어제 집에 오다가 건널목에 서 있는 걸 봤는데 아는 척 안 했다."

그때였다. 갑자기 문이 왈칵 열리면서 어머니의 부릅뜬 눈이 꿈틀거리면서 나타났다.

"지금 이게 무슨 귀신 씨나락 까먹는 소리야. 그 영감 갔다는 양로원 대라마. 당장 쫓아가서 요절을 내고 말 테니까."

아버지는 눈만 꿈적거리면서 다시는 열지 않을 것처럼 입을 쩍 붙이고는 그만이었다. 세상 사람이 다 들고일어나도 나와 상관없다는 듯이 태연한 얼굴로 돌아갔다. 언제나 안달하고 뒷감당하는 사람은 어머니와 나였다. 나는 그 와중에도 불리한 상황이나 자기를 제대로 변호할 수 없다 싶을 때 입을 닫아버리는 내 태도의 근원을 발견한다.

"지금 누가 누굴 동정해. 나란히 앉았는데 그 영감 얼굴 이녁보다 훨씬 화색도 돌고 기름기가 흐르더구만……. 입방정 떠는 거하며 신발 욕심 부리는 것만 봐도 이녁보다 나은 팔자니까 남 걱정 말고 어서 대기나 해. 생전 첨 좋은 신발 하나 얻어 신더니 그것도 복이라고."

기껏 가라앉았던 어머니는 다시 사기충천해서 다그쳤다.

"엄마, 그만 둬요. 그 신발 아무래도 인연이 안 닿는 것 같애."

편하고 좋은 신발이 아버지와 인연이 아니라니. 내 입으로 말해 놓고도 뜨끔하다. 어서 자리에서 일어나야겠다고 마음을 빠르게 정리한다. 머릿속은 아쉬운 소리를 할 친구들의 전화번호와 점점 조여드는 긴장으로 어수선해도 몸은 움직여 주지 않았다. 종일 등짐을 진 듯 피로가 몰려든다.

"당장 이번 일요일에 계 추렴하러 시골 가기로 했는데 뭘 신을라꼬. 다 떨어진 구두만 신장에 꽉 차 있으면 뭐 하노."

어머니의 다음 말은 현관에서 부르는 소리 때문에 이어지지 못했다. 아까부터 밖에서 웅성거리는 소리가 나더니 기어이 아래층 새댁이 달려왔다. 아버지는 간간이 낮은 한숨을 뱉어 냈다. 힘없이 늙어버린 아버지가 터무니없게 느껴졌다. 내 인생에 뛰어들어 마구 분탕질을 하던 그 사람은 어디로 갔나. 나는 갑자기 싸울 대상을 잃어버린 사람처럼 망연해진다. 내게 아버지는 무시로 덤벼들어 몸에 이상한 신열을 일으키는 병균 같은 존재였다. 무엇이 아버지로 하여금 그렇게 당하고도 세상살이에 몸을 맞추지 못하게 하는지 모르겠다. 인생을 고작 구색 맞추기 쯤으로 여기는 내게는 쉬운 일도 아버지한테는 왜 이렇게 꼬이고 얽히는지. 그러는 나는 잘 살고 있나. 이즈음 줄곧 어려운 문제를 풀고 있는 심정이었다.

평온한 삶. 그런 삶을 꿈꿨다. 무엇보다 바로 앞에 일어날 일도 가늠하지 못하고 가슴 졸이며 사는 일만은 피하고 싶었다. 그 꿈을 이룬 지금 나는 당연히 행복해야 한다. 남편과 살았던 지난 이 년 동안 정말이지 아무 일도 일어나지 않았다. 무사함은 내가 바라던 바가 아니던가. 그런데 나는 다시금 지질리고 있다. 어려워서가 아니다. 재빨리 그 속에 몸을 적응시키면 된다. 한 인간의 좌절에 대해 되짚을 필요도 없다. 이제 와서 왜 그걸 못 견뎌 하는 걸까. 인생의 어느 갈피에도 복병은 숨어 있었다. 잘 갈무리하다가 어느 순간 타인이 내미는 손을 뿌리치지 못했던 것도 방심한 탓이다. 권태와 안일의 곰팡이 냄새가 진동하는 현재의 삶에 대한 자각과, 격렬했던 지난 삶에 대한 기억은 주기적으로 나를 괴롭혔다. 이렇게 아버지와 부딪쳐 속엣것을 휘저어 대고 나면 비로소 술을 걸러낸 듯 내 안에서 말간 윗술과 술지게미가 나뉘어 지는 삶에 오래 몸을 담가서일까. 어느새 아무 일도 일어나지 않는 인생은 가짜라고 믿게 된 것은 아닐까. 내 인생의 방향은 이미 이쪽으로 정해진 다음에야 어쩌랴. 늦었지만 최근에야 어렴풋이 그것을 깨달았다. 오늘 잠깐의 머뭇거림이 없었던 것은 아니지만 아버지 앞에 나선 것도 그 때문이리라.

"아버지, 며칠 있다 다시 들를게요. 그때 신발 사러 가요. 오늘은 급한 일이 있어서."

없어진 것을 대체할 무엇이 생겨야 임시방편이든 궁여지책이든 일이 마무리된다. 내심 어머니도 포기했을 것이다. 말이 쉽지 한번 없어진 물건을 어디 가서 찾겠는가.

"신발이야 아무려면 어떠냐. 난 아무 신발이나 다 편하다. 니 마음만으로 되얏다."

아버지는 할 일을 다 마친 듯 그제사 허리를 펴고 등을 벽에 기대앉았다. 더 이상 할 말을 찾지 못하는 내게 당신의 큰아버지에 대해 아느냐고 물었다. 얼마큼 알아야 안다고 해야 하는지 몰라도 이름이야 숱하게 들었다. 아버지가 술에 취해 들어오면 언제나 목울대에 힘을 주어 욕을 퍼붓곤 했었다. 아버지는 내가 미처 대답도 하기 전에 그 집을 도망쳐 나오던 때 얘기를 털어놓았다.

스무 살 되던 해 이월, 막 설이 지난 무렵이었다. 엄청나게 추운 새벽에 큰어머니가 외아들 취직 축하 선물로 사준 구두를 훔쳐 신고 도망쳤다고 했다. 공부시켜 준답시고 부모 없이 떠돌던 아버지를 데려다 월급도 주지 않고 머슴처럼 부려먹기만 한 걸 생각하면 그까짓 구두쯤이야 열 켤레로도 모자랄 것이다. 순간 내 머릿속에 떠오르는 구두가 하나 있었다. 언제부터였는지 몰라도 방송국 소품실에나 있음직한 낡은 구두가 신발장에 모셔져 있었다. 신발장 정리를 할 때마다 어머니와 실랑이를 벌였다. 결국 아버지 손에 의해 도로 제자리에 돌아온다. 나를 쳐다보는 아버지의 눈은 그때 내가 훔친 건 구두가 아니었다고 말하는 것 같았다. 첫 출근할 사람이 신고 갈 그 신발을 내가 왜 탐냈겠니, 하고 따져 묻고 있었다. 어디든 가 닿고 싶었을 것이다. 먼 여행에 필요한 것은 편하고 튼튼한 신발이다. 노동과 외로움에 찌든 육체를 버티고 선 그 신발을 신고 다다른 곳은 어디인가. 내가 끝내 마음으로부터 아버지를 지워 내지 못한 까닭과 무슨 연관이 있는 걸까. 몸을 일으키려는 순간 휴대폰이 울렸다. 나는 플립을 열었다 얼른 닫으며 속엣말을 한다. 지금은 아니야. 곧 밖으로 나설 테니 그때 다 덤벼라.

"아이고 이놈의 집 이제는 돈 드는 일만 남았나 보네. 잘 있던 보일러가 왜 갑자기 터져. 지들이 관리 잘못해서 망가트려놓고 꺼떡하면 주인 불러대면 나라고 무슨 수가 있어야제."

어머니는 아랫층 새댁이 얌전해 보이는데 손끝이 물러서 잔신경 쓰게 한다고 야단이다. 어머니 목소리가 들리자 아버지는 담배를 주머니에 챙겨 넣으며 일어날 채비를 했다. 일어서는 아버지를 보며 다시금 어머니 눈에 심지가 들어갔다. 어머니는 뭐라고 더 말을 보태려다 입을 닫는다. 당신은 그러면서도 내가 아버지에 대해 조금이라도 못마땅한 말을 하면 참지 못했다. 니 아버지는 이무기여. 재주는 잔뜩 갖고 태어나서 용이 되어 승천해야 하는데, 땅에서 빌빌거리고 있으니까 독을 품고 여러 사람한테 해코지를 하는 게여.

니가 이해하그라. 핏줄이 이해 못할 일은 세상에 없다. 다음 세상
에서 좋은 부모 만나 제 뜻을 펼치면 이 세상에서 너한테 못할 짓
한 거 다 갚을 끼다.

현관문을 열고 나서니 눈이 소담스럽게 내리고 있었다. 하늘은
온통 하얬다. 아버지는 내 신발 옆에 나란히 놓인 구두에 발을 집
어넣는다. 두 발을 쿵쿵 굴러서 신발이 제대로 꿰어 졌는지 확인했
다. 구두코가 닳아 껍질이 벗겨졌다. 눈은 곧 아버지 구두를 적실
것이다.

"하필이면 나가려니까 눈이 오네요."

"올 만큼 오면 그치겠지."

아버지는 마당 한가운데 서서 두 팔을 치켜든 채 눈을 맞았다.

식 물 의 내 부

1.

"곧 꽃이 필 거야."

그의 시선은 대문 양쪽에 늘어선 나무에 붙박여 있다. 나무 등걸에는 이제 겨우 눈곱 같은 싹눈이 돋아나기 시작했다. 그녀는 어리둥절한 표정으로 그의 옆얼굴을 돌아본다.

"가더라도 꽃은 보고 가. 볼 만할 거야. 영산홍이 만개하면 동네 사람들도 죄다 구경을 온다니까."

그는 눈을 반쯤 감고 꿈꾸듯 말했다. 진정 설득할 양이면 이쯤에서 그녀를 돌아보고 다짐하는 표정이라도 보내야 한다. 그만큼의 수고도 할 줄 모르는 그를 그녀는 조용히 바라본다. 그로서는 이 정도로 길게 말을 한 적도 드물었다. 저게 벚나무가 아니었나. 그녀는 허공에 구름처럼 떠 있는 연분홍색 꽃을 상상한다. 정확한 이름이 연산홍인지 영산홍인지 모르겠다. 왜 갑자기 그 꽃 이야기를 하는 걸까. 그녀는 퍼뜩 자신의 여행 가방이 떠올랐다. 새벽에 일어나 짐을 챙길 때 그는 고른 숨소리를 내며 자고 있었다. 그가 자는 척하고 있었던 거라면 아마도 그녀가 떠나려 한다고 생각했을 것이다. 그녀는 곰곰이 되짚어 보았다. 자신이 정말 떠나려고 했던가. 짐을 싸고 푸는 것은 그녀의 오래된 습관이다. 머릿속 생각이 세탁기 속의 빨래처럼 뒤엉킬 때면 그녀는 손을 부지런히 움직인다. 대청소를 하고 시장을 쏘다니고 옷장을 정리한다. 그러고도 엉킨 빨래가 풀리지 않으면 가방을 챙긴다.

키가 크고 얼굴이 긴 여자가 다녀간 뒤 그는 이틀 동안 단 한마디의 말도 하지 않았다. 평소에도 말이 많은 편은 아니어서 처음에는 대수롭지 않게 여겼다. 그러나 점점 그게 아니라는 생각이 들었다. 말만 하지 않는 게 아니라 눈도 맞추지 않고 얼굴 마주치는 것도 피했다. 잠도 통 못 자는 눈치였다. 한밤중에 자다 일어나 한숨을 쉬는 그를 발견한 게 몇 번이었다. 팔뚝을 이마에 얹고 천장을 올려다보고 있었다. 마침내 어제 아침 그녀는 산에 가려는 그의 소매를 잡아끌었다.

"제발 말 좀 해. 왜 말도 안 하고 가만히 앉아 있지도 못하고……. 그 여자 때문이야?”

울컥 감정이 복받쳐 올랐다. 말을 하다 보니 더 흥분이 되었다. 그는 고개를 들어 그녀를 돌아보았다. 금방 달려들 것처럼 눈빛에 노기가 서려 있었다. 그녀가 여자를 입에 올린 사실 자체가 못내 견딜 수 없다는 얼굴, 겨우 다스리고 있는데 왜 건드리느냐는 표정을 그녀는 읽어냈다. 그가 말을 하지 않는 이유가 그 여자 때문이라는 걸 알려 준 셈이다. 그녀는 핏발 선 눈으로 그를 쏘아보았다. 그도 지지 않고 그녀의 눈을 맞바라보았다. 그녀는 힘없이 고개를 떨구었다. 이토록 흥분해 있는 자신이 생경했다. 몸에 피가 흐르거나 심장이 뛰는 걸 처음 자각했을 때만큼이나 새삼스럽고 낯선 감정이었다.

“그 여자가 누군데 나한테 이러는 거냐구.”

내친걸음이었다. 그녀는 멈출 수 없었다. 멈추어서는 안 되었다. 그녀의 생존본능은 그녀에게 가르쳐 주었다. 궁지에 몰렸을 때는 절대로 주춤거려서는 안 된다. 그럴 때일수록 앞을 향해 돌진하라. 자신에게는 아무 권리도 자격도 없다는 현실적인 입장은 온데간데 없었다. 다만 그와 그녀 사이에 끼어든 불순물을 제거해야 한다는 일념뿐이었다. 왜 남자들은 하나같이 자신 앞에서 다른 여자를 옹호하는지 용서할 수 없는 기분이었다.

“그만둬.”

그는 공연히 빈손을 휘저으며 길게 한숨을 쉬고 나서 내뱉었다.

“그만 못 둬. 지금 말 안 하면 다시는 이 얘기 못 할 거야. 시작한 김에 아주 끝내 버리자."

"그만두라잖아!"

그의 외마디가 무겁게 가라앉은 공기를 흩트렸다. 한껏 쳐든 목에 힘줄이 도드라졌다. 그녀는 그의 속을 들여다보고 싶은 열망으로 몸을 파르르 떨었다. 멱살이라도 잡을 듯 그에게 바짝 다가섰다. 그 순간 그의 손이 허공 높이 치솟았다. 그 손은 그대로 그녀의 뺨에 세차게 내리꽂혔다가 아래로 떨어졌다. 그녀의 입 속에서 휘파람 소리가 났다. 입술이 터져 피가 흘렀다. 그녀는 입으로 흘러드는 비릿한 피 냄새를 맡으며 웃었다. 오랫동안 누군가에게 이렇게 세게 얻어맞고 싶었다. 목과 가슴팍에 걸려 있던 돌멩이 같은 게 툭 하고 떨어지는 소리가 들리는 듯했다. 다음 순간 그녀의 몸과 함께 마음도 말할 수 없이 가벼워졌다.

"그동안 가만히 잘 있다고 생각했는데 왜 갑자기 마누라처럼 구냐고. 내가 너하고 같이 산 건 니가 있는 듯 없는 듯 잠자코 있어주었기 때문이란 걸 몰라?"

그는 한 치의 틈도 벌리고 싶지 않다는 듯이 자신을 단단히 여몄다. 그녀도 알고 있었다. 그의 비위를 건드리거나 귀찮게 하는 일이 어떤 결과를 가져올지.

"그래도 어쨌든 우리는 지금 같이 살고 있어. 그러니까 최소한 상대가 왜 이틀째 말 한마디 안 하는지 정도는 알아야 하는 거 아냐?"

그녀의 낮게 가라앉은 목소리는 섬뜩하기까지 했다. 그녀가 진짜 하고 싶었던 말이 그것이었는지는 확실치 않다. 그가 말하지 않아도 알 것 같으면서 말해도 모를 것 같은, 둘 사이를 떠다니는 어떤 존재는 느끼고 있었다. 정말로 자신이 그의 입에서 진실을 듣고 싶어 하는 걸까, 그것조차 확실히 알 수 없다.

"그렇다면 아무 말 말고 기다려. 알려고 안 해도 저절로 알게 되는 거니까."

"싫어! 지금 얘기해."

그녀의 목소리가 갈라졌다. 높아진 목소리에 그가 흠칫 놀라 그녀를 쳐다보았다. 뚜렷한 이유도 없이 그녀는 자꾸 강경해졌다. 물러서면 죽음이다. 그녀의 내부에서 속삭이는 말이 들렸다. 반대의 말도 들렸다. 그냥 돌아서 버려. 그녀는 고개를 저었다.

"나가, 당장 나가. 니가 뭐야? 뭔데 나를 괴롭히는 거야."

그는 옆에 있는 베개를 집어서 그녀에게 던졌다. 상체가 뒤로 젖혀지며 베개에 맞은 머리카락이 얼굴로 흩뿌려졌다. 그는 더 집어던질 것을 찾아 눈을 희번덕거리며 자리에서 일어났다. 벽에 걸린 옷가지를 걷어 마구 방에다 뿌렸다. 입으로는 니가 뭔데, 를 계속 되뇌었다.

"같이 살고 있으니까 내 마누라라도 된 것 같은 모양인데 착각하지 마. 난 니 몸을 산 것뿐이야. 그것도 아주 싼값에, 알어? 그게 니가 여기 있는 이유라고……. 알았으면 입 닥쳐."

그는 마지막으로 그 말을 쏟아내고 방바닥에 주저앉았다. 그래도 분이 삭지 않는지 계속 씨근덕거렸다. 그녀는 이를 앙다물고 그의 말을 다 들었다.

"니가 말 안 해 줘도 알고 있어, 이 개자식아."

그녀는 이 사이로 빠져나오는 그 말을 천천히 씹어 뱉었다. 이내 자신이 왜 이른 아침부터 쓸데없는 일로 기운을 뺐는지 모르겠다는 표정이 되었다. 그래, 상관없는 일이다. 밤새 잠을 못 자고 뒤척이든 자다 일어나 마당을 서성이든 언 몸으로 들어와 몸을 떨어 대든 아는 척해서는 안 되었다. 그는 바로 옆에서 살을 맞대면서도 한사코 껍질을 벗지 않으려 했다. 그의 그런 태도는 발가벗은 채 손바닥으로 얼굴만 가리는 짓에 지나지 않았다. 이 상황에 어울리지 않게 그녀의 기분은 그리 나쁘지 않았다. 목소리를 높여 앙앙대며 싸우고 나니까 그와 진짜 부부가 된 것 같았다. 소속감은 괜찮은 감정이었다.

그녀는 자신이 정작 궁금해 했던 것이 무엇이었는지 돌이켜보았다. 그 여자가 누군지? 그런 것 같지는 않다. 왜 그가 고통스러워하는지? 자신이 왜 여기 붙어 있는지? 사실 그녀는 아무것도 궁금하지 않았다. 다만 그의 침묵을 견딜 수 없었다. 그것은 비명보다 날카롭게 그녀를 찔러 댔다. 숨소리조차 맘 놓고 낼 수 없었다. 그를 처음 만났을 때부터 그녀는 말했다. 난 말 없는 사람은 질색이야. 침묵이라면 넌덜머리가 났다. 남편은 집에서 언제나 말이 없었다. 이따금 입을 연다 해도 그녀가 알아들을 수 없는 말만 했다. 딸도 마찬가지였다. 모두들 그녀 앞에서는 입을 다물었다. 무슨 소리라도 좀 내 봐. 그녀는 얼마나 많은 순간 그 말을 곱씹었던가. 그것

은 남편이 자신을 보호하기 위해 행사하는 일종의 묵비권이었다는
것을 좀 더 일찍 알았더라면.

마당의 영산홍 가지가 바람에 흔들렸다. 입춘도 경칩도 다 지났
는데 날씨는 좀체 풀리지 않는다. 가까이 가서 보면 나무 끝에 물
이 올라 있기는 했다. 잎이 패고 꽃이 피려면 한참 더 기다려야 할
것이다. 어제의 소동으로 그의 입은 열렸다. 겉으로는 예전으로 돌
아간 것처럼 보였다. 곧 꽃이 피면. 그때는 어떻게 되는 걸까. 또
떠나야 할까.

세상의 많은 사람들처럼 그녀도 여기가 아닌 다른 곳으로 가고
싶었던 적이 있었다. 여러 가지 방법이 있을 것이다. 그녀는 현재
가지고 있는 것을 잃거나 버리는 방식을 택했다. 자존심을 버리고
우아함을 버리고 젊음을 잃는 것으로 그녀는 다른 삶을 살 수 있었
다. 거실에 앉아 과일을 깎고 가족과 함께 연속극을 보면서 베란다
밖 껌껌한 허공을 내다볼 때면 가슴속이 텅 비는 느낌이 들곤 했
다. 그런 다음 날은 아침 일찍 일어나 돌솥에 밥을 지었다. 따뜻한
밥 냄새가 집안을 가득 채웠다. 북엇국을 끓이고 참기름을 몇 방울
떨어뜨려 나물을 무쳤다. 부산 떠는 그녀를 남편이 못마땅해 하면
그녀는 짐짓 서운함이 담긴 목소리로 말했다. 아님 내가 이것 말고
무얼 할 수 있겠어. 정성스럽게 아침상을 차리고 식구들을 채근해
마주 앉히는 것으로도 그 구멍이 메워지지 않으면 시장에 가서 싱
싱한 과일을 잔뜩 사 왔다. 예쁜 샌드위치를 만들고 과일을 모양내
서 깎아 싼 도시락을 들고 불쑥 남편의 회사를 찾아간 적도 있었

다. 집 아닌 곳에서 만난 남편은 딴사람 같았다. 스무 살이 넘어 우연히 만난 초등학교 담임선생님처럼 너무 늙어 있었고 그만큼 낯설었다. 저 사람이 아침에 거울을 보면서 넥타이를 매던 그 사람 맞나. 그녀의 머릿속에 한 장의 그림이 그려졌다. 프레임 안에서는 화사한 옷을 입은 아내가 예쁜 보자기로 싼 도시락을 남편에게 전해 준다. 맛있게 먹으라는 말과 함께 미소를 보낸다. 그녀는 가슴속의 구멍을 들키지 않으려고 무진 애를 썼다. 그 장면을 하나의 그림으로 완성한 것에 만족했다. 남편은 도시락을 받아들고 총총히 사라졌다. 빈말로라도 어디 잔디밭에 가서 같이 먹을까, 라는 말은 하지 않았다.

그는 느린 동작으로 장화를 신었다. 지퍼를 목 끝까지 올려 옷매무새를 고치고도 마루에 앉아서 한동안 일어나지 않았다. 그의 발치에는 며칠 전 어디서 얻어다 던져 놓은 나무 둥치 두 개가 나뒹굴고 있었다. 박달나무야. 세상에서 제일 단단하다는. 그는 묻지도 않았는데 그녀에게 말해 주었다. 그런데 정작 뭐에 쓸 거냐고 묻는 그녀의 질문에는 묵묵부답이었다. 그는 일어서서 발로 껍질만 벗겨 놓은 채로 둔 나무토막을 툭툭 쳤다. 그녀는 그의 옆모습을 가만히 보고만 있다. 그는 어떤 대답을 원하는 걸까. 꽃 필 때까지 가지 않겠다는 다짐. 말을 하고 싶지 않은 사람이 이번에는 그녀였다. 떠나는 일은 간단하고도 쉽다. 그녀가 여길 떠난다 해도 아쉬워하는 사람은 없을 것이다. 그녀 또한 어디를 간다 해도 살기는 마찬가지로 팍팍할 것이다.

'내가 떠나도 아무 흔적도 남지 않게 할 거야.'

그녀는 오랫동안 그렇게 살지 못했다. 그녀 집에 자신이 없으면 안 된다고 믿었다. 떠난다고? 그녀는 속으로 중얼거렸다. 떠난다면 이번엔 또 어디로.

그는 일어서서 발로 땅을 탕탕 구른 다음 뒤도 돌아보지 않고 대문을 나섰다. 얼마 전부터 그녀는 그를 따라 산에 오르지 않았다. 종일 집에 앉아 빈둥거리다 싫증나면 부엌으로 갔다. 몇 가지 되지 않는 살림을 모조리 꺼내 닦고 싸리비로 마당을 싹싹 쓸어 내고 나면 벌써 저녁이 되었다. 어느 날은 서까래에 붙은 거미줄까지 기다란 대빗자루로 떼어 내고 변소 청소를 하고 나면 또 하루가 갔다. 나무마루의 묵은 때를 걸레로 박박 문질러 닦고 콩기름을 묻혀서 윤을 냈다. 저녁밥 준비도 잊고 등줄기에 땀이 흐를 정도로 집 안 구석구석 청소에 열중할 때 그가 대문으로 들어서는 날도 있었다. 자신이 왜 그토록 이 집에 집착하는지 생각할 틈도 없이 종일 집 안을 빙빙 돌며 보냈다. 정신없이 뭔가를 하는 그녀, 노동에 내몰린 시간들은 그녀 삶의 불길한 징조다. 정말 일이 하고 싶으면 산에 따라가서 새순 따는 걸 돕는 게 훨씬 나을 것이다. 허리가 아플 정도로 일을 하다 보면 어느새 점심때가 지나 버렸다. 혼자서 점심을 챙겨 먹는 경우는 드물다. 차를 마시거나 어쩌다 그가 사들고 들어오는 과자를 먹는다. 하지만 오늘은 그 어떤 일도 하고 싶지 않았다.

그녀는 산모퉁이를 돌아가는 그의 뒷모습을 망연히 바라보다 방으로 들어간다. 자신이 싸 놓은 가방은 방 한구석을 오도카니 지키고 있다. 제 몸에서 떨어져 나온 허물을 바라보듯 물끄러미 내려다본다. 합성피혁으로 만든 싸구려 가방은 양쪽 배가 불룩하다. 화장품 케이스와 속옷, 여벌옷 몇 벌이 내용물의 전부인 가방 옆에 쭈그리고 앉는다. 짐을 쌌을 때와 역순으로 하나하나 꺼내 원래의 자리에 가져다 놓는다. 방 안 여기저기서 눈에 걸리는 자신의 물건이 보기 싫었다. 화장품에서 흘러나와 방 안에 떠다니는 흐릿하지만 분명한 자신의 냄새. 별안간 그것들을 참을 수 없었다. 어딘가 배어 있을 자신의 체취를 지울 수 있다면 지우고 싶었다. 그 여자도 이 냄새를 맡았을까.

여자가 찾아온 건 그가 서울에 다녀오고 보름쯤 지났을 무렵이었다. 그는 산에 가서 아직 돌아오지 않았다. 자라 올라오는 새순을 따기 위해 하루도 거르지 않고 산에 올라갔다. 날씨가 조금씩 풀리면서 집에 붙어 있을 시간이 없었다. 아직 양은 얼마 안 되지만 밤새 새순을 다듬어 덖고 말리느라 몇 시간 자지도 못했다. 내일 낮에 하라고 해도 막무가내였다. 그는 무슨 일이든 미친 듯이 했다. 그러고도 아침에 일어나면 또 망태를 짊어지고 나갔다.

저녁때가 되어 삐걱, 하고 대문 열리는 소리가 났다. 그가 돌아오기엔 조금 이른 시간이었다. 부엌에서 쌀을 씻다 말고 밖을 내다보았다. 웬 여자가 발 한 짝을 대문 안으로 들여 놓고 있었다. 누구세요? 그녀는 물 묻은 손을 바지에 닦으며 여자 쪽으로 시선을 돌렸다. 동네 사람도 차를 사러 온 사람도 아니었다. 우물쭈물 들어

서는 표정이나 잔뜩 망설이는 걸음걸이가 석연치 않았다. 갸름하
고 마른 얼굴이지만 날카로운 콧날 때문인지 연약하면서도 단호한
인상을 풍겼다. 키도 꽤 큰 편이었다. 그녀 또래 같기도 하고 열 살
쯤 많은 것 같기도 했다. 얼핏 나이를 가늠하기가 어려웠다.

"여기가 김성민 씨 집인가요?"

여자는 마저 한 발을 집 안으로 들여 놓으며 작은 목소리로 물었
다. 시선이 그녀 얼굴에 고정되어 있는데도 어쩐지 몸 전체를 훑는
다는 느낌이 들었다.

"네, 그런데요."

우편물에 적힌 걸 몇 번 본 적이 있다. 모르는 사람의 입에서 흘
러나온 그의 이름은 생소했다. 정작 그녀는 그의 이름을 불러 본
적도 써 본 적도 없었다. 여자는 어정쩡하게 서서 그녀의 얼굴을
빤히 쳐다보았다. 여기가 김성민 씨 집이라면 당신은 누구죠, 하고
묻는 표정이었다. 뜻밖의 상황에 대한 놀라움을 숨기기 위해 표정
을 수습하려고 애쓰지만 혼란스러움까지는 어쩌지 못하는 얼굴.

"일 나가서 아직 안 들어왔는데……. 누구신지 모르지만 들어와
서 기다리세요."

그녀는 마루로 가서 앉을 자리를 걸레로 훔치는 시늉을 했다. 그
날따라 그의 귀가는 늦었다. 여자가 마루에 앉아 있는 시간은 길어
졌다. 그렇다고 선뜻 방으로 들일 마음은 나지 않았다. 여자의 긴
머리는 유난히 검었고 얼굴은 파리했다. 전체적으로 길다는 느낌
을 주었다. 모딜리아니의 목이 긴 여자 그림이 연상되는 얼굴이었

다. 쌍꺼풀 없는 눈은 옆으로 길쭉하고 코도 좁고 길었으며 입술도 얄따랬다. 여자는 그녀의 눈길을 피해 마당 어느 한곳에 시선을 고정시켰다. 상대가 말을 걸지 않으면 절대로 제 쪽에서 먼저 입을 열 것 같지 않았다. 기다리다 지친 여자가 마루턱에서 엉덩이를 드는 찰나 대문이 열리고 그가 들어섰다. 그때까지만 해도 그녀는 그 갑작스런 손님을 차 만드는 법을 배우러 왔거나 아는 사람이겠거니 했다. 대문을 열고 여자를 발견한 그는 얼른 발을 빼고 대문 밖으로 뒷걸음질 쳤다. 무심코 한 행동이었을 것이다. 그의 난데없는 태도는 여자와 예사롭지 않은 관계임을 폭로한 셈이었다. 바로 다시 들어와서 안녕하세요, 하고 태연히 인사를 했지만 일이 초쯤 되는 그 시간은 불가해한 것이었다. 부엌으로 들어가려다 마루 옆에서서 둘을 지켜보게 된 것도 그 때문이었다. 여자의 눈은 집 안을 세세히 살폈다. 입은 여전히 굳게 다물려 있었다. 그 역시 인사랍시고 한마디 던진 뒤로는 멀뚱하게 바깥만 쳐다보고 앉아 있었다.

"오래 기다리셨어요. 손님 안으로 들어가시게 해."

그녀의 말에 그는 잊고 있었다는 듯 엉덩이를 들고 마루를 돌아보았다. 그는 방문을 열고 여자더러 들어가라는 뜻으로 팔을 뻗었다. 여자가 방에 들어가자 그는 부엌으로 왔다. 냉장고에서 보리차를 꺼내 컵에 따르지도 않고 벌컥벌컥 마셨다. 물병을 든 채로 그 자리에 한참 서 있었다. 뭐해요, 손님 기다리는데. 그녀가 그의 팔을 툭 치며 상기시키자 그때서야 어어, 하며 돌아섰다. 그녀는 쌀을 씻어 안치고 국을 불에 올려놓고 나서 마당으로 나갔다. 방에서 드문드문 그의 목소리가 들렸다. 여자가 무슨 말인가를 길게 하고는 다시 정적이었다. 그가 들고 온 검은 비닐봉지만 방문 앞에서 펄럭였다. 방문이 왈칵 열리면서 여자가 가방을 들고 나왔다. 저녁상을 차리고 있던 참이라 그녀는 그에게 어떡할 거냐고 눈으로 물었다. 손님 가신대. 그는 그 말로 대답을 대신했다. 여자를 따라 나가는 그를 보며 그녀는 고개를 갸웃거렸다. 다 저녁때 이런 시골에서 물 한 모금 주지 않고 손님을 내치는 행동은 괴이쩍기까지 했다. 그는 몇 시간이 지나도 돌아오지 않았다. 열한 시가 넘어 술이 잔뜩 취해 들어와서는 점퍼만 벗어 던지고 그대로 이불 위에 쓰러졌다. 그 뒤로 한바탕 싸움이 있을 때까지 입 한 번 열지 않은 것이다.

방 한쪽 구석에 그가 그날 사들고 온 비닐봉지가 열어 보지도 않은 채 놓여 있다. 그녀는 다가가 봉지를 거꾸로 들고 쏟았다. 과자 두 봉지와 초콜릿바 두 개가 방바닥으로 떨어졌다. 그녀가 좋아하는 감자스낵이었다. 가끔 그는 군것질거리를 사들고 왔다. 여자들은 집에서 과자나 먹는 종족쯤으로 아는 모양이지. 말은 그렇게 했지만 그녀는 그런 그가 싫지 않았다. 과자봉지 맨 위에 L제과 로고가 보였다. 남편과 남편의 여자가 다니는 회사다. 남편은 영업부에서 근무했고 여자는 제품개발연구소에 있었다. 사무실도 다른데 그들이 어떻게 만나게 되었는지는 듣지 못했다. 남편은 자신의 행동에 대해 설명하는 법이 없었다. 한 회사에 근무하므로 다른 사람들보다 만날 확률이 훨씬 많다는 점은 이해했다. 가까이 있는 사람을 사랑하는 것은 자연스러운 일일 테니까.

남편의 여자를 대면하던 날은 저녁때 예보에 없던 비가 갑자기 내렸다. 당연히 우산을 준비하지 못했다. 요즘은 일기예보가 제법 정확하던데, 그녀는 혼잣말을 하며 난감한 표정으로 전철역 앞에 한참 서 있었다. 빗줄기는 점점 더 굵어졌다. 하는 수 없이 핸드백을 머리에 이고 약속장소까지 뛰었다. 여우비니까 금방 그칠 거라고만 생각했다. 머리가 젖어 애써 드라이한 헤어스타일이 엉망이 될 거라는 데는 생각이 미치지 못했다. 여자는 미리 와서 가장 눈에 잘 띄는 창가 자리를 잡고 앉아 있었다. 그녀가 들어서자 시선을 놓치지 않고 그녀를 주시했다. 그녀는 실내를 헤맬 필요가 없었다. 푸른색 니트를 입은 그 여자가 남편의 여자임을 단박에 알아보았다. 막상 여자를 보자 모든 게 비에 쓸려간 것처럼 뒤죽박죽돼 할 말이 하나도 생각나지 않았다. 손가락으로 머리에 튄 빗방울을 털어내고 휴지를 꺼내 핸드백을 닦았다. 여자는 꼿꼿한 자세를 흩트리지 않고 그녀를 바라보았다.

"안녕하세요."

여자는 비스킷이 부서지듯 건조하게 끊어지는 목소리로 먼저 인사를 했다. 부적절한 인사다. 안녕이라니. 그녀는 대꾸할 말을 잊고 멍하니 여자를 바라보았다. 여자는 대학을 졸업하고 갓 들어온 신입사원 같은 표정으로 그녀의 눈길을 받았다. 보송보송한 머리와 옷 때문인지 여자가 다른 세계에서 날아온 사람처럼 느껴졌다. 저 여자의 유통기한은 언제까지일까. 그녀는 젖은 휴지를 재떨이에 버리며 쓸데없는 걱정을 했다. 아무리 캔으로 단단히 포장한다

해도 유통기한을 피할 수는 없다. 유통기한이 되기 전에 누군가의 손에 의해 선반에서 벗어나야 할 텐데.

여자는 잠깐 난처한 표정을 지어 보이기는 했지만 부끄러워하거나 사죄할 마음은 전혀 없어 보였다. 어떡할 거냐고 묻자 망설임 없이 자기 입장을 얘기했다. 이건 그냥 일어난 일이다. 그럴 경우 일의 진행방향으로 모든 걸 맡길 수밖에 없다. 대충 그런 요지였다. 허심탄회하게 원하는 바를 전부 얘기하니 감정의 소모를 줄일 수 있었다. 일 처리하기가 수월한 건 물론이었다. 그런데 집에 가서는 왜 남편한테 절대 이혼할 수 없다고 말했는지 모를 일이다. 여자의 의중을 알고 나자 오히려 마음이 홀가분해졌다. 그녀 입에서 식사라도 하고 갈래요, 라는 말이 나올 정도였다. 이제 일은 다 끝냈으니 우리 밥이나 먹읍시다, 그런 투였다. 저도 그러고 싶은데 제가 저녁을 좀 늦게 먹는 편이라 지금은 입맛이 없네요. 여자는 작은 입으로 또박또박 대답했다. 왠지 그 여자가 하는 말은 곧이곧 대로 믿어졌다. 그녀가 무안해할 것을 염려했는지 여자는 친절하게도 변명을 해 주었다. 죄송해요. 제가 하루 종일 씹는 껌이 여섯 통이 넘는데다가 사탕과 초콜릿까지 종일 먹어 대야 하는 직업이라 늘 밥맛이 없어요. 저녁 늦게 배고프면 조금 먹고 자는 정도예요. 아닌 게 아니라 여자는 깡마른데다 살 없는 얼굴은 혈색도 좋지 않았다. 전체적으로 동그란 얼굴인데 양턱이 각진 것도 껌을 너무 많이 씹어서 그런가 싶었다. 이것도 직업병이라고 불러야 하나.

그녀는 초콜릿을 툭 분질러 입에 넣었다. 어쩌면 이것도 남편의 여자가 몇 번의 시식과 시행착오를 거쳐서 만든 것인지 모른다. 자신이든 딸이든 누구든 그 여자가 만든 사탕과 껌과 초콜릿을 평생 먹게 될 거라는 사실에 고통을 느낀다. 죽을 때까지 벗어나지 못할 운명을 일깨워 주는 존재가 있다는 게 달가울 리 없다. 쓴맛과 단맛이 절묘하게 어우러진 초콜릿을 입 안에서 천천히 녹인다.

그들은 지금 어떻게 살고 있을까. 불과 일 년 전 일인데도 까마득했다. 세상 이편과 저편의 일처럼 여겨졌다. 요즘 인기를 끌고 있는 핀란드 자작나무 향을 넣어 만든 껌도 그 여자가 개발했을까. 그들은 그러면서 살아가겠지. 그녀는 그때마다 새로운 향의 껌을 씹으면서 그들을 떠올리고. 늘 입맛이 없는 여자는 남편의 끼니를 챙겨 주는 일에 소홀할 것이다. 딸은 특히 배고픈 걸 참지 못한다는 사실에 그녀는 아찔해진다. 남편이 즉석 음식에 물리고 인스턴트 식품에 넌더리가 날 즈음 또 다른 여자를 만나지 않을까. 이번에는 음식 맛에 일가견이 있는 식도락가로 양쪽 볼에 사탕 하나쯤 물고 있는 것처럼 통통한 건강 미인을 사귈 테지. 그때는 또 무슨 이유로 여자를 버릴까. 식비를 감당할 수 없고 음식 냄새가 떠나지 않는 집이 지긋지긋하다고. 그녀는 갑자기 그 모든 여자들을 향해 서글픔을 느꼈다. 아니면 이번에는 여자가 남편을 분리수거함에 넣지 않을까. 당신은 이제 쓸 만큼 써서 누군가 재활용을 할 때가 되었어요. 다들 그렇게 만나고 헤어지면서 그때마다 그럴듯한 맹세를 반복한다. 그녀는 되도록 문제를 단순하게 생각하고 싶었다.

2.

    문산 행 교외선은 한 시간 간격으로 운행되고 있었다. 다음 기차가 오려면 삼십 분을 더 기다려야 한다. 그는 신촌역 앞에 놓인 벤치에 앉아 머릿속으로 많은 말들을 준비한다. 시간은 늘여 놓은 듯 한없이 천천히 간다. 오래된 역사(驛舍)에는 노인 둘만 의자에 앉아 무언가를 먹고 있다. 그는 광장에 서서 고개를 쳐들고 가로수를 응시한다. 시선을 교차로의 신호등으로 옮긴다. 다시 눈길은 횡단보도를 건너는 사람 하나하나에 멈춘다. 설레지도 떨리지도 않는 이 마음은 무언가. 옛 친구를 찾아가는 사람처럼 첫 대화를 틀 추억거리를 떠올려 본다. 그러자 질항아리에서 수북이 올라오는 콩나물처럼 무성하던 생각들이 감쪽같이 사라져 버린다. 추억이라는 단어가 몹시 구차스럽게 느껴졌다.

    이곳에는 아직 봄이 오지 않았다. 그는 외투 주머니에 손을 찔러 넣고 기차역 안으로 걸어가 빈 철로를 쳐다본다. 무엇에 시선을 붙박고 있는 동안에도 시간은 앞을 향해 달린다. 기차가 곧 도착한다는 안내방송이 얼어붙은 철로 위로 흘러나왔다. 다섯 칸짜리 기차의 차체에는 놀이기구처럼 알록달록한 그림이 그려져 있다. 기차 안은 의자에 씌운 흰 시트 때문인지 끔찍한 것을 부랴부랴 치우고 소독약을 뿌린 병원 같았다. 왼편에서 들어온 햇빛이 기차 중앙 통로까지 들이쳤다. 그는 주위를 두리번거리다 오른쪽 창가자리를 잡아 앉았다. 그래도 햇볕을 완전히 피할 수는 없었다. 이마를 찌푸리며 손바닥으로 눈을 가렸다.

평일 낮 두 시. 승객이라곤 졸고 있는 노인과 애를 거느린 여자, 군인 몇이 전부였다. 한 번의 덜컹거림과 함께 역을 출발한 기차는 좀체 속도를 내지 않았다. 두어 정거장을 지나면서 바깥 풍경은 채소밭과 비닐하우스로 바뀌었다. 그의 눈에 자꾸 힘이 들어갔다. 이마를 기댄 차창은 난방 때문에 그닥 차갑지 않았다. 기차가 속도를 내자 시금치 밭은 재빨리 뒤로 물러났다. 그 사이로 세워진 아파트 단지를 내다보며 그는 여자에게 전할 말을 더듬는다.

어머니가 많이 아프다는 연락을 받은 건 한 달 전이었다. 신부전증이 악화되어 입원했다는 누나의 전화를 받기가 무섭게 고속버스 터미널로 달려갔다. 그때는 장례식까지 치르게 될 줄 몰랐다. 고속버스에 타자마자 그는 눈을 감고 의자 등받이에 머리를 기댔다. 그의 머릿속을 채운 건 따로 있었다. 어머니의 안위는 뒷전이라는 사실에 죄책감을 느낀 것도 잠깐이었다. 여자에게도 연락을 했을까. 여자가 온다면.

지난번 보았을 때도 어머니의 건강은 마음의 준비를 해야 할 만큼 좋지 않았다. 생전 벽에 기대앉는 법 없이 꼿꼿하던 어머니가 잠깐 있을 동안 여러 번 아랫목에 드러누웠다. 병색이 완연한 노인의 모습이었다. 당신 몸을 추스르기도 벅찬 어머니는 형수 얘기를 꺼내자 갑자기 눈빛이 번뜩였다. 어머니는 끝까지 형수가 있는 곳을 가르쳐 주지 않았다. 내 가슴에 못을 박은 사람은 어머니예요. 그는 자신의 가슴에 더 이상 회한을 남기지 말라고 외치다 어머니의 갈퀴 같은 손에 어깨가 잡히고 말았다. 어머니는 몸을 바들바들 떨면서도 꽉 움켜쥔 어깨를 놓지 않았다. 모질다면 모진 인생을 산 어머니의 얼굴을 그는 외면했다. 어머니처럼 평생 외면만 당하고 산 사람도 흔치 않을 것이다. 웃는 얼굴 한 번 안 보이고 살다 간 남편을 그대로 닮은 횡사한 큰아들. 게다가 작은 아들까지 어머니 앞에서는 목청을 돋운다.

어머니는 끝내 그의 손을 붙잡지 않고 떠났다. 마지막 눈을 감으면서도 용케 그의 손만은 알고 뿌리쳤다. 형수는 병원 마당을 서성이고 있었다. 그와 눈이 마주쳤을 때 여자는 대결하듯 그를 오래 쳐다보았다. 눈빛조차 너그럽지 못했다. 죽은 자는 권력을 쥐고 한사코 그리 하지 못하도록 명령했다. 화장이 끝나고 뒷수습을 하는 사이 여자는 소리 없이 사라졌다. 여자의 주소를 전해 준 건 누나였다. 누나는 그를 가엾어 했다. 어머니도 그를 가엾게 여겼을 것이다. 여자 역시 그를 딱하게 생각한다는 걸 안다. 그는 그들처럼 단 한 번도 스스로를 불행에 빠트렸다고 생각하지 않았다. 여자를 만나기 전의 그의 삶 역시 전쟁터였다. 공격하는 자도 방어하는 자도 없는 싸움. 아버지와 형은 그를 일정한 자기장 안에 가두었다. 그는 싸울 생각도 못한 채 묵묵히 자신의 인생을 맡겼다. 그의 내부에서만 그 모든 것을 대신하는 싸움이 끊이지 않았다. 그는 여자의 주소를 손에 든 채 쉽게 길을 나서지 못했다. 왜 망설이는가. 망설이고 그러다 무모하게 덤벼들고 소득 없이 제풀에 물러난다. 그것은 이제 그의 생활이 되어 버렸다.

안내방송은 기차가 이제 종착역인 문산역에 도착할 예정이라고 알려 준다. 사람들은 내릴 채비를 했다. 몇은 벌써 문 쪽으로 나가 서 있었다. 그도 자리에서 일어나 연결 칸으로 나갔다. 밖은 한낮의 활기가 넘쳤다. 늘 그랬다. 자기 생각에 빠져 있다가 문득 밖을 내다보면 언제나 그런 느낌이 들었다. 나를 빼고 세상은 바삐 돌아간다는 고립감. 그럴 때면 까닭 없이 조급해진다.

자전거를 탄 아이들은 사람 키만큼이나 큰 떨기나무 옆을 지나갔다. 군인들도 지나가고 거름 실은 경운기도 지나갔다. 봄 농사 채비를 서두르는 논밭과 건너편의 어설프게 외부장식을 한 중화요릿집, 그 옆의 비디오 전문점이 그럭저럭 소도시에 어울리는 풍경을 만들어 냈다. 서울에서 한 시간 거리에 이런 곳이 있다니. 기차가 종착역인 문산역에 도착했다. 그는 창밖으로 주택이 몰려 있는 마을을 내다보았다. 여자는 저기 어디쯤에 살고 있을까. 서둘러 갈 길을 재촉하는 사람들을 구경하다 그는 맨 나중에 내렸다. 대합실 구석의 화분에는 겨울 동안 얼어 죽은 꽃이 처연히 말라 가고 있었다.

먼 곳에 와 있다는 느낌 때문인지 막상 가까워지니까 떨리는 건지 발걸음은 자꾸 느려졌다. 도대체 무엇을 보기 위해 이곳에 왔을까. 그는 역 앞의 음식점과 노점리어카를 기웃거리며 시간을 지체한다. 여자의 집 주소 동네 이름이 적힌 버스가 지나갔다. 두어 걸음 옮기며 버스 정류장을 찾다가 마침 담배를 사려고 멈춘 택시를 잡아탔다. 운전사에게 주소가 적힌 종이를 보여 주었다. 택시는 시내방향으로 들어갔다가 곧 벗어나 산비탈 옆길로 접어들었다. 봄이 오지 않은 겨울 끝자락의 산야는 황량하고 적요했다. 산모퉁이를 돌자 거기 그런 곳이 있었을까 싶은 마을이 나타났다. 과수원과 식당, 부녀회에서 운영하는 잡화점을 지나쳐 좁다란 골목 앞에 택시는 멈췄다. 이 동네 어디쯤일 테니 나머지는 알아서 찾아가라는 식이었다. 그는 택시에서 내려 골목으로 시선을 던졌다. 어디선가 금방 여자가 튀어나와 반갑게 맞을 것 같아 몸을 움츠렸다. 그는 왜 자신이 몸을 움츠리는지 모른다. 도망갈 준비라도 하는 건가. 길거리에 서 있던 사람들이 호기심 어린 눈으로 그를 흘끔거렸다. 골목 어귀 잡화점의 유리문이 비죽이 열려 있었다. 밖에까지 들리도록 크게 틀어 놓은 라디오 소리를 따라 그는 가게 안으로 들어갔다. 입구에 피워 놓은 난로에서는 연탄가스가 코를 찔렀다. 쌀쌀한 날씨임에도 가게 문을 열어 놓은 이유를 알 것 같았다. 자는 아이를 들쳐 업은 주인여자는 담배를 건네주다 말고 그를 아래위로 한 번 훑어보았다. 그는 그 시선에 대한 응답으로 주소가 적힌 종이를 내밀었다. 여자는 메모를 보더니 밖으로 나갔다. 그녀의 손끝이 가리키는 곳은 택시가 선 자리에서 채 열 걸음도 못 미쳐 있는 이층 집이었다.

"저 집이에요. 근데 지금 있을라나."

그의 심장이 빠르게 뛰었다. 그는 얼른 담뱃값을 치르고 주인여자에게서 벗어났다. 담배 한 개비를 천천히 피우고서도 서두르는 기색이 없었다. 집에 없을지도 모른다는 가겟집 여자의 말에 기대 또 시간을 끌었다. 겨우내 눈과 햇볕에 시달려 색이 바랜 가게 앞의 파라솔 아래 플라스틱 의자에 앉았다. 포천막걸리로 채워진 냉장고가 바로 눈앞에 보였다. 그는 막걸리를 손으로 가리켰다. 시선은 이층집의 창문과 대문에 둔 채였다. 집 안으로 통하는 곳이 어디어딘지 살피는 그의 시선은 몰래 그 집에 잠입하려는 자의 것처럼 집요하고 탐욕스러웠다. 아직 밖은 추울 텐데. 가겟집 여자는 난로 위에서 설설 끓고 있는 주전자에서 뜨거운 물부터 가득 따라 갖다 주었다. 막걸리와 깍두기를 내려놓으며 그의 눈치를 살폈다. 그가 왜 그 집에 얼른 들어가지 않고 여기서 어물대는지 궁금할 것이다. 주전자 뚜껑이 들썩거리는 소리가 어색하게 눌어붙어 있는 침묵을 깨뜨렸다.

누군가 그 집에서 나올 때까지 기다려 볼 심산인지는 그 자신도 알 수 없었다. 허겁지겁 이곳까지 온 깜냥으로는 한시도 지체하고 싶지 않을 테지만 여자의 집을 눈앞에 두고 마냥 시간을 늘이고 있다. 어쩌면 여자를 만나지 않기 위해 이곳에 왔는지도 모른다는 터무니없는 대답까지 준비하고 있다. 여자가 이층집 대문에서 손을 흔들며 나오는 착각에 눈을 비빈다. 마지막 본 여자의 모습을 떠올렸다. 상복을 입은 여자는 물기라곤 다 말라 버려 곧 바스러질 것 같았다. 그의 가슴은 물이 가득 들어 있는 잔처럼 출렁거렸다. 뭔가 자신의 내부에서 넘쳐나고 있다는 느낌. 그러나 흘러넘칠까 봐 여자에게로 몸을 움직일 수 없었다. 그는 희망의 불씨를 뒤지고 있는 자신을 향해 쓸쓸히 막걸리 잔을 들어 올렸다. 뭔가를 눌러앉히듯 어금니로 깍두기를 지그시 베어 물었다.

그가 여자를 처음 본 것은 제대하고 나서 일 년쯤 지났을 때였다. 한여름 오후 세 시가 조금 넘었을까. 이마의 땀을 훔치며 그는 헐레벌떡 집으로 들어섰다. 가방을 아무 데나 던져 둔 채 마당에서 찬물에 얼굴을 박고 세수를 했다. 수건을 찾아 마루 옆 기둥을 오른손으로 더듬거리다 그 자리에 우뚝 멈춰 섰다. 그의 눈이 가 닿은 곳은 여자의 옆모습. 더 정확히 말하면 젖가슴이었다. 마루에 누워 아이에게 젖을 물린 채 잠들어 있는 방심한 육체. 잠결에도 한 손으로 아이의 볼을 어루만졌다. 그가 그렇게 요란스럽게 문을 열고 들어와 시끄럽게 세수를 했는데도 여자는 곤한 잠에서 깨어나지 않았다. 무방비로 풀어져 있는 앞가슴. 그때 그는 보고야 말았다. 여자의 젖가슴에 퍼렇게 도드라져 꿈틀거리는 정맥을. 한 집에서 살기 시작한 지 이 년이 되었지만 그가 그날 여자를 처음 보았다고 말한 까닭은 그날부터 여자는 그에게 이전의 여자가 아니었기 때문이다. 여자가 아무리 행복한 표정으로 아이를 안고 있어도 그에게는 젖가슴의 이미지로만 보였다. 모체에 매달린 아기는 바위에 달라붙은 고착생물만큼이나 단단했다. 이제 막 부여받은 생명을 지키기 위해 있는 힘껏 젖을 빨아 댔다. 어미의 몸을 다 빨아들여 한 입에 넣을 듯 대단한 힘을 가진 입이 가증스럽기까지 했다.

여자의 운명은 그날 그의 감정에서 예고되었는지도 모른다. 불행 또는 불운의 홀씨가 그녀의 머리 위에 내려앉는 것을 그는 보고야 말았는지도. 그 씨앗은 질긴 뿌리를 내리고 그녀의 몸속을 파고들 거라는 것도. 삶의 엄청난 비의조차 때로는 아주 짧고 사소한 순간에 들키는 건지도 모른다고 그는 이제야 생각한다. 한 번 시작된 불행은 무서운 속도로 제 길을 개척해 갔다. 산꼭대기에서 굴러 떨어지기 시작한 돌을 멈출 수는 없었다.

그 후 그를 가장 강력하게 지배한 감정은 살의였다. 전에도 그는 그것으로부터 그다지 자유롭지 않았다. 어렸을 적 아버지의 구두를 변소에 빠트렸을 때도 그는 비슷한 감정에 빠졌었다. 하지만 여자와 결부된 살의는 훨씬 구체적이고 강렬한 것이었다. 살의를 느껴 본 사람은 알 것이다. 그 뒤에 얼마나 씁쓸한 자기혐오가 도사리고 있는지. 살의란 결국 아무 일도 저지르지 못하는 자의 자기방어에 지나지 않는다는 자각.

그가 사는 집은 대체로 조용했다. 아기 울음을 시끄럽다고 표현하지만 않는다면 다른 소음은 별로 들리지 않았다. 가족이래야 그와 어머니, 형수인 여자와 조카, 그리고 늘 집을 비우는 형이 전부였다. 어머니는 집에 있어도 방에서 무얼 하는지 밖에 나오거나 외출하는 일이 드물었다. 구석에 숨죽이고 있는 게 완전히 몸에 배어 버렸다. 보통 노인들처럼 집 안을 돌아다니며 살림의 요모조모를 살피거나 잔소리를 하지도 않았다. 텔레비전을 보는 게 유일한 낙이었다. 사람 소리라고는 조카의 옹알이와 꼭 하지 않아도 되는 형수의 대답이 고작이었다. 그는 대부분의 시간을 학교와 술집에서 보냈다. 나머지 시간도 길거리를 쏘다니는 일로 소일했다. 집은 겨우 밤에 들어와 잠만 자고 나가는 곳이었다. 그렇게 계속 살 수 있었더라면 그는 지금 어떻게 되었을까.

그날 그는 동아리 모임에서 술이 몹시 취한 상태였다. 식구들이 잠든 틈에 열쇠로 몰래 대문을 열고 들어왔다. 초가을이라 밤바람이 차가웠다. 그는 오줌을 누고 돌아서 몸을 부르르 떨며 얇은 웃옷 주머니에 손을 찔러 넣었다. 살금살금 발소리를 죽이고 그의 방으로 걸음을 옮길 때였다. 불이 꺼진 형의 방에서 새나온 말소리가 귀에 들어왔다. 그의 발길이 우뚝 멈춘 것은 그 소리가 부부 사이에 주고받는 대화라기엔 뭔가 수상쩍었기 때문이었다. 그냥 지나치려고 했다. 어떤 이유로든 형과는 부딪히지 않는 게 상책이었다. 그런데 뭔가가 뒷덜미를 잡아당겼다. 어찌 들으면 위협 같기도 하도 달리 들으면 애원 같기도 한 형의 소리가 들렸다. 이윽고 형수의 낮은 흐느낌이 이어졌다. 커다란 물체가 이리저리 벽에 부딪히는 소리와 함께 형의 목소리는 잦아들었다. 그는 자신도 모르게 떨고 있는 주먹을 움켜쥐었다.

다음날 아침은 여느 때보다 일찍 눈이 떠졌다. 제일 먼저 마당으로 나가 형의 방을 지켜보았다. 기지개를 켜며 눈으로는 형수를 찾았다. 무사한가. 왠지 그런 마음이 들었다. 형수에게 꼭 무슨 일이 일어났을 것만 같았다. 그의 예상은 완전히 빗나갔다. 부엌문을 열고 나온 형수의 모습은 보통 때와 다름없었다. 그를 향해 엷은 미소까지 지었다. 어젯밤의 그 소리는 뭐였지. 그는 술에 취해 환청을 들은 거라고 생각할 수밖에 없었다. 얼마 안 가 그것은 환청도 과대망상도 아니었음이 밝혀졌다. 형의 폭력은 날로 강도를 더해 갔다. 육체적인 굴복이든 정신적인 복종이든 얻어내기 위해서라면 물리적인 폭력을 쓰는 것도 서슴지 않았다. 나중에는 형수의 얼굴에 흉터를 남기는 일이 빈번해질 만큼 대담해졌다.

그를 더욱 혼란스럽게 한 것은 어머니가 모든 사실을 알고 있다는 것이다. 어머니의 침묵 혹은 방조는 그로 하여금 형을 더 용서할 수 없게 만들었다. 아이는 날로 살이 피둥피둥 찌며 무럭무럭 자랐다. 형수는 뼈가 살을 뚫고 나올 것처럼 말라 갔다. 급기야 형에게 맞은 것으로 보이는 멍 자국을 가리려는 최소한의 수치심조차 잃어버렸다. 이 집에 사는 누구와도 무관하게 살고 싶은 그의 소망에 차츰 균열이 생겼다. 그는 형에 대한 혐오감이나 경멸을 감추지 않았다. 니가 누구 덕에 대학물 먹는 줄 알기나 해. 니가 언제부터 나한테 관심이 있었다고 이래라 저래라냐. 그렇게 시간이 남아 돌면 취직 걱정이나 해라. 형수가 어디 아픈 것 같으니까 병원에 한번 데려가 보라는 말에 대한 형의 대꾸는 정해진 레퍼토리를 벗어나지 않았다. 형은 흰자위를 뒤룩거리며 으르렁거렸다. 어머니도 형수도 잠자코 있었다. 고개를 숙이고 빠른 속도로 수저를 입으로 가져가는 어머니를 보았다. 놀랍게도 아주 오래전 일이 스쳐 지나갔다. 어머니의 그런 얼굴을 본 적이 있었다. 단지 마주앉은 사람이 형이 아니라 아버지였다는 점만 달랐다. 언제나 소리를 지르는 사람은 아버지였다. 어머니는 그저 숨죽인 채 밥을 입에 몰아넣고 상을 치웠다. 그나마 상이 발에 걸어 차이지 않으면 다행이었다.

형은 나이가 들면서 점점 더 아버지를 닮아 갔다. 하지만 형수만큼은 어머니와 달라 보였다. 마땅히 그래야 했다. 형수의 침묵은 일견 어머니의 것과 똑같았지만 그 안에는 무서운 자기 단련이 깃들여 있었다. 어느 날 형수가 오른손 중지를 뻗어 형의 목에 갖다 대면 형이 그 자리에서 숨이 끊어질 거라는 상상을 할 만큼 형수에게서는 결연한 힘이 느껴졌다. 형수가 형을 사랑했는지는 그 상황에서 별로 중요한 것 같지 않았다. 그는 형수의 태도를 주의 깊게 살폈다. 형수는 폭력에 대한 두려움을 지우는 일로 형에게 대항했다. 너 웃었어, 라는 형의 울부짖음에 가까운 소리를 들은 적이 있다. 형은 형수가 두려워서 주먹을 휘둘렀는지도 모른다. 적의와 공격만이 상대로부터 자신을 보호하는 법이라고 알고 있는 형에게는 지독하게 태연한 형수가 오히려 무서웠을 것이다. 그게 체념에서 오는 것이든 무력감에서 오는 것이든 형수의 얼굴은 피압박자나 패배자의 것으로 보이지 않았다.

그날의 형수 표정을 잊을 수가 없다. 그가 늦잠에서 일어나 세수를 하려고 마당으로 내려설 때였다. 마루에서 형수의 목소리가 들렸다. 아이를 품에 안고 재우면서 눈길은 마당을 향해 있었다. 저기다 나무를 심었으면 좋겠어요. 시멘트로 발라놓은 수돗가를 내려다보며 나지막하게 읊조렸다. 꽃송이가 탐스러운 목련이나 영산홍을 심으면 좋을 텐데……. 꽃이 피면 온 집안이 환할 거예요. 그 말을 할 때의 형수는 사탄의 시련을 묵묵히 견뎌내는 천사처럼 평화로워 보였다. 그는 형수의 부어오른 눈두덩을 보면서 그 말이 꽃잎이 되어 그의 가슴으로 떨어진다고 생각했다. 꽃나무 앞에 세상에서 가장 편안한 의자를 갖다 놓고 여자를 앉히고 싶었다. 당신은 이제 쉬어야 해요. 그는 여자의 어깨에 손을 얹고 말할 것이다.

형은 점점 더 비열하고 잔인해졌다. 상대를 거꾸러뜨리지 못하는 초조함이 클수록 형의 발광은 극에 달했다. 형수의 영혼을 망가뜨리라는 사명을 받은 사람 같았다. 형수의 몸이 물리적인 폭력을 얼마나 오래 견딜 수 있느냐가 예정된 파국의 시기를 결정할 것이었다. 형수는 아무도 몰래 칼을 갈아 깊숙이 감추고 있는 게 틀림없었다. 그는 진정으로 형을 죽이고 싶었다. 그러나 자신의 힘으로는 몽둥이 하나 들지 못했다. 누가 어서 이 싸움을 끝장내 주기만을 기다리고 있었다. 결국 그 바람은 엉뚱한 곳에서 이루어졌다. 형은 공사장 위에서 떨어진 각목에 뒷목을 맞고 그 자리에서 숨이 끊어졌다. 생각만으로도 사람을 죽일 수 있었다.

마을 앞의 비탈 논에 어스름이 깔리기 시작했다. 사람들은 하나씩 피곤한 얼굴로 일터에서 돌아온다. 막차가 몇 시라고 했지. 가겟집 여자는 그의 거동을 살피는 데도 질렸는지 어디 가고 없다. 햇살은 산등성이의 나무를 통과해 가게 앞까지 닿아 있다. 탁자를 짚고 일어서는 그의 상체가 잠시 흔들렸다. 물 위를 걷는 사람처럼 위태롭게 그는 자신이 수백 번도 더 바라다본 골목의 이층집을 향해 걸음을 옮겼다. 그때 가겟집 여자가 화급히 부르는 소리가 들렸다.

"저기 마침 그 집 주인이 오네."

오토바이를 탄 남자가 굉음을 내며 골목 앞에 멈췄다. 마흔이 좀 넘었을까. 검게 그을린 얼굴에 다부진 몸집의 남자는 힘깨나 쓰게 생긴 체격이었다. 뜻밖에 형과 많이 닮아 있었다. 그는 이해할 수 없다는 눈빛으로 남자의 뒷모습을 쫓았다. 남자가 탄 오토바이는 굉음을 내며 그를 지나쳤다. 여자한테 친절한 말 따위는 할 줄 모를 것같이 생긴 저 작자가 형수의 남자란 말인가. 그는 몸속의 피가 모조리 빠져나가는 기분이었다.

그는 오토바이에서 내려 자기 집 초인종을 누르는 남자의 옆얼굴을 유심히 바라보았다. 가겟집 여자 또한 그의 뒤통수를 호기심에 차서 바라보고 있을 것이다. 호기심은 의심의 다른 얼굴이기도 하다. 대체 이 자는 뭘 하는 놈인지 묻고 싶겠지. 그녀가 섣불리 오토바이 남자를 불러 세우지 않은 것만은 고마운 일이다. 쇠문 열리는 소리가 들렸다. 그의 귀에 익은 목소리도 들렸다. 아니 그렇지 않았을 수도 있다. 아무 소리도 못 들었는지 모른다. 철대문 닫히는 소리와 함께 모든 소리가 사라졌다. 그는 호기심에 눈을 반짝이는 가겟집 여자에게 버스 정류장을 물었다. 그러고는 여자의 대답을 듣기도 전에 우물처럼 옴팡한 산마을을 벗어나는 길 위를 허청허청 걸어갔다. 멀리서 누군가가 자신을 부르며 달려오고 있는 것만 같았다. 다시 발길을 돌려 여자의 대문을 두들기고 싶은 충동에 얼굴을 세게 문질렀다. 뺨은 술기운으로 달아올라 있었다.

그는 마침내 결론을 내렸다. 집도 알고 여자도 봤으니 오늘 할 일은 다 한 거야. 이루고자 하는 것은 이미 이루었다는 터무니없는 생각이 들었다. 똑바로 앞을 보고 뚜벅뚜벅 걸었다. 버스가 그를 지나쳐갔다. 그는 앞으로 앞으로 버스가 가는 길을 따라 계속 걸었다. 이 길 어디쯤에서 여자가 자신을 따라와 기다리고 있을지도 모른다는 생각에 고개를 돌리고 싶었다. 속으로 수십 번 미친놈, 미친놈을 뇌까렸다. 그렇게 얼마를 가다가 태울 사람을 다 태우고 막 출발하려는 버스에 아슬아슬하게 올라탔다. 그가 타자 버스는 한가한 시골길을 쏜살같이 달렸다. 그는 눈앞에서 많은 일들이 일어나길 바란다. 그런데 오늘 한 짓은 뭐지. 결국 이렇게 돌아서고 말 것을. 비겁함이 고개를 든다. 다른 사람이 이루어 놓은 세상에 살짝 무임승차하는 것은 그의 습관이 아니라 삶이 되었다. 그 여자는 지금 행복한가. 주제넘은 질문이다. 그는 자신이 삶의 비극적인 단면을 은근히 즐겨 온 것은 아닌지 의심이 들었지만 더는 생각을 키우지 않았다. 그의 표정은 비어 있는 괄호 같았다. 누군가 답을 채워 넣어야 하는.

3.

아침 햇살이 뭉쳐진 옷과 땀과 냄새가 낭자한 방 안을 속속들이 비추었다. 먼저 눈을 비비고 일어난 사람은 그녀였다. 방 안을 휘둘러본 그녀는 나지막이 숨을 몰아쉬었다. 한쪽 구석에 있던 책들은 이리저리 나뒹굴었다. 찻잔도 받침과 따로 떨어져 문 쪽으로 굴러가 있다. 옷은 마구 벗어 패대기쳐서 구겨진 채 흩어져 있다. 방은 지난밤에 일어난 일을 낱낱이 알려 주었다. 가슴을 들썩이며 깊은 숨소리를 내는 그를 바라본다. 이맛살을 모으고 몸을 고치처럼 둥그렇게 구부린 채 자고 있다.

그녀는 일어나 구겨진 옷을 탁탁 털어 걸치고 밖으로 나왔다. 벌써 여덟 시가 다 돼 간다. 부엌으로 나가 엊저녁에 남긴 밥과 국을 챙겼다. 반찬을 상위에 올려놓는 사이 그가 신발을 끌며 마당으로 내려선다. 그의 목덜미를 할퀴고 지나간 자신의 손톱자국이 멀리서도 보였다. 그녀는 밥상을 챙겨 들고 마루로 나왔다. 화장실에 다녀온 그는 부엌으로 들어가 물도 받지 않고 얼굴을 수도꼭지에 대고 문질렀다. 냉수의 찬 기운에 으으으 비명을 지른다. 그녀의 눈길은 자꾸 그의 상처로 간다.

가스레인지 옆에 세워 냉기를 눅인 신발을 댓돌 위에 올려놓았다. 그가 목에 수건을 두르고 점퍼의 지퍼를 끝까지 올릴 때까지도 그녀는 그를 똑바로 보지 못했다. 그는 가타부타 말이 없다. 다듬다가 마당 구석에 던져 둔 나무토막을 이리저리 뒤집어 본다. 곰팡이가 슬고 한쪽은 썩기 시작한 나무토막을 어린애 다루듯 짯짯이 살폈다. 나무라면 땔감 정도로만 알고 있는 그녀에게 그 행동은 이해할 수 없는 것이었다. 어제 새로 가져온 물푸레나무는 그나마 굵어서 쓰임새가 많아 보였다. 그는 줄기에 흰 반점이 있는 나무토막을 집다가 돌아서서 그녀 쪽으로 슬쩍 눈길을 준다. 옷을 아무리 잘 여며도 목에 난 상처는 가려지지 않았다. 그녀의 몸 또한 다리고 가슴팍이고 멍투성이었다. 몸을 움직일 때마다 머리가 욱신거렸다. 쇠뭉치로 어깨를 내리누르는 것 같았다. 붉게 긁힌 그의 목덜미를 보며 그녀는 가슴을 쓸어내린다. 동네 사람들의 웃음거리가 될 것이 겁나서만은 아니었다.

그가 채근하듯 그녀의 얼굴을 찬찬히 뜯어볼 때도 집에서 쉴게,
라고 잘라 말했다. 그가 나가고 나서 그녀는 한 켠에 대충 개켜 놓
은 이불을 펼치고 다시 그 위에 누웠다. 그녀의 귀에는 아직도 그
소리가 쟁쟁했다. 제발, 제발 멀리만 가지 말아요. 말끝에 흐느낌
까지 매달려 있었다. 여간해서는 감정을 싣는 법이 없는 그의 입에
서 그런 절절한 소리가 흘러나오다니. 자신을 감추고 사는 사람 옆
에 있는 일은 정말이지 쓸쓸한 일이다. 서러움이 목에 차올라 그녀
는 입을 더욱 굳게 다문다.

그의 손길 역시 보통 때와 달랐다. 그녀를 더듬는 그의 손은 지
느러미처럼 부드러웠다. 손짓은 날갯짓처럼 가뿐했다. 지느러미와
날개와 손가락, 이것들은 모두 타인의 몸에 가 닿는 도구들이다.
몸통이 부딪히는 것보다 얼마나 은근하고 부드러운가. 지느러미
같은, 날개 같은 팔을 뻗어 그녀의 어깨를 끌어당기던 그를 떠올리
고는 고개를 젓는다. 그녀는 누운 몸을 일으켜 윗도리를 들어올린
다. 가슴 위 손톱자국과 어깨에 들짐승한테 물어뜯긴 것처럼 긁힌
상처와 멍이 붉고 푸르게 번져 있다. 한바탕 싸움을 치르고 난 몸
이었다. 유두를 만지자 짜릿하게 저려왔다. 그는 젖꼭지를 꽉 물고
놓지 않았다. 그녀가 고통을 참지 못해 그의 머리카락을 뒤에서 잡
아 젖히자 그제사 정신이 들어 이빨을 풀었다. 더 물고 있었더라면
필경 잘려나갔을 것이다. 딸애가 젖먹이 때 믿어지지 않을 만큼 세
게 잇몸으로 젖꼭지를 물고 늘어진 적이 있었다. 자지러지게 아파
아이 뺨을 때렸었는데 꼭 그때 같았다.

그녀는 그가 없을 때면 전화기에 대고 주문을 걸었다. 제발 울려라. 누군가 그녀에게 전화를 걸어 온다면 목숨이라도 내줄 것 같은 심정이었다. 아무리 먼 길을 나서도 그는 전화 한 통 걸어 오지 않았다. 상대를 기다리게 하는 일은 자신도 모르게 큰 죄를 짓는 거라는 생각을 한다. 기다림만큼 짧은 시간 동안 사람을 못 쓰게 만드는 게 또 있을까. 휴대폰이 없는 그에게 그녀 쪽에서 연락을 할 방법은 없었다. 그냥 한 마디만 하고 싶었다. 괜찮냐고. 아무 일이 없느냐고.

그가 옆에 없을 때면 돌연 그가 아주 떠나 버린 것은 아닌가 불안하다. 방 안을 둘러보아도 되찾아야 할 만큼 값나가는 물건은 눈에 띄지 않는다. 이불이나 옷, 그릇들은 당장 내다 버린다 해도 아무도 주워가지 않을 형색이었다. 다 얻어온 것들이라고 했다. 대부분이 모양도 망가지고 제 때에 세탁을 하지 않아 빨아도 본래의 색이 나지 않았다. 약초와 자연요법에 관한 책들이야 하다못해 불쏘시개로라도 쓰면 될 것이다. 그녀는 그 상상이 현실로 닥친 것처럼 가슴이 무두질을 쳤다. 그렇다면 제일 먼저 무엇부터 해야 하나. 답은 너무나 뻔했다. 그녀도 왔을 때처럼 홀연히 떠나면 그만이었다. 그것뿐이란 말인가. 새삼스레 흔적이 남지 않는다는 것은 외로운 일임을 깨닫는다.

그녀는 머리맡에 있는 그의 책을 집어 들었다. 표지의 테두리가 다 헐었다. 속지도 오랫동안 습기와 햇볕에 찌들어 누렇게 부풀어 있었다. 한문으로 씌어진 제목으로는 내용을 알 수 없어 책장을 홀훌 넘겨 보았다. 요즘 보기 드문 세로 편집에다 눈이 금세 피로를 느낄 작은 글씨였다. 겉표지 안에 책을 처음 샀던 사람이 책 구매일을 써 놓았다. 1966년 6월 22일. 현. 단정한 펜글씨였다. 한 장 한 장 넘기는데 중간쯤에 식물의 홀씨처럼 얇고 희미한, 말린 꽃잎이 누워 있었다. 그렇다면 이 꽃은 1966년에 태어났다는 말인가. 그녀가 태어난 해였다. 그 아래에 2000년 겨울, 이라고 쓴 그의 글씨체가 있었다. 이 책은 두 세기에 걸쳐 두 번째 주인을 맞은 셈이다. 그녀는 꽃잎을 엄지와 검지로 집어 햇빛에 비추어 보았다. 흐릿하게 연보라색이 나타났다. 그렇다 해도 꽃 이름을 알기는 어려웠다. 꽃이라는 흔적으로만 남은 투명한 섬유질. 때로 아름다운 흔적도 있었다. 비록 부서질 듯 아슬아슬하더라도. 그녀는 다시 꽃잎을 책갈피에 끼우고 책을 덮었다. 겨울에 고서점을 뒤지고 다니며 헌책을 사는 사람. 그녀는 새롭게 알게 된 그의 면모에 대해 머릿속으로 정리해 보았다. 여전히 구체적으로 잡히는 것은 없었다. 하나가 더 있다. 이따금 광포한 섹스를 죽음에 이르듯이 하는 사람. 그녀에게도 그런 섹스는 처음이었다. 자신이 그를 쉽게 떠나지 못할지도 모른다는 생각을 한다. 가슴속에 그런 힘이 남아 있는 사람이라면. 상대를 관통할 듯이 밀고 들어와 좀체 놓아 주지 않는 힘. 그녀는 다음 말을 잇지 못하고 이불 위에서 몸을 옆으로 돌린다.

'약초 따고 차 만드는 일이나 제대로 할 것이지 쓸데없는 책은 읽어서 뭘 하겠다는 거야.'

그녀는 이유 없이 솟구치는 노여움을 어쩌지 못한다. 추운 날씨인데도 몸에서 나는 이상한 열기 때문에 이불을 덮을 수가 없었다. 그는 상대와 거리감이 형성되어야 비로소 안심하는 사람이었지만 그녀는 달랐다. 다가갈 수 없는 부분이 그에게 있다는 사실 때문에 자주 외로웠다. 그녀는 잠시나마 잊고 있던 자신의 처지를 떠올렸다. 두려울 게 무언가. 아무것도 겁나지 않는다고 웅얼거리는 그녀의 말에는 힘이 없다. 그녀는 일어나 벽에 몸을 기대고 앉았다. 몇 번이나 이제라도 그를 따라나설까 망설이다 그만두었다.

그와 함께 마을에 처음 들어서던 날, 그녀는 그의 집을 둘러싸고 있는 지리산자락 위에서 피어오르는 안개를 보았다. 어쩌면 그건 착시현상이었는지도 모른다. 아침이라기엔 늦고 점심이라기엔 이른 열한 시가 다 된 시각에 안개라니. 산의 중턱이 반쯤 구름에 가려 마을과 산의 경계를 무너뜨렸다. 작은 개울을 건너 그의 집으로 가는 길 양쪽에는 텅 빈 논과 두꺼운 겨울옷을 덮어쓴 비닐하우스가 대조적인 모습으로 마주 보고 있었다. 마을을 벗어나 산비탈로 오십 미터쯤 올라가자 그림책에서 본 듯한 작은 시골집이 나타났다. 대문을 열고 들어서면 마루를 가운데 두고 양쪽에 방을 들인, 한 식구가 살기 딱 좋은 규모의 집이었다. 크고 작은 나무들이 손님을 맞이하듯 대문 옆에 줄지어 서 있었다.

비워 놓았던 집은 썰렁했다. 그녀를 마루에 앉혀 두고 그는 아궁이에 불을 피웠다. 그녀는 그의 일거수일투족을 놓치지 않고 지켜보았다. 장작이 타면서 무언가가 터지는 소리가 났다. 고운 홍시빛 불길은 점점 가팔라졌다. 불 냄새가 집 안 구석구석으로 퍼져 나갔다. 그녀는 마음이 조금 누그러졌다. 사람의 훈김을 맡아 본 지가 언제지. 훈훈해지려면 시간이 걸릴 테니 방에 들어가서 전기장판을 켜고 있든지 아니면 불 가까이 다가앉으라는 그의 말을 듣고서야 그녀는 몸을 움직였다. 나뭇가지를 하나 집어 들어 불땀을 헤집었다. 그러다 곁에서 들리는 소리에 눈을 떴을 때는 그녀가 한참을 자고 난 뒤였다. 얼굴이 불기에 달아올라 방에 들어와 잠깐 벽에 머리를 기댔었는데 어느새 잠이 든 모양이었다. 이렇게 정신을 놓고 잠을 자다니 스스로 생각해도 신기했다. 잠을 자면서도 밖에서 들리는 소리를 다 듣고 누가 문만 건드려도 벌떡 일어나던 그녀였다. 그의 손에 밥상이 들려 있었다. 그렇게 시작되었다. 그랬었다.

그에 대해 굳이 알려고 할 필요는 없었다. 이곳에서 얼마나 살지 모르지만 머물 만큼 머물면 그만이었다. 퇴직금을 다 털어 이 집을 마련했다는 것, 그전에는 서울에서 월급쟁이 노릇을 했다는 것, 왜 하필 연고도 없는 이곳에서 약초차 만들 생각을 하게 되었는지에 대한 설명은 듣지 못했다. 하지만 이런 느낌은 들었다. 이 집을 마련했을 때는 누군가를 염두에 두고 있었음이 틀림없다. 그냥 약초꾼의 집이라면 마당에 쓸모없는 나무를 심기보다는 약초를 널 수 있게 빈 공간으로 남겨 두었을 것이다. 실용적인 목적보다는 바라보는 사람의 시선을 중시한 집이었다. 그녀는 불현듯 그가 어떤 사람인지 조금 궁금해졌다.

몇 년째 한 동네에 살고 있는 이웃도 그의 나이를 모른다. 만나면 우선 나이부터 묻고 여기 오기 전에 무얼 했느냐는 질문이 이어지는 것이 이곳 인심이기는 했다. 하지만 그는 그때마다 입을 양옆으로 늘여 소리 없이 웃었다. 시간이 얼마 지나자 젊은 사람이 이 시골구석으로 들어왔을 때는 그럴 만한 사연이 있겠거니 하고 다들 그쯤에서 입을 다물었다. 몇몇이 짓궂게 물고 늘어질라치면 그는 아예 자리에서 일어나 저만치 달아났다. 덕분에 갖가지 소문이 무성했다. 그녀가 이곳에 오기 전에는 여자와 관련된 풍문도 만만치 않았다. 그들도 종국에는 자기들과 별다른 족속이겠나 싶어 호기심을 거두었다. 언젠가 마을 공판장에서 만난 이장은 그간의 사정을 그녀에게 귀띔해 주었다. 무엇보다 늙은이들만 사는 동네에 기운 펄펄한 젊은 사람이 왔다 갔다 하는 게 보기 좋았다고. 봄철 차 만드는 일이 끝나면 그들은 그에게 농사짓는 법을 가르쳤다. 그들에게 필요한 건 그의 노동력이었다. 그는 힘이 세고 일을 허벅지게 하는 사람은 아니었지만 꾀를 부리거나 엉뚱한 일을 저지르지는 않았다. 처음 농사 배우는 사람답게 모르면 물어서 자기 몫은 해냈다. 이런 일 많이 해 본 것 같진 않아도 젊은 사람이라 영리해서 금방 알아묵네. 동네 노인들은 외려 그를 대견해 했다. 그건 그녀가 그를 처음 보았을 때 받은 느낌이기도 하다. 자신을 따뜻하게 감싸 줄 거라는 믿음보다 뒤통수를 치지는 않을 거라는 타협이 그녀를 여기까지 오게 했다. 그는 그런 사람이었다. 누구를 위해서 지푸라기 하나 들어 줄 위인이 아니라는 생각이 절로 들게 했다.

그날, 그는 인사불성으로 취해 테이블에 엎드려 잠이 들었다. 떠메다시피 그를 방으로 옮기고 그녀를 그의 방으로 들여보낸 것은 술집 주인인 그의 선배였다. 서로 외로운 사람들끼리 잘해 봐. 남자는 아무리 어른이 돼도 엄마가 죽으면 아주 약해지거든. 주인은 입가에 웃음을 흘리면서 부탁처럼 말했다. 그녀가 그 술집에서 해야 할 일 중의 하나인데도 말이다. 요청이 있을 때면 그녀는 어떤 일이든 거부하지 않았다. 주인남자가 쥐어주는 잔돈푼이 그녀에게는 요긴했다. 그는 그녀가 옆으로 다가들어 옷을 벗기는 줄도 모르고 감내 나는 숨을 불어 대면서 잠을 잤다. 몇 번 얼굴을 건드려도 보고 아랫도리에 손을 갖다 대기도 했지만 깨지 않았다. 그녀는 곁에 누워 속옷만 입은 채 잠이 들었다. 그녀가 잠을 깬 것은 새벽녘이었다. 화들짝 놀란 얼굴로 그는 뭘 따지려는지 선배가 자고 있는 옆방으로 갔다. 간간이 그의 목소리가 들렸다. 자기가 왜 저 방에서 자고 있냐고 물었다. 선배의 욕지거리에 이어 신발을 질질 끌며 그가 다가오는 소리를 그녀는 이불 속에서 다 듣고 있었다. 재수 없어. 그녀는 내뱉듯 말했다. 물어 보긴 뭘 물어 봐. 술집 여자랑 한방에서 자면 뻔한 얘기지. 반년 넘게 일하면서 그런 숙맥은 본 적이 없었다.

내놓고 여자 장사를 하는 술집은 아니더라도 적지 않은 남자들이 그녀를 거쳐 갔다. 대부분 주인의 개인적인 부탁 형식을 띠고 이루어졌다. 그녀가 젊지도, 그렇다고 눈을 끌 미인도 아니라는 점은 문제가 되지 않았다. 그들은 단지 생리적인 배설을 위해 여자가 필요한 사람들이었다. 그 편이 훨씬 나았다. 끝나고 나면 그뿐이니까. 홀가분하고 아무 찌꺼기도 남지 않았다. 이 남자 같은 타입은 사람 기분을 정말 더럽게 만들었다.

그녀는 남자와 몸을 섞을 때면 항상 머릿속으로 회 뜨는 장면을 상상한다. 뜰채에서 도마로 던져진 물고기는 발악하듯 몸을 퍼덕인다. 곧 사람의 정수리쯤에 해당하는 곳이 칼에 찔려 피를 쏟아낸다. 흐르는 피는 수돗물에 씻겨 나가고 살점은 샅샅이 발려져 무채 위에 얹혀진다. 눈은 대가리에 그대로 박혀 부릅뜬 채 목숨을 앗기는 과정을 지켜본다. 순식간에 뼈가 발라지고 눈알은 내장과 함께 쓰레기통에 처박힌다. 그녀는 산 채로 도마 위에서 칼을 맞은 도다리나 광어처럼 몇 번 꿈틀대다가 납작 엎드려 버린다. 이따금 절정의 순간을 맛볼 때도 그녀는 물고기처럼 다리를 딱 붙이고 길게 뻗는다. 바닷물에 풍덩 빠뜨리면 꼬리를 흔들며 헤엄이라도 칠 듯이 다리를 몇 번 앞뒤로 흔들며 신음을 뱉어 낸다. 그러면 흡사 바다 속을 유영하는 것처럼 자신의 무게가 전혀 느껴지지 않는다. 질에서부터 배꼽, 가슴, 입술까지 온몸이 촉촉이 젖어든다.

그는 밖에서 꽁꽁 언 몸으로 들어와 그녀의 머리맡에 앉아 한참을 굽어보고 있었다. 얼마나 지났을까. 그녀가 눈을 뜨고 그를 마주 보자 갑자기 목을 조를 듯이 덤벼들었다. 그녀는 놀라지 않았다. 폼 잡는 인간일수록 더 구역질나는 경우를 수없이 보아왔다. 그녀의 몸은 폭풍우에 짓이겨진 나무처럼 만신창이가 되었다. 그녀는 차라리 잘 됐다고 생각했다. 그는 그녀의 배에 얼굴을 대고 허리를 끌어안은 채 아기처럼 곤히 잠들었다. 날이 밝아오자 잠이 깬 그가 서둘러 바지를 입다가 말했다.

"나하고 같이 살래."

그녀는 이불을 이마까지 끌어다 덮으며 들은 시늉도 하지 않았다. 남자들이 잠자리에서 허투루 하는 말을 일일이 상대하는 건 정말 피곤한 일이다. 쉽진 않을 거야, 그래도 좋다면 같이 살자. 그는 진지한 어투로 다시 말했다. 그녀는 이불을 걷어 내고 그의 얼굴을 똑바로 쳐다보았다. 그가 그녀의 옷을 집어 건네주었다. 그 길로 그를 따라나선 것이다.

그녀는 자신의 몸을 만져 보았다. 아래로 처지기 시작한 살은 탄력을 잃었다. 눈 밑에 기미가 지피기 시작한 지도 몇 년이다. 몸 여기저기에 붙은 군살은 옷맵시를 망쳤다. 무엇보다 남자들은 웃지 않는 그녀를 밥맛없어 했다. 아무리 애써도 웃음이 나오지 않았다. 즐겁고 재미있는 일을 봐도 웃을 수가 없었다. 누군가의 농담에 다들 목을 젖히고 웃어도 그녀는 눈만 멀뚱멀뚱 뜨고 앉아 있다. 웃음이 어떤 언어보다 설득적이라는 것은 그녀도 안다. 남편의 여자를 만나기 전까지는 그녀도 자신이 잘 웃지 않는다는 것을 몰랐다.

여자의 작고 흰 얼굴은 긴장으로 굳어 있었다. 무릎 위에 올려놓은 손을 자꾸 만지작거렸다. 그러면서도 입가에 엷은 미소를 지었다. 누군가와 눈을 맞추면 저절로 얼굴에 웃음이 배어 나오는 사람이었다. 별 의미 없이도 얼굴 근육을 이완시켜 환한 표정을 짓는 사람. 상대에 대해 아무런 적의도 저항감도 없는 웃음을 보는 순간 그녀는 마음 한쪽이 무너져 내렸다. 할 말은 다 날아가 버리고 그저 여자 얼굴만 골똘히 쳐다보았다. 이따위 상투적인 자리를 만든 자신이 역겨워 참을 수 없었다. 몸을 자꾸 꿈틀댔다. 이마에서는 땀까지 흘렀다. 비쩍 마른 여자 앞에 앉은 뚱뚱한 여자가 두 손을 마주 비비며 땀을 흘리고 있었다. 누군가 그런 그녀를 보았다면 쩔쩔맨다고 생각했을 것이다. 물러서지 마. 스스로를 다그쳤다. 그녀보다 네 살이 어리다고 했다. 실물을 보니까 열 살도 더 차이가 나는 것 같았다. 도저히 서른 살이 넘은 얼굴로 보이지 않았다. 그렇다고 세련되거나 섹시한 용모를 가진 건 아니었다. 하얀 얼굴은 창백했고 몸은 한 줌도 안 되게 말랐다. 그럼에도 시간이 흐를수록 더욱 극명하게 드러나는 것은 여자가 자신과 너무나 동떨어진 사람이라는 사실이었다. 여자의 얼굴을 보면서 그동안 화장대 거울에 비쳤던 자신의 피부가 얼마나 칙칙했는지, 사람의 얼굴이 얼마나 풍부한 표정을 만들어 낼 수 있는지, 그녀의 머릿속을 채운 것은 그런 생각들이었다. 그러면서 저런 얼굴을 언젠가 본 적이 있다는 생각도 아울러 했다. 십 년 전, 아니 이십 년 전쯤 그녀 또한 거울 속에서 매일 저런 얼굴을 보았다. 어쩌면 남편은 오래전, 처음 만났을 때의 그녀 얼굴을 여자한테서 찾으려 했는지도.

"변명은 하지 않겠어요. 제가 과장님을 사랑하는 건지 누군가를 사랑하는 나 자신을 사랑하는 건지는 잘 몰라도 전 지금의 제 인생이 좋아요."

여자는 오로지 제 인생에 대해서만 말하고 싶다는 듯 거침없었다. 그녀는 여자가 말한 '나 자신'이라는 단어를 곱씹었다. 사랑에 빠졌을 때조차 자신을 바라보는 시선을 놓치지 않는 여자였다. 그녀는 곧 깨달았다. 자신이 왜 아무 말도 할 수 없었는지를. 그럴 필요가 없었던 것이다. 그 무엇보다 확실히 이것은 장난이 아니구나, 하고 여자는 몸 전체로 말하고 있었다. 무엇 때문이었을까. 자신의 인생을 있는 그대로 받아들이는 그 대담함. 그것은 대담함이라고밖에 달리 말할 수가 없었다. 자신에게 불리한 상황이 되면 본능적으로라도 움찔하거나 발을 빼고 싶을 텐데 여자는 자신에게 벌어진 일을 그대로 직시하고 있었다. 무슨 일이 닥치든 감당하겠다는 식이었다. 어쩌면 인생을 저렇게 살 수 있는지 그녀는 그 자리에 전혀 어울리지 않는 생각을 했다. 그녀가 여자를 만난 소득이 있었다면 아마도 그것이었을 것이다. 어느새 그녀도 여자의 그런 면을 따라하고 있었다. 삶의 태도도 전염이 되는 것일까.

　이틀 뒤 약을 먹고 쓰러져 있는 남편을 발견했을 때 놀라지 않았다. 아마 미리 여자를 만났기 때문이었을 것이다. 그녀가 이혼만은 절대 할 수 없다고 버티자 남편이 선택한 마지막 카드였다. 그 여자와 인생을 다시 살아 보고 싶다고 했다. 그것은 진심이었을 것이다. 그녀가 다시 시작하는 것을 두려워하는 만큼 그는 다시 시작할 수 없는 것을 두려워했다. 그녀와 남편은 고등학교 동창이었다. 한데 남편은 이십 년을 함께한 그녀보다 일 년을 사귄 여자와 살고 싶다고 했다. 인생의 마지막 몸부림이라면서. 그녀는 그를 병원에 옮기기 전 잠시 지체했다. 살려 주어야 하나 말아야 하나, 시간을 끌었던 게 아니냐고 물어도 할 말이 없다. 이대로 남편이 죽는다면, 이라는 생각을 한 것은 사실이었다. 우습게도 그렇게 되면 자신보다 여자가 더 가엾을 거라는 주제넘은 걱정을 했다. 자살 소동으로 그녀도 어쩔 수 없게 되었다. 시댁식구와 친구들을 포함한 주위 사람이 한꺼번에 그의 편이 되었다. 그들은 한결같이 '오죽하면'이라며 혀를 찼다. 그녀는 면도날 같은 그 말을 삼켰다. 피 한 방울 흘리지 않고 살점을 저며 내는 사람들에게 외치고 싶었다. 무엇이 오죽하면, 이란 말인가. 마누라가 오죽 칠칠치 않았으면? 아니면 오죽 그 여자를 사랑했으면? 그녀는 그들 모두가 등 뒤에서 지켜보는 가운데 순순히 도장을 눌러 주었다.

그것으로 끝난 게 아니었다. 짐작보다 현실은 훨씬 가혹했다. 중학생이 된 딸마저 아빠랑 살겠다고 했다. 엄마는 강한 사람이잖아요. 그녀는 딸에게 가르쳐 주고 싶었다. 애야, 세상에 그런 사람은 없단다. 그녀는 딸 앞에서 강한 여자여야 했으므로 차마 그 말을 할 수 없었다.

남편이 여자가 있다고 털어 놓은 지 불과 한 달 만에 그녀는 혼자가 되었다. 누구의 위로도 응원도 받지 못하고 얼마간의 위자료와 함께 집을 나왔다. 친정 식구들은 텔레비전에 눈을 팔며 그녀와의 대화를 극구 피했다. 주변머리 없음을 힐난하는 말이라도 하는 어머니가 오히려 고마울 지경이었다.

"니가 그러니까 남편 간수도 제대로 못했지. 어디 갈 데가 없어서 친정으로 왔냐. 니 올케 보기 부끄러우니까 어디 취직이라도 해서 빨리 나가라. 일찌감치 연애질이더니 대학도 안 가고 결혼해서 이 꼴 나니까 속이 시원하냐."

어릴 적부터 그녀를 탐탁지 않게 여기던 어머니는 노골적으로 몰아붙였다. 그녀는 화도 나지 않았다. 기운이 없었다. 싸울 힘도 대들 힘도 뭐든 자신을 향해 날아오는 것을 피할 의욕도 없었다. 그녀는 자존심도 힘이 있어야 생긴다는 것을 알았다. 모든 게 그저 저 혼자 춤추는 칼처럼 허공을 떠돌 뿐이었다.

남편이 가게라도 얻으라고 준 돈은 남동생이 주식투자한다며 가져가 푼돈을 만들어 버렸다. 그때서야 홀가분하게 친정을 나올 수 있었다. 그녀에게는 문제의 심각성을 정확하게 가늠하는 일조차 버거웠다. 완전한 몰락을 어떻게 살아도 괜찮다는 선고쯤으로 받아들였다. 서울을 떠나 어쩌다 영월에 있는 그 술집에서 일하게 되었는지 모를 일이다. 그야말로 어쩌다, 라는 말이 적당할 것이다.

무작정 바다가 보고 싶었다. 파도 한가운데 몸을 던져 소금물에 박박 문질러 씻고 싶었다. 마치 자신이 오랫동안 바다를 찾지 않아서 이런 일들이 생기기라도 한 것처럼 미치도록 바다가 그리웠다. 그래서 간 곳이 강릉이었다. 그곳에서 며칠 묵던 민박집 주인의 소개로 영월까지 가긴 갔는데 그 다음부터 모든 게 자연스레 이루어졌다. 나중에는 사람들이 넘겨짚는 대로 자신이 원래 그렇게 떠돌며 살아가는 여자라는 생각마저 들었다.

그 후로 그녀의 삶은 줄곧 그런 식으로 이어졌다. 놀라운 일이 일어나고 그 놀라움을 채 수습하기도 전에 더 큰 일이 벌어진다. 그래서 이전의 일은 별것 아닌 게 되어 버려 결국 큰일도 그냥 시간에 맡겨 버리고 만다. 하나씩 단계를 밟아 가며 일을 풀어가기엔 큰일들이 너무 빠른 속도로 줄줄이 들이닥쳤다.

4.

　잠결에 그는 등을 어루만지는 어머니의 거친 손길을 느낀다. 몸을 수그린 채 고개를 들지 못한다. 가라. 그 말밖에 하지 않았다. 노모는 죽었지만 그의 꿈에서는 늘 같은 모습으로 나타났다. 손을 휘휘 저으며 가라고 한다. 오래전부터 눈물샘을 조절하지 못하는 노모의 눈에 물기가 어려 있다. 감정의 깊이와 폭을 알 수 없는 눈길로 그를 바라보았다. 나한테도 돌아갈 곳이 있었으면 좋겠어요, 어머니.

　그는 눈을 뜬다. 그의 등을 쓰다듬고 있는 손은 옆에 누운 그녀의 것이었다. 갈망에 겨운 뜨겁고 집요한 손길이다. 아직 잠들지 않았나. 그는 자신이 혹시 잠결에 헛소리를 하거나 흐느낀 건 아닌지 걱정이 되었다. 자신이 벙어리가 되었으면 좋겠다는 생각을 한 게 몇 번인가. 잠꼬대로라도 말이 되어 나올까 두려운 것들로만 가득 찬 자신의 몸에서 성대를 제거한다면. 자신의 말을 끝없이 의심했다. 무슨 말을 해도 진실이라고 느껴지지 않았다. 그는 잠들어 있는 그녀의 얼굴을 물끄러미 내려다본다. 처음 만났던 날 그는 그녀의 두툼한 손에 멱살이라도 잡히고 싶었다. 이 여자는 내 위선과 가증스러운 변명을 끝장내 줄 수 있을 거야. 우악스러운 손아귀로 나를 발가벗길 거야. 그녀는 포즈 같은 건 취할 줄 모르는 사람이었다. 그게 그녀가 퍼붓는 악담이나 욕지거리를 달게 받는 이유이다.

어머니의 장례식은 끝났는데 갈 곳이 없었다. 터미널에 가서 차표를 샀다. 집으로 오는 버스가 아닌 영월 행 버스를 탔다. 대학 졸업 후 고향에 내려가 술집을 하는 선배는 언제든 찾아오라고 했었다. 그 선배는 아무것도 묻지 않아서 좋았다. 잠자리와 술을 공짜로 제공받는 것은 덤이었다. 자신한테도 그냥 무작정 찾아갈 수 있는 사람이 있다는 게 중요했다. 그날 밤 오직 취하고 싶은 일념으로 잔을 들 수 있을 때까지 마셨다. 그 다음은 모르겠다. 깨어 보니 그녀가 옆에서 자고 있었다. 목이 타들어 가게 말라서 깼던 것도 잊고 그녀를 흔들어 깨웠다. 어떻게 된 일이냐고 물었다. 그녀는 어이없다는 표정으로 혀를 찼다.

"어떻게 되긴 뭐가 어떻게 돼."

성가시다는 듯 이불을 머리까지 뒤집어썼다. 그는 물그릇을 바닥에 내려놓고 이불을 걷어냈다. 담배를 찾아 한 대 피워 물었다. 도무지 모를 일이었다. 그는 그녀를 낮에 본 적이 있다는 것만 겨우 기억해 냈다. 테이블을 닦기도 하고 주문한 차나 술을 내오기도 하고 안에서 바쁠 땐 설거지도 하는 그야말로 전천후 종업원이었다. 주문 받을 때 말고는 여간해서 입을 열지 않고 테이블 사이를 오가는 그녀를 눈여겨본 적은 있다. 얼굴은 지독히도 무표정해서 당장 지진으로 집이 무너져도 태연히 서서 치마의 먼지를 털 것 같았다. 하지만 그녀와 나란히 누워 있는 상황은 아무리 새기려 해도 기억나지 않았다. 그는 담뱃불을 재떨이에 눌러 끄고 밖으로 나갔다. 뺨이 얼어붙을 정도로 추웠다. 선배의 방문 앞까지 가긴 갔는데 부를 용기가 나지 않았다. 자신이 그 방으로 다시 되돌아가야 하나 아니면 집으로 가야 하나 갈피를 잡을 수 없는 상황에서 도리없이 선배를 불렀다.

"형 형 혀엉……."

선배는 대답이 없었다. 멀리서 캐럴송이 들렸다. 오늘이 성탄절이지. 어느 교회에서 벌써 새벽 예배가 시작되는 모양이었다. 하늘은 온통 까맸다. 어둠은 이불처럼 그의 마음을 감싸 주었다. 마음과 달리 몸으로는 찬바람이 파고들어 더 이상 밖에 서 있기가 힘들었다. 그는 발을 동동거렸다.

"형, 잠깐만 나와 봐, 혀엉……."

이번에는 마음을 가다듬고 좀 더 큰 목소리를 냈다. 역시 효과가 있었다. 방문이 삐걱 열리더니 선배가 미간을 찌푸리며 헝클어진 머리를 내밀었다.

"왜 인마, 이 밤중에 잠이나 자빠져 자지, 왜 나와서 부르고 지랄이야, 지랄이……."

"아니 그게 아니라 내가 남의 방에서 잤나 봐. 자다 깼는데 누가 옆에 있어."

선배는 기가 막히다는 얼굴로 머리를 득득 긁었다.

"이 미친놈아, 너를 내가 동생이라고. 그것 땜에 나를 불렀냐. 으이쿠 니가 지금 이팔청춘이라도 되냐?"

선배는 자기 머리를 쥐어박았다. 그가 가까이 있었더라면 그의

머리를 때렸을 것이다. 그는 어리둥절한 표정으로 처분만 바라고
서 있었다. 아직 술이 덜 깼나. 상황을 얼른 알아차리지 못했다.

"니가 오래 굶은 것 같아서 내가 고기 맛 좀 보라고 들여보냈다,
새꺄. 아니 그럼 이 새끼 여태 잠만 퍼질러 잔 거 아냐."

선배는 벌떡 일어나더니 그의 정수리를 한 대 치고 그가 나온 방
쪽으로 그를 밀쳤다.

"알았으면 빨리 들어가. 차려 놓은 밥상도 못 받냐. 어휴, 이 미
친놈. 여자 맛을 봐야 너도 제 정신이 들고 세상 똑바로 사는 거야,
이눔아."

선배는 문을 탁 소리가 나게 닫고 들어가면서도 욕을 퍼부었다.
여자를 돈 주고 산 게 처음은 아니었지만 썩 내키지 않았다. 무엇
때문인지 그 여자를 이런 식으로 건드린다는 게 꺼림칙했다. 자신
도 왜 그런 마음이 드는지 모르겠는데 하여튼 방으로 들어갈 엄두
가 안 났다. 추위조차 느껴지지 않았다. 이제 정말 혼자가 되었다.
어머니도 돌아가시고 여자도 떠나고. 그는 양팔을 비비며 진저리
를 쳤다.

방으로 돌아왔을 때 그녀는 고슴도치처럼 웅크리고 자고 있었
다. 얼마를 방문 앞에 앉아 여자의 이마 주름을 내려다보았다. 그
녀가 눈을 뜨고 그를 쏘아보지 않았더라면 어쩌면 그대로 일어나
집으로 왔을 것이다. 그녀와 시선이 마주치는 순간 그는 참을 수
없는 욕정을 느꼈다. 그녀는 제발 나를 잡아먹어 달라고 애원하는
짐승 같았다. 목숨이 위태로워지면 몸을 공처럼 둥글게 만다는 고

슴도치. 그녀의 가시 돋친 몸을 끌어안고 피투성이가 되고 싶었다.

　그때 생각을 하다 그는 잠든 그녀를 와락 끌어안는다. 그녀는 순순히 몸을 맡겼다. 그는 가장 원하는 것을 두려워하거나 가장 두려워하는 것을 원하는 게 인간이라는 생각을 해 본다. 비어 있던 머릿속이 다시 온갖 사념들로 채워졌다. 난 왜 그 집 대문을 주먹으로 두들기지도 큰소리로 여자를 부르지도 못하고 돌아왔을까. 그는 죽이고 싶을 만큼 자신이 혐오스러웠다. 긴 한숨을 뽑아내면서 이불 속으로 파고든다. 또 며칠 이렇게 넋이 나가 보내겠지. 그것을 알면서도 지병처럼 도지는 도시로 가는 발길을 멈추지 못했다. 그런 생각들에서 멀어지는 길은 이것뿐이라는 듯 욕망이 고개를 들었다. 영문을 모르는 그녀는 그의 갑작스런 행동을 이해하지 못하겠다는 표정으로 조용히 몸을 맡긴다. 아니 그녀는 기다렸다는 듯 그가 다가오자 꽉 물고 놓지 않았다. 그녀의 속살을 헤집는 그의 손은 쉽게 빠져나오지 못한다. 그녀는 요동치고 버팅기며 그를 놓아 주지 않았다. 그의 손 역시 그녀의 살을 붙들고 필사의 싸움을 벌이고 있다. 온몸에 상처를 남기고도 손톱을 세운 두 손을 멈추지 않는 사투는 얼마 동안이나 더 계속되었다. 한 방울의 물도 남기지 않고 다 짜내겠다는 듯이 그와 그녀의 몸은 한데 엉켜 조이고 누르고 비틀었다. 녹초가 된 몸을 옆으로 돌려 그녀의 도도록한 아랫배에 손을 대고 눈을 감았다. 스르르 잠이 왔다. 격렬했던 섹스와 달리 그 잠은 자궁 속에 누운 것처럼 안온하고 깊었다. 얼마만의 숙면인가. 그는 결심했다. 이 여자와 살리라. 살이 찢어지는 줄도 모르고 서로 부둥켜안고 상처를 내며 살아 보리라.

그는 껍질을 벗겨 놓은 나무의 썩은 부분을 파내고 잘라 각재를 만들었다. 며칠째 주물럭거려도 일은 더디기만 했다. 젖은 나무에서는 비릿한 냄새가 났다. 냄새는 나무마다 다 다르다. 젖은 상태에서는 풀잎냄새와 흡사한 냄새가 난다. 나무가 비록 톱에 잘렸을지라도 냄새를 풍길 때면 그는 생명 가진 것의 비애를 느낀다. 여리디 여린 채로 자신을 드러내는 식물의 냄새는 쉽게 지워지지 않았다. 온종일 새순을 따다가 담배를 피우려고 손을 입으로 가져가면 손끝에서는 풀잎냄새가 난다. 손톱과 손가락에 풀물이 들면 가끔 그 냄새를 맡은 나비가 와 앉기도 한다.

이 나무토막은 장차 무엇이 될까. 그는 오래 묵어 더 강한 냄새를 풍기는 나무를 힘주어 자른다. 오동나무는 몇 년을 눈비 맞으며 밖에서 굴러야 제대로 쓸 만한 나무가 된다. 하지만 그만한 나무를 찾기란 보통 어려운 일이 아니다. 적당한 길이를 가늠하여 톱으로 잘랐다. 목심이 시커멓게 썩어 벌레들이 꼬물거렸다. 땔감으로나 써야 할 것 같아 한쪽으로 밀어 놓는다. 아무 쓸모없는 나무토막은 없다. 그는 구부린 등을 펴고 일어나 허리를 주먹으로 두들긴다. 다른 마땅한 나무를 찾아 주변을 두리번거리다 마루에 앉아서 그를 보고 있던 그녀와 눈이 마주친다. 그녀는 시선을 좀 더 먼 곳으로 돌린다. 대문 밖의 커다란 감나무는 오래 기다렸다는 듯 그녀의 눈앞에 떡 버티고 서 있다. 감나무 잎은 기름을 칠한 듯 반들반들 햇빛에 반짝거린다. 단단하고 굵은 나뭇가지들에서 금세 하얀 꽃이 필 것 같다.

　무엇을 만들려고 하는가. 그는 톱과 깎귀로 나무를 다루면서도 자신의 손이 무엇을 이루어낼지 알지 못한다. 묵연히 손이 하는 양을 지켜볼 뿐이다. 그의 머릿속에는 자신도 모르는 사이 하나의 물건이 자리 잡고 있었다. 통나무를 도끼로 찍기 시작했다. 옹이가 양쪽에 똑같이 나 있는 곳에 엉덩이를 댈 밑판 나무를 걸칠 셈으로 통나무의 위아래를 잘라내고 등이 휘어진 모양을 찾아 앞뒤를 쳐냈다. 깎귀로 다듬고 대패로 밀어내서 등판을 만들고 보니 모양이 제법 그럴싸했다. 둥글고 긴 판은 허리를 대기 알맞고 부드럽게 완만한 선이 보기 좋았다. 마당에는 쪼개진 나무토막과 대팻밥들이 가득하다. 그는 중간 크기의 박달나무를 들어 톱을 겨눈다. 나무에 톱을 갖다 대자마자 갑자기 입 안에 쓴 내가 가득하고 구역질이 났다. 박달나무 냄새가 지독하다는 말을 들어 본 적이 있었는데 그게 헛말이 아니었다. 물에 가라앉는 유일한 나무인 박달나무는 표면에 호랑이 무늬 같은 얼룩이 나타났다. 밑판을 맞추어 깎으면 그런대로 편한 의자가 될 것 같아 그는 마음이 그득해졌다. 옆에 있는 물푸레나무를 집어서 껍질을 벗겨냈다. 단단할 뿐만 아니라 갈라짐이 거의 없어 의자 다리를 만들기에 안성맞춤이다. 목질이 워낙 단단해서 잘라 표면을 다듬고 나니 어깨가 결렸다. 손질한 나무를 마루에 올려놓고 벌렁 드러누웠다. 그녀는 알까, 마당에 놓고 앉아 바깥도 내다보고 꽃구경도 할 수 있는 의자를 만들고 있다는 것을. 그는 눈을 질끈 감았다.

5.

영산홍이 피기 시작하자 마당은 환한 진홍색 꽃밭으로 바뀌었다. 꽃무리가 멀리서도 눈길을 잡아끌었다. 꽃들은 앞 다투어 봄 속으로 들어왔다. 겨우내 바람에 쓸렸을 봉오리들이 드디어 몸을 터트린 것이다. 분홍빛 속살은 바람이 문대고 간 흔적인가. 무엇이든 머물다 떠나갈 때 자신의 존재를 알리는 단서를 떨구게 마련이다. 그녀는 봄을 그의 마당까지 끌고 온 정체는 겨우내 지붕을 두들기고 대문을 흔들어 대던 바람이라고 단정한다. 얼어붙어 있는 생명을 흔들어 다가올 봄을 일깨워 주었다고. 그가 이 집에 처음 들어섰을 때도 바로 영산홍이 만발하던 즈음이었다고 한다. 겨우 기와집 형색만 유지한 오래 비워 둔 농가에 세상 그 무엇도 아랑곳하지 않는다는 듯 피어 있던 영산홍이 그를 이곳에 붙들어 맨 장본인이다. 그 꽃이 아니었다면 이 동네를 그냥 지나쳤을 수도 있다. 옛날 선비들은 매화를 하도 좋아해서 집 주변에 매화를 잔뜩 심어 놓고 눈이 오는 겨울에도 그 향기를 즐겼다고 그는 시를 읽듯 말했다. 그런 곳에 지은 집을 매화서옥(梅花書屋)이라 일러 제일로 쳤다고. 자신에게 그런 매화서옥이 당키나 하냐면서도 그 꽃을 탐했다. 그의 이야기는 언제나 뜬구름 잡는 식이었다. 비록 매화는 아닐지라도 탐스런 꽃 속에 파묻힌 이 집이 그의 맘에 들었다. 그가 그 말을 하며 마루턱에 앉아 대문께를 바라볼 때 그녀는 얼마 전 찾아왔던 긴 얼굴의 여자를 떠올렸다. 이 꽃을 보여 주고 싶었던 사람은 자신이 아니라 그 여자일 거였다. 그것에 마음이 상하거나 하지는 않았다. 지금은 그가 자신을 조금이나마 노출했다는 데 되레 고마움을 느꼈다. 이 상황에 어울리는 말인지 모르지만 공평하다는 생각이 들었다. 어딘가로부터 쫓겨난 사람이 그녀만이 아니라는 안도감이었다.

그녀를 괴롭히는 것은 다른 데 있었다. 요즘 부쩍 뒷산에 오르는 날이 많아졌다. 거의 매일 아침을 먹고 그가 나가자마자 산에 오른다. 삼십 분쯤 비탈길을 오르고 나면 누구의 것인지도 모르는 무덤가에서 점심때가 되도록 서성이다 내려오곤 한다. 산에서 내려다볼 때는 밭에서 분주히 일하는 사람들이 아득하기만 하다. 그녀의 눈은 줄곧 마당에 있는 영산홍에 머물러 있다. 객지를 떠돌다 늙고 병들어 고향을 찾은 사람처럼 누군가 꽃나무 그늘에서 자신을 기다려 주는 사람이 없나 눈을 비비곤 했다. 그녀의 소망은 늘 빈 집의 적요한 처마 끝에서 현실로 돌아온다. 한곳에 오래 있다 보면 몸에 한기가 들고 눈시울이 당긴다. 시린 눈에서 눈물이 떨어지려는 순간 그녀는 고개를 쳐든다. 하늘에는 햇빛이 쨍쨍했다. 그녀는 놀림이라도 받은 기분으로 고개를 떨구었다. 지난주에는 갑자기 할 일이 생각난 듯 부랴부랴 산에서 내려와 지갑을 들고 큰길로 나선 적도 있다. 큰길까지 갈 때는 잰걸음으로 서두르다가도 정류장에서 버스가 나타나면 발길을 돌리고 만다. 갈 곳이 없었다. 그녀는 하릴없이 길가에 돋아난 민들레 싹이나 냉이를 발로 툭툭 건드렸다.

다 봄 때문이야. 그녀는 혼잣말을 했다. 그녀에게 봄은 희망의 시작을 알리는 계절이 아니었다. 결혼을 한 것도 봄이었고 딸을 낳은 것도, 이혼을 한 것도 다 봄에 일어난 일이다. 봄이 되면 마음 저 깊은 곳에서 뭔가 불길한 기운이 스멀거리며 일어난다. 그의 말대로 씨앗이라도 사다가 텃밭에 뿌려야 할 모양이다.

아침 설거지를 하려다 말고 그녀는 읍내로 가는 버스에 올랐다. 창가에 기대고 앉아 멍하니 밖을 내다보았다. 가게가 하나둘 눈에 띄고 거리가 번화해지면서 그녀는 더욱 안절부절못했다. 매연이 뿜어져 나오는 버스 꽁무니를 뜻 없이 쳐다보았다. 횡단보도가 아닌 길을 다리를 절룩거리며 건너는 노파의 굽은 등에 쏟아지는 봄 햇살이 매서웠다. 그녀는 눈을 찡그렸다. 도시의 냄새, 저잣거리의 소란에 코가 시큰해졌다. 이곳에 내 자리는 없어. 별안간 온 길을 되짚어 돌아가고 싶어졌다. 그러나 이미 늦어 버렸다. 버스는 한 시간 후에나 출발할 것이다. 그 시간 동안 그녀는 장터를 기웃거릴 작정을 했다. 그가 오늘 오일장이 선다고 씨앗가게 좀 들렀다 오라고 했을 때는 건성으로 고개를 끄덕였다. 분주히 물건을 사고파는 사람들을 헤치고 다니지만 눈은 어느 곳에도 머물지 않았다. 뜨거운 김이 펄펄 나는 국밥집을 지날 때도 삼치 대가리를 피가 튀게 내리치는 생선가게를 지날 때도 그녀의 시선은 아주 짧게만 머물렀다.

그녀의 발길이 멈춘 곳은 공중전화 앞이었다. 수화기를 들고 그녀는 잠시 뒤를 돌아보았다. 차례를 기다리는 사람은 없었다. 전화

를 걸기에 마땅한 곳은 아니었다. 흥정하는 소리가 갖은 소음에 뒤
섞인 이런 곳에서 통화하기란 여간 인내심이 필요하지 않을 것이
다. 흙이 묻은 구두코를 내려다보며 손가락을 숫자 단추에 올려 놓
았다. 필요 이상 꾹꾹 눌러 아홉 자리의 번호를 채웠다. 뚜루루 뚜
루루. 전화는 응답이 없다. 그녀는 공연히 하늘을 올려다보았다.
전화벨 소리가 하늘에서 들려오는 듯 아득히 멀었다. 태양은 형체
를 지우고 하얗게 빛났다. 열두 시나 되었을까. 이 시간에 집에 아
무도 없는 것은 당연하다. 그녀는 수화기를 가만히 내려놓았다. 동
전이 떨어져 나오는 소리를 들으며 그 자리에 쭈그리고 앉았다. 그
녀의 눈빛이 꼿꼿해졌다. 이제까지의 망연한 눈길은 온데간데없
다. 드디어 싸워야 할 대상을 찾은 모습이었다. 그녀의 귀로 기다
렸다는 듯 소음이 파고들었다. 억센 사투리로 물건 사라고 외치는
소리들이 왈칵왈칵 밀려왔다. 그녀는 소음이 무성한 쪽으로 걸음
을 옮겼다. 여태껏 비어 있던 그녀의 동공은 거리의 분주함에 놀라
더욱 빠르게 움직였다.

　그녀는 마루턱에 앉아 마치 남의 집에 온 사람처럼 선뜻 방 안으
로 들어가지 못한다. 지난 겨울은 무사히 지나갔다. 별로 할 일이
없어도 지루한 줄 모르고 살아냈다. 봄이 되면서 몸은 바빠졌지만
목까지 차 올라와 있는 시간을 어찌해야 할지 몰랐다. 하루 스물네
시간이 이렇게 엄청나다는 사실에 숨고만 싶었다. 불과 몇 시간을
보내는데 이토록 전력을 다해야만 하다니. 그녀는 옆에 놓인 비닐
봉지 두 개를 내려다본다. 왼손으로는 마루를 짚고 오른손으로 봉

지 속에 들어 있는 것을 끄집어낸다. 그에게 줄 모자다. 뭔가 해 주고 싶은데 딱히 뭘 해야 할지 몰랐다. 햇볕 가리기 좋게 챙이 넓은 하늘색 모자를 머리에 얹어 본다. 넉넉하게 얼굴을 감싸서 산에 갈 때 쓰기 딱 좋았다. 그녀는 다른 봉지에 들어 있는 물건을 꺼내려다 손길을 멈춘다.

벌러덩 마루에 드러누워 얼기설기한 서까래와 하늘을 번갈아 올려다본다. 동네 노인네가 지나가다 이 광경을 보았더라면 필경 야단을 쳤을 것이다. 고양이 손이라도 빌려야 할 봄철에 젊은 것이 마루에 드러누워 낮잠이나 퍼질러 자다니. 그녀는 그 소리를 들은 것처럼 발딱 몸을 일으켜 봉지에서 사 들고 온 물건을 꺼냈다. 목 둘레가 둥그렇게 파진 흰색 원피스였다. 폭 넓은 치마 아랫단에는 레이스 처리가 되어 있고 허리에 가는 벨트가 붙어 있다. 그녀는 진열장에 걸린 그 옷을 보는 순간 바로 가게 안으로 들어갔다. 그녀가 가격을 묻자 이미 물건에 마음이 쏠린 그녀의 표정을 읽은 주인은 좀 비싸다 싶은 가격을 불렀다. 그녀는 주인이 꺼내 준 옷을 자신의 몸에 대고 거울을 보았다. 눈을 아래위로 바쁘게 움직여 옷을 입은 후의 모습을 상상했다. 그녀가 거울 앞에서 시간을 끌자 초조해진 주인은 먼저 가격을 내렸고 옷이 드디어 주인을 찾았다는 빈말까지 덧붙였다. 그 사이에 키가 얼마나 자랐을까. 딸은 유독 흰색을 좋아했다. 봄에는 좀 지나치다싶은 화사한 옷도 잘 어울려요. 너무 어려 보이는 디자인이라 망설이는 줄 알고 주인은 그녀에게 몇 번이나 어울린다는 말을 했다. 그녀가 보기에는 옆구리의 군살 때문에 아무래도 모양새가 나지 않는데도 말이다. 조바심을 치던 주인이 두 번이나 선심을 쓴 가격으로 원피스를 사들고 그녀는 버스에 올랐다. 마치 그 옷을 사기 위해 장에 나온 사람 같았다. 사야 할 씨앗은 까맣게 잊었다.

그녀는 부드러운 면이 하늘거리는 치마를 들어 올려 바라보다 마침내 격정을 이기지 못하고 제자리에 엎어지고 만다. 텅 비어 있는 마을로 새소리에 묻힌 그녀의 울음소리가 퍼져나간다. 딸은 생일이 다가오면 며칠 전부터 선물타령을 했다. 작년에 그녀는 딸 생일을 이틀 남기고 집을 나왔다. 딸은 생일 때마다 이혼한 엄마를 원망할 것이다. 그녀는 봄이 정말 싫었다. 음식을 먹어도 맛을 모르겠고 무엇을 봐도 눈에 들어오지 않았다. 가닥을 잡을 수 없는 마음으로 쑤시고 들어오는 것은 딸애의 보드라운 살이었고 웃음이었다. 이대로는 살 수 없다는 마지막 결심을 굳히고 낮잠 속으로 고개를 들이밀었다.

오늘도 혼자 일을 나가며 그는 두 수저 뜨다 마는 그녀의 입맛을 걱정했다. 그녀는 밥상을 부엌으로 옮기는 일조차 힘에 부쳐 몸이 휘청했다.

"봄을 타는가부네. 오늘 오일장 서는 날이지. 장에나 나갔다 오지 그래. 사람 많은 데 한 바퀴 돌고 오면 기분이 좀 달라질 거야."

그는 통 밥도 먹지 않고 말수도 줄어든 그녀를 근심스러이 바라보며 말했다.

"시장에 같이 가면 안 될까."

그녀는 간절한 눈빛으로 그를 보았다. 봄 한철 열심히 새순을 따서 차를 만들지 않으면 한해벌이가 여의치 않게 된다는 것쯤은 그녀도 알고 있다. 그런데 오늘 단 하루만이라도 그가 같이 있어 주었으면 했다. 봄 한철 마련한 약초가 단골들을 붙들었다. 그들이 여름에도 가을에도 계속 찾아와 준다는 것을, 통장에 돈이 얼마 남지 않았다는 것을 다 아는데도 억지를 부렸다. 마음은 검불처럼 맥없이 날뛰었다.

그녀는 부엌에 가서 설거지도 하지 않은 채 놔둔 아침상을 한 번 쳐다보고 뒷마당으로 갔다. 옷을 훌러덩 벗고 찬 공기 속을 뛰어다니고 싶을 정도로 가슴에서 불길이 솟았다. 집 안에 가만히 앉아 꽃을 보고 있으면 숨이 막혔다. 몸을 부들부들 떨면서 발바닥에서부터 올라오는 가쁜 기운에 몸서리를 쳤다. 일이 손에 잡히지 않았다. 막상 움직이면 육신이 삭아 내리는 것처럼 뼈들이 제각각이다. 어떻게든 몸을 놀려야 하는데. 도끼를 들고 장작을 패기 시작했다. 제대로 힘을 받지 못한 나무토막은 이리 튀고 저리 튀었다. 급기야 그녀는 땅에 털썩 주저앉는다. 며칠째 같은 꿈만 꾸었다. 꿈은 정직했고 피할 수도 없었다. 죄짓고 숨은 자들에게 꿈은 고해성사와도 같았다. 언제나 쌀쌀맞기만 한 딸이 울면서 그녀를 불렀다. 말은 하지 않고 자꾸 엄마, 엄마, 부르기만 했다. 그러다가도 손을 뻗어 붙잡으려고 하면 저만치 멀어졌다. 그녀는 꼭 딸이 아픈 것만 같았다. 방에 들어가 다시 집에 전화를 걸어 본다. 여전히 응답이 없다. 아프다면 집에 있을 텐데 아무도 받지 않는 걸 보면 학교에 갔을 거

야. 그녀는 신호음이 흘러나오는 수화기를 내려놓으며 스스로에게
답을 가르쳐 준다. 시간이 흐를수록 잊혀지기는커녕 더 눅진한 슬
픔으로 그녀를 괴롭혔다. 딸은 나를 원치 않아. 아무리 자신을 타일
러도 바로 어제 헤어진 것처럼 생생하게 가슴이 떨렸다.

그는 요 며칠 어디서 구해 온 나무토막을 마당에 내놓고 톱으로
갈고 다듬느라 분주하다. 뭘 만드느냐고 물어도 웃기만 한다. 그녀
는 그가 무슨 말이라도 좀 해 주길 바랐다. 쓸데없는 말, 어리석은
말, 말도 안 되는 말이라도 마구 해 주길. 그녀의 소망은 쉽게 이루
어지지 않을 것이다. 그녀는 아침나절 빨래를 잔뜩 해서 마당에 널
었다. 봄볕에 빨래가 아주 잘 마른다. 특히 흰 빨래에 쏟아지는 햇
살을 바라보고 서 있으면 몸이 투명해지는 느낌이 든다. 딸의 기저
귀가 바람에 펄럭이는 걸 바라볼 때 기분이 꼭 이랬다.

빨래를 끝내 놓고 그가 어제 따온 가시오갈피나무와 산뽕나무 새
순 덖는 걸 거든다. 곡우 전에 딴 백 가지 새순을 덖어 만든다는 백
초차는 그가 가장 공을 들이는 차다. 천지에 널린 이름을 아는 나무
와 모르는 나무들까지 제각각의 약성과 독성이 저들끼리 어우러져
찻잎에 기를 담는다고 했다. 스님들이 구전으로 전하던 제조법을
몇 해째 배워서 재현해 내려 한다고 그는 결연한 어조로 말했다.

우물처럼 검고 움푹한 솥을 뜨거워질 때까지 달구었다. 새의 혓
바닥 같은 이파리들은 길쭉하고 둥그렇고 뾰족한 모양대로 뒤섞여
있다. 그는 찻잎을 솥 한가운데 부리고 두 손을 펴서 테두리의 것
을 안으로 모으고 안의 것을 밖으로 보낸다. 열에 달구어진 식물

냄새가 물큰 사방으로 퍼진다. 빳빳하던 잎들은 부드럽게 숨이 죽고 초록빛도 다소 수굿해진다. 솥의 열은 그의 몸으로 퍼져 이마에서 땀으로 맺힌다. 잎과 열이 충분히 만나 속속들이 섞였다고 생각되었는지 그는 찻잎을 털어서 넓은 채반에 펼쳐 널었다. 아기 젖내 같은 냄새가 마당에 번진다. 참새 혓바닥만 한 이 이파리들은 곧 손톱만 해지고 또 손바닥만 하게 자라겠지. 산은 언뜻 같아 보여도 어제와 분명 다른 빛깔이다. 마치 번지듯이 연두빛이 조금씩 짙어지고 깊어진다.

어젯밤 그는 잠자리에 누워 그녀에게 말했다.

"올해는 뽕잎차하고 쑥차를 한번 손대 볼까 해. 작년에 조금 만들어 봤는데 반응이 괜찮았거든. 여기서 더 살려면 아무래도 꾸준히 할 일이 있어야 할 것 같아서. 바쁜 때는 귀농학교 친구들이 도와준다니까 어떻게 안 되겠어."

그는 약초에 관한 책의 갈피에서 깨알같이 적어 놓은 종이를 꺼내 들여다보았다. 전화로 누군가에게 자문을 구하는 눈치였다. 새삼 이 차 저 차 끓여 놓고 맛을 보라는 그에게 뭔지 모를 심통이 났다. 그가 이곳에 뿌리내릴 사람이라는 사실이 왜 그녀에게 고통을 주는지 의아했다. 그녀에게는 확실하게 머물 곳이 생긴 거나 다름없는데 왜 가슴이 철렁 내려앉았는지 알 수 없었다.

"산, 뻔뻔스럽게 똑같은 얼굴로 맨날 저기 서 있는 저 산이 지겨워. 갑갑하다구. 우리 바다에 가자."

그녀는 그를 향해 나지막한 목소리로 말했다. 그는 차 덖는 일을 마치고 마당에서 나무를 대패로 다듬고 있었다.

"바다가 보고 싶어."

그는 무심히 그녀를 한번 돌아보고는 다시 자기 일에 열중했다. 넓적한 판자에 다리를 끼워 넣으니 의자 비슷한 형태가 되었다. 무엇이든 시작하면 딴전을 피우는 법이 없는 그가 오늘은 못마땅하다. 그녀는 정말 바다가 보고 싶었다. 지방 발령을 받은 아버지를 따라가서 초등학교 사 년을 보낸 강릉 바다가 그리웠다. 자신의 몸이 아무 고통도 모르고 마음은 자갈처럼 말갛던 때였다.

어쩌면 그녀는 오랫동안 꿈꿔 왔는지도 모른다. 어느 날 아침 새하얀 쌀밥을 지어 정성스레 밥상을 차려놓고 집을 나온다. 그 길로 강릉이나 부산 같은 항구도시로 가는 기차를 탄다. 뱃꾼들이 밥을 대먹는 식당에서 설거지를 하고 생선 배를 따고 식탁을 닦는다. 그들의 거친 욕설과 아우성이 밖에까지 들리는 방파제를 걷다가 담배를 피운다. 허드렛물을 바다에 끼얹다 먼 바다를 내다보기도 한다. 또 가끔은 껄떡거리는 늙은 어부와 몸을 섞고 비 오는 날은 홀로 가게에 앉아 술잔을 기울인다. 연속극의 한 장면으로나 등장할 법한 낡은 사진 같은 장면은 살면서 문득문득 그녀를 일깨웠다. 자신의 존재를 지우고 싶은 욕망은 자신의 존재를 드러내고 싶은 욕망과 비교해 결코 약하지 않았다. 그런 생각을 한 날이면 사우나에 가서 진탕 땀을 빼거나 경락마사지 하는 때밀이 여자에게 몸을 맡겼을 것이다. 왜 자신의 몸이 근질거리는지 모른 채 땀을 빼고 때를 밀고 뜨거운 미역국을 마셨다. 그 옛날 어린 그녀는 늘 수평선을 바라보면서 생각했다. 도대체 저 너머에는 무엇이 있을까. 배를 타고 끝까지 가 보고 싶었다. 분명 다른 사람들이 다른 삶을 살고 있을 거야. 그때의 의문이 이즈음 다시 그녀 속에서 고개를 들고 일어섰다.

6.

그는 조갈증을 견디지 못해 새벽에 잠을 깼다. 어제는 해병대 김씨 생일이라고 모여 술추렴 하는 데 끼였었다. 오랜만에 모인 술자리는 새벽을 넘어서까지 이어졌다. 어떻게 집에 왔는지도 생각이 안 난다. 눈도 뜨지 못하고 손을 더듬어 자리끼를 찾다가 신음소리를 내며 돌아눕는 그녀의 서슬에 잠이 확 달아났던 기억만 어렴풋하다. 잠결에 한 행동이었지만 그녀가 돌려세우던 등에는 분명 싸늘한 냉기가 실려 있었다. 웅얼거리며 애타게 누군가를 부르는 소리가 이어졌다. 정은아, 정은아. 손을 허공에 대고 갈퀴질을 했다. 그녀는 여간해서 자신의 얘기를 하지 않았다. 중학생 딸 얘기를 꺼낸 적이 있었는데 이내 입을 다물어 버렸다. 각자의 짐을 스스로 져야 한다는 건 이 집에서 묵계와 다름없이 지켜졌다.

그는 푸후 한숨을 뱉어냈다. 자신이 이 여자와 오래 함께 살 생각을 했던가 돌이켜보았다. 화선지에 먹이 스며들 듯 어느 순간 그렇게 되었으면, 살다 보니 이렇게 살아져 버렸네, 말할 수 있었으면, 한 적은 있었다. 그는 고개를 흔들었다. 며칠째 밥도 먹는 둥

마는 둥 산 속을 헤매고 다니는 이유를 그는 어렴풋이나마 더듬어
본다. 모름지기 새끼 낳은 짐승은 거두지 말라고 했다. 어미의 심
정이라는 것이 뭔지 그도 조금은 안다.

　형이 죽고 나서 형수는 아이에게 더 집착했다. 모든 여자가 그런
지 유독 형수만 그런지 형수는 아이 곁에 아무도 오지 못하게 했
다. 그때마다 그는 정맥이 꿈틀거리던 형수의 젖가슴을 떠올렸다.
자신의 내부에 있는 힘을 모조리 가슴으로 밀어 올려 아이에게 전
달하려는 몸짓이었다. 그런 점은 꽃을 닮았다. 속엣것을 전부 뽑아
올려 세상에 얼굴을 들이미는 것. 어미의, 모든 생명 가진 것의 본
능이리라. 세상의 어느 사랑도 저 애달픔을 앞지를 수 없다고 말하
는 것 같았다. 그것은 그에게 먼 세계였다. 훔쳐보지 말라고 명령
받은 어떤 세계. 그래서 그가 그 비밀을 샅샅이 드러낸 형수의 젖
가슴에서 눈을 뗄 수 없었는지도. 누가 그것을 젖무덤이라고 불렀
는지 참으로 정확한 표현이다. 생명을 키우는, 핏줄이 파닥이는 그
살덩이가 정말 무덤처럼 느껴졌다.

　그는 밖을 내다보려고 방문을 열었다. 곧 새벽이 올 것이다. 다시
옛날의 평화를 회복하고 싶다. 아무 일도 일어나지 않고 시간이 흘
러가게 하는 일이 이다지도 힘들단 말인가. 방 안까지 밀고 들어오
는 희붐한 빛에 그녀의 넓은 이마가 드러났다. 처음 그녀를 보았던
날을 생각한다. 잠을 자면서도 그녀는 이마를 잔뜩 찌푸리고 있었
다. 나쁜 꿈에 저항하듯 얼굴에 힘을 주었다. 얼른 나오라는 선배의
채근에도 아랑곳하지 않고 그녀는 천천히 짐을 챙겼다. 묵묵히 그

를 따라오는 그녀와 함께 동네에 들어설 때는 무엇 때문인지 안심
이 되었다. 같이 일하러 가거나 함께 밥을 먹을 때는 피붙이처럼 느
껴지기도 했다. 무엇보다 멀리서 불이 켜져 있는 자신의 집을 바라
보는 게 제일 좋았다. 불빛이 그의 마음을 한곳으로 모아 주었다.

그는 늘 마음 한구석이 꺼져 내렸다. 막다른 쪽으로 치달을 줄밖
에 모르는 마음이 그녀와 살면서부터 한곳에 붙박일 줄도 알게 되
었다. 그녀가 그렇게 고요히 곁에 있어 주던 시간은 빨리 끝났다.
가구나 물건이 아닌 다음에야 죽은 듯이 엎드려 있을 수는 없을 것
이다. 이미 돌이킬 수 없게 되어 버렸다. 물론 그녀를 탓하는 것은
아니다. 그건 누굴 탓하고 말고 할 일이 아니라는 것쯤은 그도 알
나이가 되었다. 자신의 인생이 본시 그렇게 생겨먹은 거였다. 그는
자신의 머리가 한 가지 생각밖에 감당하지 못한다는 사실을 실감
한다.

밤새도록 토방 위에서 꽁꽁 얼어붙은 신발은 무엇보다 분명히
달라진 현실을 알려 주었다. 발이 따뜻해야 금방 피곤해지지 않는
대. 그녀는 부엌에서 데운 신발을 가져와 그의 발밑에 내려놓으면
서 말했었다. 발을 끼워 넣으면 바닥에서부터 온기가 올라왔다. 그
온기는 그의 마음을 데우는 데도 성공했다. 더럽고 구겨지고 차가
운 운동화를 신으며 그는 흡사 버림이라도 받은 듯 참담했다. 며칠
째 똑같은 반찬을 내놓으면서 의식조차 못했다. 산란해진 마음을
구태여 감추려 들지도 않았다.

어제 일만 해도 그렇다. 그는 아침에 지난 가을 얻어다 말린 버

섯을 마루에 내다 놓았다. 불려서 고기라도 한 근 사다 같이 구워 먹을 셈이었다. 저녁때 대문에 들어서다가 아침에 놓았던 자리에 그대로 있는 소쿠리를 보았다. 그는 솟구치는 짜증을 누르면서 그녀를 찾았다. 부엌에서도 방에서도 인기척이 들리지 않았다. 보통 때 같으면 그녀가 삐죽이 문을 열고 내다보았을 것이다. 때마침 몰려든 허기 때문에 그는 더욱더 화가 치밀었다. 도대체 어디 간 거야, 에잇, 갈 테면 **가 버려라**. 부엌에 들어가 쌀을 박박 문질러 씻었다. 물을 버리려고 일어섰는데 언제 왔는지 그녀가 부엌문에 기대서서 그를 내려다보고 있었다. 그런데도 그의 손에 들려 있는 쌀바가지를 받아들 생각은 하지 않았다. 무엇엔가 시선을 빼앗긴 채 우두커니 서 있었다.

"마루에 있는 버섯이나 갖다 물에 담가 놔. 내일 아침에 된장찌개에라도 넣게."

그는 그녀를 쏘아보며 말했다. 그녀는 대답도 않고 마루로 걸어가서는 뭘 하는지 소리가 없었다. 그는 쌀을 씻어 안치고 밖으로 나왔다. 그녀는 마루턱에 걸터앉아 버섯을 손으로 만지작거리고 있었다. 울컥 부아가 치밀었다. 달려가 그녀의 손에서 버섯을 뺏어 바닥에 내던졌다. 거무스름하게 말라붙은 버섯은 사방으로 흩어졌다.

"왜 이래, 도대체. 제발 정신 좀 차려. 차라리 내 눈앞에서 꺼져버리든지."

그녀는 그를 올려다보았다. 텅 비어 있는 얼굴. 그가 달려들어 뺨을 때린다 해도 끄떡도 하지 않을 것 같았다. 그의 등줄기 아래로 싸늘한 바람이 지나갔다. 답답한 건 그가 손을 쓸 수 있는 게 하나도 없다는 점이다. 그녀는 일어나 시적시적 방으로 들어간 뒤 그가 혼자 저녁을 다 먹을 때까지 꿈쩍도 하지 않았다. 그도 될 대로되라는 심정으로 내버려 두었다.

느지막이 잠에서 깨어난 그의 콧속으로 아주 익숙한 냄새가 흘러들었다. 문틈으로 새들어오는 아궁이 냄새 같기도 했다. 엄마젖처럼 끈끈하고 친숙한 여운이 느껴졌다. 그는 일으키려던 등을 다시 구들에 눕히고 냄새를 음미한다. 손을 뻗어 그녀가 누웠던 자리를 더듬었다. 온기가 남아 있는 자리에 손이 닿자 그는 자신도 모르게 신음을 뱉어 냈다. 갑자기 목 줄기가 뜨거워졌다. 그는 지난밤 그녀를 괴롭혔던 꿈자리의 근원을 알지 못한다. 그녀와 그는 각자 다른 악몽에 시달렸다. 깨어나면 더 큰 허탈감에 사로잡히는 모진 꿈들. 깨고 나면 빈손을 쳐다보며 허공에 잠시 시선을 던질 뿐 그들은 서로의 꿈을 모른 체했다. 어젯밤 잠들기 전, 모처럼 밝아진 얼굴로 그녀가 했던 얘기만 아직 귓전에 남아 있다.

"중국의 어떤 고산족에게 이런 풍습이 있대. 한 여자를 두고 두 사람이 사랑을 하게 되면 마을 어르신 앞에서 판가름을 받는데. 사람 숫자가 워낙 적어서 법을 따로 만들 필요가 없겠지, 말 그대로 소수민족이니까. 그런데 그 방식이 너무 처절했어. 대야 비슷한 커다란 그릇에 조약돌을 넣고 펄펄 끓여. 그리고 나서 양쪽에 보고 앉은 사람 중에 누가 먼저 그 조약돌을 건져 올리느냐로 승패를 가르는 거야. 그게 말이나 돼? 다시는 손을 못 쓰게 될 수도 있고 중

상을 입거나 어쩌면 목숨을 잃을지도 모르는데 그들은 자연스럽게
받아들이더라구. 당연히 한 소년의 손은 뻘겋게 익었지. 끔찍하게
도 그 손을 허공에 대고 흔들지 뭐야. 활짝 웃으면서 말이야. 이겼
으니까, 그리고 여자를 얻었으니까. 텔레비전에서 그 장면을 보다
가 나도 모르게 눈물을 줄줄 흘렸어. 그런 맘이 있다면 뭐가 걱정
이겠어. 나한테는 그게 없어. 그런데 지금은 아니야. 당신이 나를
처음 안았을 때 당신의 차가운 발이 내 허벅지를 조였을 때 그때
알았어. 당신이 얼마나 외로운 사람인지. 그래도 끓는 물에 손을
담그지는 못하겠지."

그녀는 젖은 눈으로 그의 눈을 똑바로 쳐다보았다. 당장 대답을
내놓으라는 듯이. 허리에 감긴 그녀의 손을 떼어내며 그는 그깐 여
자 하나에 목숨을 걸어, 하며 돌아누웠다.

"이해해, 나 같아도 그럴 거야, 그래도 그러겠다고, 걱정 말라고,
그렇게 말해 주면 안 돼?"

그녀는 차 닦는 솔에 데어서 물집이 잡힌 그의 손을 꼭 잡으며
말했다. 의외로 고분고분한 그녀의 대꾸에 그는 공연히 미안한 마
음이 들었다. 허긴 그 마을 전체가 그들이 태어나 보게 될 세상의
전부인 사람들에게는 종교적 제의 이상일 테지. 그녀 입에서 나온
중국 소수민족 이야기는 그리 먼 얘기처럼 들리지 않았다. 그녀가
진짜 하고 싶었던 말은 무엇이었을까.

등을 끌어당기는 방바닥의 온기를 떨치고 일어났을 때는 그녀가
이미 아침상을 차려놓은 뒤였다. 미역국에 버섯볶음, 몇 가지 밑

반찬이 더해진 근래 보기 드물게 정갈한 밥상이었다. 며칠간의 무성의를 만회라도 하려고 일찍부터 서두른 모양이라고 그는 넘겨짚었다.

"오늘 누구 생일이라도 돼?"

그의 농담에 그녀는 고개를 끄덕였다. 그는 그녀가 말하기 귀찮아서 그런다고 생각했다. 하얀 사기그릇에 담긴 미역국의 검은 빛이 그의 눈을 가로막았다. 그는 목이 마른 사람처럼 국 한 사발을 단숨에 비웠다. 뜨거운 국물에 입천장이 데는 것도 아랑곳하지 않았다. 속이 헹구어진 느낌에 긴 한숨을 몰아쉬고서야 들고 있던 그릇을 내려놓았다. 그녀는 말 없이 그가 앉아 있는 쪽으로 밥그릇을 돌려놓고 수저를 집어 주었다. 그는 세수도 하지 않은 채 따뜻한 밥그릇을 한 손으로 감싸고 밥을 다 먹었다. 그릇 밑바닥을 긁는 소리가 나지 않았다면 정신없이 입으로 밥을 몰아넣는 자신을 그녀가 지켜보고 있다는 것조차 몰랐을 것이다. 문득 고개를 들었을 때 그녀의 커다란 동공이 눈앞에 열려 있었다. 그가 똑바로 쳐다보자 그녀는 희미하게 웃었다. 그녀가 웃는 걸 보는 게 이번이 두 번째다. 영산홍 가지에 핀 꽃을 보면서 그녀는 말했었다.

"꽃은 식물들의 웃는 얼굴이야. 자세히 봐. 나무가 꽃으로 웃어 보이는 것 같지 않아? 겨울 동안 참고 있었던 말 대신 이렇게 함박웃음을 터트려 버리는 거라구."

그 말을 하는 그녀의 얼굴에 희미한 미소가 떠올랐다. 처음 보는 표정이다. 그녀가 웃다니. 그녀의 웃음이야말로 꽃처럼 환했다. 그

웃음을 보면서 그는 뜨거운 물기가 가슴을 훑고 내려가는 것을 느꼈다. 그녀가 그 꽃을 볼 수 있도록 붙잡아 두길 잘했다고 처음으로 생각했다.

오늘 따라 그는 부리나케 집으로 돌아왔다. 자꾸 아침 일이 생각나고 마음이 어수선해서 일에 집중할 수가 없었다. 산뽕잎이 든 자루를 메고 걸어오면서 그의 눈은 불안하게 움직였다. 그는 집으로 오는 길에 멀리서부터 마루와 마당을 살펴보는 게 버릇이 되었다. 어떤 때는 마당을 가로지르는 그녀가 보이기도 했고 마루를 걸레질하는 그녀의 등이 보이기도 했다. 지금은 영산홍만 불 대신 집을 밝히고 있었다. 그의 불안에 값하기라도 하듯 집은 비어 있었다. 잠깐 어디 간 거겠지, 하고 기다린 게 어느새 컴컴해졌다.

그는 벌떡 일어나 부엌으로 달려갔다. 부엌 바닥에 밥상이 보자기에 덮인 채 차려져 있었다. 어둠 속에서 차가운 손이 나와 얼굴을 후려친 기분이었다. 돌아서서 방으로 갔다. 방은 그대로였다. 그는 그녀가 떠났음을 알았다. 가방도 화장품도 옷가지도 그대로였지만 그렇기 때문에 더 그녀가 돌아오지 않을 거라는 확신이 들었다. 진정 떠날 때는 그렇게 떠난다. 옛날에도 똑같은 광경을 목도했었다. 모든 게 그대로였다. 조카의 살 냄새와 웃음소리까지 벽에 달라붙어 있는 성싶었다. 그러나 여자는 두 번 다시 그 집 문턱을 넘어서지 않았다. 그때의 그 느낌. 방문을 꽉 움켜쥐고 서 있던 절망감이 섬뜩하게 되살아났다. 몸이 허공에 떠 있는 것 같았다. 그는 숨을 몰아쉬었다. 영산홍의 꽃무리가 어둠 속에서 가까이 다가와 있었다. 그 나무 너머로 한 줄기 길이 나 있는 게 보였다. 모두 그 길을 걸어서 떠났다. 여자도, 함께 살던 그녀도.

형이 죽고 얼마 후 집을 나간 형수를 그는 미친 듯이 찾아다녔다. 네 번째로 전화를 걸었던 친구에게서 여자의 집을 알아냈다. 여자가 다니는 당산동 직장과 그리 멀지 않은 곳의 다세대주택 2층. 여자는 일곱 시가 조금 넘어 조카를 안다 걸리다 하면서 골목으로 들어섰다. 그를 알아본 여자는 고개를 살짝 돌리고 말 없이 계단을 올라갔다. 그는 여자를 따라 어두컴컴한 계단을 천천히 밟았다. 그가 들고 있던 종이가방 밖으로 비어져 나온 곰 인형은 낯선 풍경을 눈도 꿈쩍이지 않고 지켜보았다. 잘 맞지 않는 열쇠를 시험하듯 여자는 몇 번이나 헤맨 끝에 가까스로 문을 열었다.

집 안은 엉망이었다. 아이가 벗어 놓은 옷과 장난감이 흩어진 거실, 아침에 먹던 시리얼이 말라붙은 그릇이 놓인 식탁. 여행 중에 잠시 묵는 호텔방처럼 물건과 짐들이 손에 닿는 곳에 대충 놓여져 있었다. 문이 열려 있는 화장실의 거울은 얼룩져 있었다. 여자가 아이를 재울 때까지 그는 거실을 서성거리며 기다렸다. 그날 밤 여자는 그에게 가슴을 열어 보였다. 그는 여자를 안고 가슴에 머리를 묻은 채 흐느끼다가 잠이 들었다. 이제 아무것도 부족한 게 없었고 하나도 슬프지 않았는데 왜 자꾸만 눈물이 났는지 모른다.

그 후로 그는 자주 여자를 찾아갔다. 거의 매일 그곳에 갔다. 열 번째였을까, 스무 번째였을까, 아니 백 번째쯤이었을 것이다. 그가 양손에 조카에게 줄 과자를 잔뜩 들고 서서 아무리 문을 두드려도 여자는 나오지 않았다. 나올 수가 없었다. 여자가 이미 이사를 간 뒤였으니까. 그는 그때 철문에 머리를 박으며 깨달았다. 그가 여자를 안을 때마다 했던 공허한 약속들, 헛된 다짐들이 다 들통나 버렸다는 것을. 그는 여자를 위해서 아무것도 해 줄 수 없었지만 교묘한 말로 그것을 은폐했다. 여자를 붙들기 위해 과장되게 맹세를 일삼았다. 여자는 말했다.

"알고 있어? 나하고 같이 살자고 한 번도 말하지 않았어."

여자가 듣고 싶었던 말이 그것이었을까. 그는 밤늦게 아니면 하룻밤 정도를 보낸 뒤 꼭 그 집을 떠나왔다. 짐을 싸들고 여자의 집으로 옮겨 함께 살 생각을 하지 않은 건 아니었지만 행동으로 옮기는 건 웬일인지 망설이고만 있었다. 같이 살고 싶었다. 여자가 있는 집으로 퇴근을 하고 싶었다. 여자가 기다리는 집으로 빨리 가고 싶어 버스에서 내려 택시를 갈아타고 또 내려서 달려오기도 했다. 그래도 같이 살자는 말은 하지 못했다. 그는 자신은 왜 매번 상대가 원하는 말을 해 줄 타이밍을 놓치는지 알 수 없었다. 한 번 숨어 버린 여자는 다시 찾을 수 없었다. 당산동에 있는 집을 쉽게 찾을 수 있었던 건 여자에게 들키려는 마음이 있었기 때문이었다는 걸 뒤늦게 깨달았다.

그는 여자의 몸이 좋았다. 몸을 좋아하는 것과 마음을 좋아하는 것이 어떻게 다른지 생각해 볼 틈도 없이 여자의 몸을 안고 그 속에 자신을 묻었다. 그러나 줄곧 여자는 너무 멀리 있었다. 영월에서 처음 본 그녀와 잠을 자던 날 그는 그것을 알았다. 자신이 손쉽게 닿을 수 있는 곳에 머무르고 싶어 한다는 걸. 그가 아무리 부정해도 자신은 너무 지쳐서 더 먼 길을 갈 수 없다는 것을 그의 몸은 정직하게 드러냈다.

그는 대문을 열고 밖으로 나가 주위를 휘둘러보았다. 돌아서 문을 잠그려다 활짝 열어 놓는다. 하늘을 바라보았다. 어둠이 그의 어깨를 두드리듯 살며시 감싼다. 모든 방문을 열어젖혔다. 목이 타 들어가는 갈증 때문에 잠자코 있을 수가 없었다. 부엌에도 안방에도 건넌방에도 그녀는 없었다. 마당 한쪽에는 그가 만든 의자만 덩그마니 놓여 있었다. 아무도 앉지 않아 비어 있는, 주인을 잃은 의자. 곧 꽃이 질 텐데. 그는 점점 더 목이 말랐다. 아침에 먹은 미역국이 생각났다. 그는 부엌으로 다시 가서 수도꼭지에 입을 대고 물을 들이컨다.

"갈급해지면 자꾸 뭔가를 무릅쓰려고 해요."

수도꼭지를 잠그고 돌아서는 그의 뒤통수에 대고 누군가 그런 말을 한다. 지난번 형수가 찾아왔을 때 한 말인가.

"곧 괜찮아질 거예요. 굳이 무릅쓸 만큼 대단한 게 있다는 생각을 버리면 갈증도 사라질 거예요. 난 완전히 말라 버렸나 봐요. 갈증조차 느끼지 못해요."

그때 여자의 눈은 붉게 충혈 되어 있었다. 그의 눈에는 등판이 넓고 얼굴이 검붉은, 여자의 남자가 어른거렸다. 여자가 말하지 않았지만 그는 알았다. 여자는 이별을 하기 위해 그를 찾아온 사람이다. 그런 일도 있다. 헤어지기 위해 만나는 일.

그는 이불 위에 길게 드러누웠다. 어둠에 숨이 막혔다. 오로지 문짝만이 흰 빛을 뿜어냈다. 그는 윗몸을 밀어 문 옆에 있는 스위치를 올렸다. 눈을 잠깐 감았다 떴다. 바람 소리가 들린다. 바람은 대문을 한번 세차게 후려치고 의자를 들썩이더니 뒤뜰로 달아났다. 곧 이어 영산홍 가지를 흔드는 바람소리가 들렸다. 먼 곳에서 누군가 흐느끼고 있을지도 모른다. 상처 난 짐승을 훑고 지나가는 바람은 우는 자의 눈을 찔러 피를 흘리게 한다. 바람 소리에는 아무 소리도 섞여들지 않았다. 사람의 발소리도 개 짖는 소리도. 그가 기다리는 소리는 끝내 들리지 않는다. 그는 허공으로 손을 뻗어 그녀의 가슴을 어루만지듯 손을 내젓는다. 가장 먼 여행은 고향으로 가는 길이라지. 그는 늙은이처럼 중얼거렸다. 그녀를 다시 볼 수 있다면, 목소리라도 들을 수 있다면 묻고 싶었다. 괜찮아?

해 설

윤리감각과 인간의 관계 거리

―최옥정 소설집《식물의 내부》에 붙여―

정현기(문학평론가, 연세대 교수)

1. 나의 나됨 찾기

지난해에는 한 학기 내내 나의 나됨 문제를 놓고 여러 학생들과 생각하고 검토하는 시간으로 보냈었다. 최옥정의 작품들 가운데 〈원의 중심〉은 내가 작년에 학생들 앞에서 열을 내어 떠들며 묻곤 하던 그런 존재의 문제 탐색 결론으로 가는 말 만들기와 비슷하다 는 느낌을 지울 수가 없다. 나됨 화두는 '남아 있음 읽기'의 존재 론적 규정이기도 하다. 이것을 나는 나됨의 '거미줄론' 또는 '그물 이론'으로도 불러 이곳저곳에 써 왔다. 물론 작가 최옥정이 그리고 있는 이야기는 내 이론의 틀과는 무관하다. 스치고 가는 말 쓰기 길목에서 만나 감동적이고도 그럴 듯하다는 느낌을 공유한다는 뜻이다.

나란 정말 누구인가? 나는 나의 홀로 서 있음 그 자체일 뿐인가? 내가 보고 듣고 읽는 모든 세상에서 나는 나만 홀로 이 세상에 대면하여 힘겨운 삶의 길을 열어가야 하는 것인가? 그리고 내가 보고 듣고 느끼며 냄새 맡은 것들을 말하는 것은 오직 나만의 것인가? 작가는 이 물음에 곧바로 대답한다. 어림없는 수작이다. 삶이란 그렇게 평행봉 위에서 홀로 물구나무서는 게임이 아님을 그는 알려 준다. 아주 빼어난 이야기로 읽히는 〈기억의 집〉 속에서 이기적인 남편에게 속절없이 버림받는 장면에서 여주인공은 이렇게 말하고 있다.

'당신은 인생을 평행봉이라고 생각하는 풋내기라구. 혼자 균형을 잡고 똑바로 걷기만 하면 되는 게 아니야. 누군가와 힘을 조율해가며 한번 치솟았으면 다음에는 아래로 떨어져야 하는 시소라는 걸 아직도 모른다면 말이야. 당신이 떠나고 시소 한 쪽에 빈 자루처럼 구겨져 있을 나와 준희는 뭐지? 지금의 내 삶을 잃고 싶지 않아.'

서양인들이 만들어 퍼뜨린 이른바 낭만주의적 발상과 사실주의적 발상 사이에는 꽤 다른 어떤 것이 있어 보인다. 나의 나됨을 개인적 차원에서 읽고 내세우는 것들은 비록 유치하거나 신선하게 보이고 들릴지라도 그것은 나의 개인적 존재 가치에 비중을 둔 사유에 해당한다. 하지만 나와 너를 지각 범위에 놓고 읽는 나됨은 두 개의 거대한 축으로 이어져 뻗는다고 나는 읽었다. 이른바 사실주의라는 말놀이에 해당하는 사유법 이야기이다. 작가 이상(李箱=김해경)은 그의 시 〈제2호〉에서 아버지와 나를 번갈아 읽으며 나의 '나' 됨이 결코 독자적인 개인 존재에 그치지 않음을 보여 주고 있다. 나의 개인적 존재 말고 역사적 존재로서의 '나' 가 엄연하고도 질기게 '나' 속에 붙어 있음을 그의 시 〈제2호〉는 알게 한다. 이것을 세로축으로 긋고 다음을 보기로 한다. 이 축과 다음에 보일 또한 가운데 점에 '나' 는 서 있다. 그런 가운데 개인 존재 '나' 를 내세운 낭만주의라는 존재 수사법이 갖춘 '나' 됨에는 허점이 많아 젊고 새로운 기운만 뿌릴 뿐이지만 우리는 그런 젊음의 고귀한 열정을 뿌리칠 수 없다. 개인적 존재 '나' 의 도도한 일어섬.

다음은 '나' 의 옆에 버티고 있는 남들이다. 이웃, 옆 사람, 남이되 결코 남으로만 존재하지 않는 남들, 이것은 분명 사회적 존재로서의 나를 규정할 수밖에 없는 '나' 됨이다. 개인 존재 '나' 를 둘러싸고 있는, 그러면서 '나' 를 끊임없이 조여 오는, 이 존재 값을 가로축으로 그으면 세로축과 가로축이 만나는 자리가 있다. 최옥정이 이야기하여 보인 두 남녀의 관계 가운데 시계의 시침과 분침이서로 때때로 엇갈리지만 그 도는 축은 원의 중심 안에 놓인다는 말에 감동하는 한 여주인공의 마음자리를 작가는 이렇게 표현하여놓았다.

'이제부터 서현이가 사는 시간은 내 속에 있어. 이 시침과 분침처럼 한 바퀴 돌 동안 한 번밖에 만나지 못하더라도 한 공간에서 몸의 중심을 맞대고 사는 거야'

그 말은 내 정신을 송두리째 그의 식민지로 만들었는지 모른다.

〈원의 중심〉이라는 작품 속의 한 주인공 이야기이다. 그런데 이 존재의 엇갈림과 합침의 비정함이 이 작품에서는 여실하게 드러난다. 이렇게 이야기하여 사람을 홀려 놓고는 막상 함께 사는 동안 보여 주는 이 남자의 태도는 아예 다르다. 아니 식민지 백성으로 만들어 놓고는 관리에 눈을 감는다. 이런 식의 비정한 말장난과 사람살이의 뒤틀린 성품, 이 이야기는 그의 작품 도처에서 피를 흘리는 모습으로 나타난다.

'나' 뒴에는 적어도 세 꼴의 '나'가 있다. 개인 존재 나와 역사 존재 나, 그리고 사회 존재 나는 엇물려 가로 세로 그어진 줄기로 뻗어 그 사이에 수많은 금을 긋게 하고 거기 나는 거미줄에 매달린 존재로 달랑달랑 흔들린다. 그것이 나라고 하는 있음 꼴이고 글쓰기의 한 질료이다. 이 세상에서 나만이 오직 유일한 우주이고 절대치의 존재이다. 이것을 알지 못하는 사람은 언제나 흔들리는 존재이고 살아있음에 불안해 하고 두려움과 공포에 떠는 존재이다. 아니 오히려 엄격하게 더 좁혀 말하면, 모든 존재는 다 이렇게 거미줄에 매달려 흔들리는 그런 존재, 두려움과 공포, 불안에 떠는 존재일 뿐이라는 점을 밝히고 넘어갈 필요가 있지 않을까. 모든 존재가 그렇게 엄청난 절대치이고 유일무이한 우주라고 하더라도 이 세상은 그런 그를 그대로 용납하지 않고 그들을 누군가 부속품이나 곁다리로 만들어 버리는 것이 사실이니까 말이다. 그런데 고약하게도 우리가 하나씩의 절대치로 이 세상에 서려면 반드시 누군가와 삶의 균형을 맞춰 볼 그런 만남을 이루어야 한다. 그런 만남의 긴장이 없다면 실제로 한 존재의 우주적 절대치는 끝이다. 우리는 최옥정의 소설들을 읽으면서 이 문제를 구체적으로 읽게 된다.

그의 이번 작품집은 다음과 같은 작품들로 묶여 있다. 〈WANTED〉, 〈그의 지문〉, 〈원의 중심〉, 〈빠또나〉, 〈범인은 반드시 범행 현장을 다시 찾아온다〉, 〈유실물〉, 〈얼룩〉, 〈기억의 집〉, 〈당신의 구두〉, 〈식물의 내부〉 등 열 편이다. 〈식물의 내부〉는 중편소설이다. 이 소설들이 내뿜는 '나' 됨 찾기의 열기를 매번 개별 작품내용 옮기는 일로 질질 끌 필요는 없을 터이다. 비평적 독서라 하더라도 모든 독서는 작품 속의 어떤 자아가 앓고 있는 아픔이나 슬픔, 외로움 또는 행여 맞닥뜨리는 즐거움과 눈 맞추는 행위이다. 그리고 독자는 작중 인물이 찾아 나선 희망을 읽고 사랑에 목말라 한다.

2. 도덕 또는 윤리와 사람살이

1) 불가해한 나의 너됨 측정거리 재기

사람은 서로 묶여 산다. 그래서 사람들은 묶인 줄이나 끈을 풀어

헤치거나 그곳으로부터 탈출하여 날아갈 것을 꿈꾼다. 해방이나 자유라는 말로 사람들은 살아있음의 덫을 말한다. 말 뒤집어 틀기 수사법인 셈이다. 도덕이란 무엇일까? 윤리란? 적어도 그것은 나와 너, 나와 그, 또는 그들 사이에 거리를 측정하는 관계의 긴장일 것이다. 도덕이 사람끼리 주고받는 관계 거리의 긴장이라면 윤리란 무엇일까? 그것은 그런 긴장을 적절하게 마련하여 마땅히 지켜질 것을 전제로 하는 원리 비슷한 어떤 것이나 아닐까?

나의 개인적 나는 언제나 남과 얽혀 지낼 수밖에 없다. 모든 이야기는 여기서부터 시작된다. 개인 '나'가 있다는 것은 이야기의 떨기가 있다는 뜻이다. 최옥정의 소설들을 읽으면 언제나 강렬한 한 여인이 나오고 그 앞에 마주 선 남자, 남편, 정신이 아픈 병이 들어 불쌍한 아들, 어린 나이에 외국으로 입양되어 나간 존재의 참담함을 견뎌 낸 한국 종 외국 처녀, 자기 문제가 급급하여 남에게 무정한 사내, 그리고는 여러 사람들 속에서 언제나 소외된 채 존재감을 부정당하는 여인들이 나온다. 이 작품집에 실린 작품들을 통해 작가가 보여 주고 싶은 것들은 무엇일까? 찬찬히 뜯어 읽어 보면 이 작가가 하고 싶어 하는 말의 속뜻의 무엇인지, 그 속병의 깊이가 어느 정도인지를 알겠다. 우선 그가 보여 주는 사람됨으로 짐진 아픔의 깊이와 하고 싶은 말의 속뜻을 나는 다음과 같은 내용으로 읽었다고 알려야겠다.

첫째, 이 작가는 이 시대의 가정은 이미 무너져 불빛이 사라졌음을 예리하게 드러내어 보여주고 있다. 이 소설집에 수록된 작품들

가운데 정상적인 가정생활의 모습이 보이는 곳은 없다. 물론 이런 단언은 함부로 해서는 안 된다. 왜냐하면 그의 작품들 가운데 단편 〈당신의 구두〉는 일단 작가가 본격적으로 내세워 보이려고 내세운 자아 부재화(不在化) 관련 주인공 이전의 인물이며 둥지로 인식하던 아버지와 어머니의 집 이야기이다. 비록 마음이 여리고 착해서, 보기에 딱한 사람을 그냥 두고 못 보아, 툭하면 걸식하는 사람들을 집으로 데리고 들어오는 인물인 아버지는 딸자식의 눈으로 지독하게도 혐오하고 싫어한 것으로 표면에 보이고 있다. 하지만 어머니가 슬쩍 남편을 옹호하면서 던지는 언표 '이무기'로서의 아버지는 혐오증을 지닌 주인공 딸에게 중요한 유전자를 물려준 인물이다. 넓고 두툼한 발은 아버지를 닮아 자기 발도 그렇다는 언표 속에 들어있는 동류의식은 오히려 따뜻한 연민으로 살아 있다.

이 작품집에서 가장 심도 있게 이야기를 이끌어 나간 중편소설 〈식물의 내부〉나 팽팽한 긴장을 시종 이끌어가면서도 그래도 따뜻한 전망을 보여주는 〈기억의 집〉, 오늘날 이런 태양 문명 또는 빛의 문명이라 일컬을 만한 현대 문명에서 소음에 시달리는 주인공을 내세운 〈원의 중심〉 등에는 모두 가족의 원만한 정착과 안정이 없다. 그들 이야기 속에는 존재함의 조각으로 떠돎이 가장 강력한 심상으로 떠오른다.

먼저 묵직한 중편소설 〈식물의 내부〉부터 들여다보기로 한다. 이 작품에는 두 상처 받은 남녀가 주인공으로 등장한다. 이 소설집을 읽을 때 다가서는 중요한 공식은 다음과 같은 살아 있음의 개체화이다. 요약해 보이면 이렇다. 남자 주인공은 누구인가?

　1.자기 상처를 일체 남에게 드러내지 않는 성격의 남자 2.그 상처의 근원은 아내에게 폭력을 행사하다가 비명에 죽은 자기 형의 아내를 사랑하면서도 청혼을 하지 못하는 마음속에 있다 3.직장 포기 후 무작정 시골 선배를 찾아 나섰던 길에 영월 선배의 식당을 찾아들어 고주망태가 되도록 술을 마시고 잠이 들었다. 4.눈을 떠 보니 그 곳에서 일하던 여인과 한 방에서 잠이 들었고, 선배에게 면박을 맞고 다시 그 방에 들어가 통렬한 정사를 나누고는 함께 자기가 구해 놓은 경상도 어느 지역 시골에 와 함께 살지만 일체의 속말을 하지 않는 남자다. 5.오직 자기 애린과 상처에만 골몰하는 남자.

　여자 주인공은 그러면 어떤 사람인가?

　1.남편에게 버림받은 여인. 20년을 같이 살았던 남편이 어느 날 갑자기 다른 여자가 생겼으니 이혼해 달라고 하자 이혼한, 어이없이 버림받은 여자 2.딸아이까지 남편에게 따라가자 미친 듯한 절망감과 외로움에 마음 문을 닫는 여자. 3.바다의 유혹을 따라 달려간 강릉에서 영월로 흘러가 어느 식당에 기식하며 허드렛일을 하던 여자 4.남자에게 몸을 내맡기는 일 쯤 무관하게 생각하고 지내던 중, 위의 남자를 만나 죽을 둥 살 둥 치루는 정사 당사자를 보고 따라나서서 함께 살고 있는 여자 5.남자로부터 일체의 자기 속마음 이야기를 듣지 못하던 중 당당히 찾아온 여인을 보고 쩔쩔매는 그에게 속맘을 타진하는 여자.

아무리 생각해도 어설픈 위 이야기 요약은 다음과 같은 정리로 어설픔을 다듬어야 할 판이다. 이 작품의 결말은 그 두 사람 모두 자폐증 때문에 마음을 닫은 남녀로 말끔하게 헤어지는 것으로 되어 있다. 그러나 이 작품이 정작 드러내고 싶어 한 내용은 무엇인가?

"어쩌면 그녀는 오랫동안 꿈꿔왔는지도 모른다. 어느 날 아침 새하얀 쌀밥을 지어 정성스레 밥상을 차려놓고 집을 나온다. 그 길로 강릉이나 부산 같은 항구도시로 가는 기차를 탄다. 배꾼들이 밥을 대먹는 식당에서 설거지를 하고 생선 배를 따고 식탁을 닦는다. 그들의 거친 욕설과 아우성이 밖에 까지 들리는 방파제를 걷다가 담배를 피운다. 허드렛물을 바다에 끼얹다가 바다를 내다보기도 한다. 또 가끔은 껄떡거리는 늙은 어부와 몸을 섞고 비 오는 날은 홀로 가게에 앉아 술잔을 기울인다. 연속극의 한 장면으로나 등장할 법한 낡은 사진 같은 장면은 살면서 문득문득 그녀를 일깨웠다. **자신의 존재를 지우고 싶은 욕망은 자신의 존재를 드러내고 싶은 욕망과 비교해 결코 약하지 않았다.**"

위에 인용해 보인 내용 가운데 마지막 문장은 곧 이 작품에서 가장 핵심 되는 존재 값 드러내기이다. 이렇게 평행선으로 남녀 관계가 갈라지는 작품은 〈원의 중심〉에도 〈기억의 집〉에서도 같은 농도로 존재의 가치를 탐색하며 읽는 서로의 눈빛이 시퍼렇다. 서로 다가갈 수 없는 거리를 지닌 존재, 그것을 최옥정은 우리들 삶이 지

닌 허공이라는 메시지로 내세우고 싶어 한다. 도덕성의 원천이 차
단된 관계를 부각시킴으로써 이 작가는 우리에게 오늘날 삶이란
모두가 곧 바스러진 넝마이며 파편임을 일깨우고 있다. 자기 집을
남에게 맡기고 멀리 외국에 나가 살고 이는 주인공을 그린
〈WANTED〉 또한 가정이라는 불빛이 없다. 그러나 이 작품 뒷부
분에 오면 서로 마음의 문을 열기 시작하는 내용으로 긴장을 풀어
보인다. 따뜻한 작가의 눈 빛 내보이기이다.

콩트로 씌어진 〈빠또나〉, 이 짧은 소설은 우연히 소재를 얻어 발
표한 소설 주인공이 자기를 닮았다며 작가에게 접근하는 일본인
현지처 생활을 하는 이른바 원조교제나 콜걸 이야기이다. 몸을 돈
으로 바꾸는 시대의 자기 분열 이야기. 이 작품도 이 범주에서 크
게 벗어나지 않는 작품이다.

〈기억의 집〉에도 이런 상처를 앓고 있는 주인공들이 살고 있다.
남편에게 터무니없는 버림을 받고 살다가 문득, 외로움 때문에 병
이 난 아들을 데리고 떠난 외국 여행길에서 만난 입양아 출신 처녀
펄도 심각한 상처로 파편화된 인물이다. 그래도 이 작품은 두 닫힌
마음을 지닌 주인공 가운데 따뜻한 뒤 여운을 주고 있어서 읽기가
편하다.

둘째, 가정 잃은 개인의 고통 일지.

고통은 누구와도 공유할 수 없는 것일까? 작가 최옥정은 이 문
제를 놓고 상당히 고심하고 있어 보인다. 누구도 자기가 짊어진 삶
의 짐을 옮길 책임감에서 자유로울 수가 없음에도 불구하고, 이 작

가가 내세우는 주인공들은 하나같이 자기를 책임지지 않음으로써 남의 삶에 깊은 상처를 낸다. 작가는 이런 부도덕함이 우리 주변에 흔하게 횡행하는 인간성으로 굳어 있다고 치밀한 말 쓰기로 외쳐 보이고 있다.

2) 치명적인 상실감과 나 됨 찾기

개인 존재 '나'는 역사적이고 사회적인 두 끈에 묶인 존재로 남 앞에 서 있다. '나'가 남과 화합하려면 어떤 꼴이든 조건이 있다. 건강하다든지, 선량하다든지, 아름답다든지, 경제 능력이 있다든 지, 튼튼한 집안 배경을 지니고 있다든지, 남들이 다 알아주는 대학교를 나와 든든한 직장에 자리를 잡아 생계가 보장되어 있다든 지, 뛰어난 재능으로 남을 압도하는 예능이 있다든지 따위의 사람 됨을 일컫는 고깔모자들이 있다. 그런데 그런 모자에 구멍이 났다든지, 아예 그런 모자조차 지니지 못하였다든지 하는 결핍 부분 또한 인간은 지니고 남 앞에 서 있다. 그의 단편 〈원의 중심〉, 이 작품의 한 인물인 남자 주인공은 교묘하게 자기 존재의 원 속에서만 맴돌아 상대방을 소외시키는 인물이다. 남자를 읽는 눈길의 표현한 장면은 이렇다.

"그의 눈빛에 안타까움이 짙게 어렸다. 나는 무슨 말을 해도 진실과 점점 멀어지고 있다는 느낌이 들었다. 인간이란 게 서로에게 조금만 벗어나도 이교도처럼 말이 통하지 않는다."

절묘한 이 표현은 한 존재가 자기 우물 속에 웅크린 채 도무지 남 앞에 나오지 않으려는 마음 문닫이 행위를 놀랍게 보여 준다.

그리고 〈유실물〉, 〈얼룩〉, 〈기억의 집〉들에는 이런 인물들이 존재의 부실감에 빠져 허우적거리는 꼴이 예리하게 드러난다. 〈유실물〉과 〈기억의 집〉은 아주 쉽게 읽히는 이런 내용이다. 유방 수술을 받은 여인의 아픔을 깊이 생각해 본 남자들이 있을까? 예컨대 우리는 눈이 한 쪽 멀었다든지, 다리를 절단하여 절룩거린다든지, 팔이 한 쪽 없다든지, 아니, 손가락 하나라도 없다든지, 우리 몸이 지닌 눈에 띄는 어떤 겉의 징후를 예리한 눈으로 또는 깊이 그 쪽에 마음을 실어 읽어 본 적이 있을까? 대체로 건강한 사람들은 그런 입장에 서려 하지 않는다. 여인의 경우 한 쪽 유방이 없어졌다는 현실은 어떤 것일까? 작가는 이 문제를 〈유실물〉에서 제기해 매서운 채찍으로 우리를 매질하고 있다. 눈빛이 달라지는 남과의 관계 거리, 그 이물스럽고도 싸늘한 눈빛, 이것은 누군가 프랑스 어떤 철학자가 말한 일종의 지옥이다. 지옥이라는 말은 이럴 때 어울리는 말이다. 나를 한 순간 지옥에 떠다미는 눈빛, 그것이 유방 잃은 여인이 가질만한 자의식이고 존재의 무력감일 것이다. 이와 농도가 거의 같은 존재의 이물감, 남들 속에서 내팽개쳐지는 소외감을 〈기억의 집〉에서도 작가는 쨍쨍한 눈빛으로 보여주고 있다. 이 작품에서 작가가 내세운 인물 펄은, 외국 가정으로 입양된 아이로 자라 겉으로는 아름답고 섹시한 처녀이지만, 그의 시커먼 존재 내면이 어떤 아픔자리에 있겠는지를 보여주는 철학적 고아이다.

펄은 여섯 살에 입양되었다고 하니까 이미 하나의 언어로 된 집을 갖기에 충분한 나이였을 것이다. 어느 날 갑자기 주변의 누구도 내 말을 알아듣지 못하는 상황은 상상만으로도 끔찍했다. 같은 처지의 다른 입양아들은 정신적 공황에 빠져 치료를 받은 아이들도 많다고 했다.

작가는 그런 처녀의 내면을 상상만으로도 '끔찍하다' 고 썼다. 우리가 모르고 있는, 아니 못 본 척하고 있는 그런 존재 내면에 대해서 말이다.

존재의 아픔 속을 읽는 눈빛이 쨍쨍하다는 표현은 어딘가 좀 모자란다. 이 입양 처녀 펄을 예리하게 읽고 있는 여주인공은 이미 자신도 남편의 일방적인 방기로 버림 받았고, 그 여파로 어린 아들 아이는 '반응성애착장애' 라는 묘한 병을 앓고 있고, 그 자신은 이중의 상처로 비정한 세상과 맞대면하여 팽팽한 적개심을 속에 끓이고 있는 인물이다. 〈유실물〉은 읽기에 너무 아팠고, 〈기억의 집〉은 따뜻한 여운을 안았다. 펄이 여행객들 사이에서 헤어지는 마당에 전화 카드를 넘겨주며 하는 말 속에 담긴 전망은 깊고 아린 눈물샘 속에 잠겼던 눈물을 치오르게 하고 있었다. 그는 말했다.

노을에 젖은 펄의 장밋빛 얼굴 위에는 깊숙한 곳에서 밀려 나오는 안식이 깃들어 있다. 그것은 평생 자신을 다독이면서 산 사람만이 얻을 수 있는 종류의 평화였다.

"다음번에는 한국행 비행기를 탈 게요. 당신과 준희를 만나야 하니까, 고마워요. 한국에 갈 핑계를 만들어 줘서……."

이때까지 한국에 올 비행기를 여러 번 눈 여겨 보았으면서도 타지 못한 것을 앞으로는 '반응성애착장애'로 아파하는 준희와 그의 어머니를 만나러 올 빌미가 되었다는 마지막 눈빛 속에 이 작품은 빛난다.

3. 진짜 나됨의 도도한 결실과 글쓰기

나의 치명적인 상처란 어떤 것일까? 그거야 두말할 필요도 없이 죽음이 그에 해당하는 상처일 터이고 고통의 궁극적인 꼭지 점도 아마 죽음일 터이다. 이 고통의 꼭지 점을 향해 자기 삶을 밀어내며 나날을 견디고 있는 존재에 대한 명상과 탐색은 자기를 둘러치고 있는 포위관념이 거대하면 할수록 존재의 몸은 더욱 가열한 형태로 날카로워지거나 단단하게 굳어진다. 자기 보호를 위한 본능적인 몸짓일 터이다. 〈얼룩〉에는 스트레스로 심각한 병이 든 아내가 무심하게 건너다보는 남편과 자아 사이에 구멍 난 태도 규정이 눈 시리게 표현되고 있다.

"남편이 누누이 말했었다. 그녀를 좋아하는 이유 중의 하나가 사람을 피곤하지 않게 한다는 것이다. 그녀가 사람을 편하게 하거나 위로하는 특별한 재주를 가진 것은 아니다. 단지 그녀는 가까이 있어도 거기 있다는 의식이 들지 않을 정도로 있는 듯 없는 듯 존재감을 드러내지 않았다. ……남편은 너무 오랫동안 혼자서만 살아왔다. 누가 옆에 있는 것을 못 견뎌하는 사람이었다. 그래서 결혼도 늦어졌을 것이다."

우리 사회는 앞으로 이런 현상을 더욱 심각한 증상으로 겪어야 할 것이다. 1970∼1980년대 미국의 록펠러 재단 지원을 받아 막대한 돈을 들여 산아제한 정책을 밀어붙인 결과는 이제 앞으로 나와 너의 이런 사회적 단절문제로 들어날 것이다. 너는 너, 나는 나 서로 각자 알아서 편하게 살면 그만인 비정하고도 야박한 현상들로 이 사회는 한동안 굳어져 갈 것이다. 그래서 〈범인은 반드시 범행 현장을 찾아온다〉는 짧은 소설로 이 작가는 이런 단절감의 틈을 마련해 보이고 있는 것일 터이다. 자아를 눕혔던 따뜻한 곳이거나 존재감으로 자아를 실현해 보일 곳을 찾아 우리는 모두 찾아다닐 것이라는 징후를 드러냄이 이 작품에는 달콤하게 나타나 있다.

이상이 그의 작품 속에서 끊임없이 1930년대를 살던 자아의 부재를 표명한 내역과 최옥정이 내세우는 2000년대 오늘날 너와 나, 그와 나를 단절시키는 어떤 것에 대한 고발은 어떻게 같고 다른 것일까? 뭔가 심상치 않은 동질성을 지닌 이야기 틀로 두 작가의 내

면을 묶어 놓고 그의 소설들을 읽어 보아도 큰 착시의 그르침만은
아닐 것이라고 나는 읽는다.

그의 글쓰기 행보에서 거대한 살아있음의 오아시스가 나타나기
를 바라고 꿈꾸는 것은 독자로서 결례일까? 작품집 출간에 많은
곱고 맑은 눈들의 마음이 실리기를 빈다. 우선 나부터 축하의 뜻을
담는다.